到灯塔去

To the Lighthouse

Virginia Woolf

【英】维吉尼亚·伍尔夫◎著

彭凤英◎译

辽宁人民出版社

图书在版编目（CIP）数据

到灯塔去 ／（英）维吉尼亚·伍尔夫著 ； 彭凤英译
— 沈阳 ：辽宁人民出版社，2024.6
ISBN 978-7-205-11082-6

Ⅰ．①到… Ⅱ．①维… ②彭… Ⅲ．①长篇小说－英
国－现代 Ⅳ．① I561.45

中国国家版本馆 CIP 数据核字（2024）第 065530 号

出版发行：辽宁人民出版社
　　　　　地址：沈阳市和平区十一纬路25号　邮编：110003
　　　　　电话：024-23284191（发行部）　024-23284304（办公室）
　　　　　http://www.lnpph.com.cn
印　　　刷：三河市九洲财鑫印刷有限公司
幅面尺寸：145mm×210mm
印　　张：8
字　　数：165千字
出版时间：2024年6月第1版
印刷时间：2024年6月第1次印刷
责任编辑：孙姼娇
封面设计：胡椒书衣
版式设计：李梓祎
责任校对：吴艳杰
书　　号：ISBN 978-7-205-11082-6
定　　价：58.00元

·目 录·

第一部分　窗 // 1

第二部分　岁月流逝 // 147

第三部分　灯塔 // 173

第一部分　窗

1

"好吧，明天天气好的话就允许你去，"拉姆齐夫人如是说，继而又做了补充，"不过你要早起才行。"

在她的儿子看来，这些话是一个特别大的好消息，就像已经说好了似的——前往灯塔的旅程已板上钉钉。今夜过后便将迎来出海航行的一天，多少年来的憧憬终于奇迹般地要实现了。詹姆斯只有六岁，尽管年纪尚幼，但他已是那个伟大族群的一员。那些人没办法将两种不一样的感知区分开来，总会因为想象未来的喜怒哀乐而令唾手可得之物被笼罩起来。对于这群人而言，哪怕年纪尚幼，但每次感知上的转变总会被某种力量定格在低落或兴奋的刹那。詹姆斯·拉姆齐坐在地上，拿着陆海军商店的商品手册，剪着上面的插图。在他妈妈冲他说话的时候，他正异常开心地修正着一台"冰箱"。那冰箱图片似乎也透出了几分欢喜；一窗之外，车马喧嚣，绿茵上有刈草机在忙碌，微风中是白杨树在摇曳；雨滴尚未落下，叶子泛起了白；空中的白嘴鸦鸣叫着，地板上的扫帚来来回回，衣裙窸窣作响——他眼中的这一切清晰又缤纷。换句话说，他已参透了某种私人密码，一种只有他清楚的独家语言，尽管他看上去严肃又执拗。他拥有高耸的额骨，那一双独特的碧眼闪烁着纯净、率真和正直的光芒。在洞察到他人弱点时，他总会轻轻皱眉，所以他妈妈在看着他利落地剪下"冰箱"时，脑海里不禁涌出想象的画面。她仿佛望见他身穿法官袍，身披红绶带，在审判席上正襟危坐，或是在处理公关危机的过程中负责某个关键且庄严的工作。

"不过，"他爸爸踱步到客厅，在窗前站定，"明天天气可不会好。"

假如身边有斧头或拨火棍，或是别的什么可以拿来刺向他爸爸的厉害"武器"，詹姆斯肯定会立刻伸手抓起来。拉姆齐先生的出现激起了孩子的极端情绪，而此时的他站在原地不动，瘦削得犹如一把刀，单薄得好似一片刃；他咧嘴一笑，神情中是嘲笑与奚落；他乐于看到孩子所表现出的失落，同时也乐于讥讽妻子的苦闷（詹姆斯认为，无论在哪个方面，妈妈都比爸爸厉害千万倍），并在心里得意地认为自己的判断实在精准无误。他说的话就是事实，永远都是。他从不作假，从不歪曲，也从未改变尖酸刻薄的腔调，轻声细语地奉承或敷衍他人，尤其是自家儿女。他的孩子从小就得意识到生而为人的艰辛，而事实必定永不妥协，必然要朝传说中的那个世界走去；在那个地方，我们最灿烂的理想将失去光芒，一叶扁舟弱不禁风，终被黑暗吞噬（言及此处，拉姆齐先生将把腰杆挺直，把小小的蓝眼睛眯成缝，望向远在天边的地平线），要说人的品质，最重要的莫过于勇敢、真实和坚毅。

"也未必，明天说不准会转晴——我觉得天气不会差。"正在织袜子的拉姆齐夫人一边说，一边有些烦躁地把棕红色毛绒长袜拉直。若是今夜能织好，若是明日的灯塔之旅能成行，那就能把袜子带给灯塔看守者的儿子，那个小男孩患有髋关节结核病。她还会带去许多过期杂志和些许烟草，毫无疑问，那些放着没什么用并让房间变邋遢的种种事物，都会被她送到可怜人手里，而那些人肯定无聊死了，整日不是擦灯罩，就是修灯泡，或者以修园子打发时间，再不就呆坐着无所事事。假如你被束缚在一个网球场那么大的岩石上，至少一个月时间，要是遇上暴风雨还会更久一些，你将作何感受呢？这是她会提出的问题。没有书信可写，没有报刊可看，不能和任何人见面；你要是已经结婚，无法见到妻子，无从得知孩子们的情况——是不是生病了，有没有摔伤胳膊或腿；一周又一周，岁月如梭，你望着海浪以不变的姿态溅起水花，迎接着可怕的暴风雨，玻璃窗被海水攻占，塔灯被鸟冲撞，礁石隆隆震动，你害怕被海浪卷走，不敢探出头去察看外面的情况；在这样的时刻，你会作何感想？她把这个问题抛给了女儿们。所以，为了安抚她们，她换上了一种全然不同的口吻。

"是西风。"作为一位无神论者，塔斯莱一面说一面摊开瘦削的手掌，好在风穿过指缝时判断风向。在这黄昏时候，他与拉姆齐先生正一同在户外平台处来回踱步。换言之，对于帆船而言，想要驶向灯塔，现在的风向是最坏的。的确，他总爱说别人不爱听的话，拉姆齐夫人心想，真是个讨厌鬼，他把拉姆齐的话又说了一遍，詹姆斯这下肯定更失落了；然而，换个角度来说，她从不希望他被孩子们笑话。他被称作"无神论者"以及"那个不起眼的无神论者"。他被露丝嘲讽，被普鲁捉弄，被安德鲁、杰斯泼与罗杰讥讽，甚至被那只老得掉光了牙的狗咬过。塔斯莱成了人们的攻击对象，究其原因，用南希的话来说，他是第一百一十位跟着他们来到希布里堤群岛的青年，如果可以让他们各自安静地待着的话，那自然就会好很多。

"别瞎说。"拉姆齐夫人板起了脸。他们从她身上学会了言过其实的本领，他们含蓄地表示（倒是不夸张）她请的宾客太多了，多到别墅容纳不下，只能让部分宾客住在城里；除此之外，她无法忍受自己的宾客被无礼对待，特别是那帮清贫的小伙子，他们前来度假，他们崇拜她丈夫，并被她丈夫评价为"艺能出众"。无疑，她想要保护所有男性，并尽量关照他们，就连她本人也说不清自己为何会这样，可能与他们的勇毅与骑士风度有关，也可能是因为他们实现了条约的签订、对印度的统治以及对金融的控制，从而显露出了不同寻常的魄力；不过说到底，主要还是因为她在乎他们对自己的态度，一种宛如孩童般的信任与崇拜；任何女人都会选择接受而非冷眼相待；一位不再年轻的女士可以不失身份地欣然接受小伙子们的仰慕，然而这种仰慕对女孩们来说却未必是件好事——老天啊，千万别让她的女儿们被人仰慕！——年轻女子无法全心感知那种感情的意义与价值！

她转过身，厉声指责南希。她说塔斯莱先生是受邀前来的，而不是他们的追随者。

他们需要找到问题的解决之道。她叹了口气说，应该会有更轻松更简易的方法，简单高效的办法。她望着镜子里的人，白发苍苍，面容枯瘁，不过是五十岁的年纪啊。她在心里说，原本可以把一切安排得更周到——丈夫，家庭经济，甚至丈夫的那些书。说到她自己，她从不会后悔自己所做出的任何决定，也不曾逃避、敷衍和搪塞。女儿们——普鲁、南希、露丝——把目光从盘子里挪开，抬眼看她。她刚才评说查尔士·塔斯莱的时候太过严厉，以至于此刻看起来有些令人害怕。女孩们眼下只能安静地琢磨着那些非正统观念——源自她们与她的迥异生活，大概是巴黎带给她们的更自由、更张扬的生活；在她们看来，大可不必总对男人们关照有加，因为不管是绅士风度还是骑士风度，印度还是不列颠银行，手上的结婚戒指还是绣着花边的婚纱，都被她们默默质疑着，尽管于她们而言，它们都裹挟着某种拥有美好本质的东西，而那种东西激发出了女孩们内心世界里的男孩子气，从而使她们得以在餐桌旁迎接母亲的目光，并对她异乎寻常的严肃与恭敬表示敬畏，仿佛是看见踩了一脚泥的皇后正在清洗双脚；在她们讨论那个令人厌恶的无神论者跟着她们——确切地说是受邀——来到群岛度假的时候，母亲严肃的提醒令她们敬畏不已。

"明天没法去灯塔。"塔斯莱说着，"啪"地拍了一下手。窗前，她丈夫正和他站在一起。真是的，他说得够多了！她只希望他能继续跟丈夫东拉西扯，不要再干扰自己与詹姆斯了。她盯着他看。孩子们说他很丑，总是弯着腰驼着背，面颊凹陷得厉害。他不会打板球，只会笨手笨脚地摆弄球板，胡乱推挡。在安德鲁口中，他是一个偏爱讥讽他人的混蛋。他们很清楚他最喜欢做什么：与拉姆齐先生一道走过来走过去，聊着谁获得了什么荣耀，谁拿了什么奖金，谁是"顶级"拉丁文诗人，谁"有些才能，不过我觉得他的观点大体上证据不足"，谁肯定"是巴里奥学者里数一数二的代表"，谁目前在贝特福德或布列斯托闭门钻研，待到那篇有关数学与部分哲学领域的论文刊发之后定会扬名天下，拉姆齐先生倘若想要读一读，他可以提供论文第一部分的样稿。这就是两个人聊的事情。

对于塔斯莱先生的斟字酌句，她偶尔会忍不住笑出来，曾有一日，她脱口而出了一句"波涛汹涌"，而查尔士·塔斯莱则说，是有些风浪。她问他："您的衣服已经湿透了吧？"他拧了一把衣服，又摸了一下袜子："有些潮湿，但还没有透。"

不过，孩子们表示他们不喜欢他并非因为上述种种，无关乎他的相貌、言语和行为，而关于他本人——对问题的看法。他们的怨言是，每当他们开心地聊起这样那样的杂闻趣事，例如人物、音乐和历史，或者今天黄昏天气不错，可以在屋外久坐之类的，塔斯莱先生定会站出来反驳几句；他总是低估别人，高估自己，别人这样讲，他非要那样说；如果不彻底把他人的观点推翻，他就得不到满足，更不会罢手。孩子们还说，他在参观美术馆的时候询问旁人喜不喜欢自己的领带！上帝啊，谁喜欢啊！露丝这样讲。

饭后，夫妇俩的八个孩子轻手轻脚地离开了餐桌，小鹿似的跑回了卧室。卧室是他们的乐园，这座别墅里独一无二的可供他们肆意讨论的隐秘之地。他们在卧室里聊着各种事：塔斯莱先生的领带，1832 年选举法改革，海鸥、蝴蝶，以及各色人等，不一而足。儿童卧室在顶楼，隔板分割出了几个小空间，可以清清楚楚地听到脚步声。在他们滔滔不绝的谈论中，日光照亮了一个个小房间，瑞士女孩抽泣着，因为她那生活在格立森山谷的父亲罹患癌症，命不久矣。屋里的球拍、草帽、法兰绒衬衣、墨水瓶、颜料罐、小虫子、鸟的脑袋都亮了起来，墙上的一条条海带也亮了起来，挥发着某种夹杂着水草与盐的气味，就是那种洗完海水浴之后，沾上沙子的毛巾所散发的气味。

争执、异议、不和、偏见交错于生活的每根纤维里；哎，孩子们为何从小就开始不停地争论？拉姆齐夫人不由得感慨起来。孩子们啊，真的偏爱评论这评论那了，但又不过是瞎说而已，实在可笑。她牵着詹姆斯走出了餐厅；他总想跟着妈妈，而不想与姐姐哥哥们一起走。她感到些许荒谬——上帝知道，人类的纷争已经多到离谱了，而他们为何还要故意制造矛盾呢？她来到客厅，在窗前站定，心想，真正的矛盾，真的够了，太多了。某个刹那，她想到了贫富的差距、地位的悬殊，那差别何其的大啊；她想到了遗传给孩子们的贵族血统，心绪半是惭愧半是恭敬；她身上流淌着被神化的意大利贵族的血，不是吗？19世纪时，意大利的名媛们逐渐散落到英国各处，出现在各个客厅里，保持着优雅与热情，让人仰慕不已。她身上的智慧、坚韧与刚毅无不源自她的祖辈，而非笨拙的英国人或冷漠的苏格兰人。不过，现在有另一个问题需要她深入思考：在伦敦也好，在这里也罢，她看到了巨大的贫富差距。她拎着手提包去探望某位贫困潦倒的寡妇或者某位挣扎谋生的女人；她拿着纸笔认真详细地做着分类记录：每户人家的收支情况、就业情况、失业情况；她不满足于只以个体身份做一个乐善好施的女子（她的行善一是出于内心的愤懑，二是出于好奇），而是想成为纯粹的精神世界中那种令人尊重的剖析社会之人。

她牵着詹姆斯原地不动，心想那些问题可能根本就没法解决。他们讥讽的对象——那个小伙子在她之后也来到了客厅，站在桌旁，双手慌乱地摆弄着什么，心里莫名失落起来，她不用转身看他便可以察觉到他的尴尬和窘迫。他们都离开了这里——儿女们、敏泰·多伊尔、保罗·雷莱、奥古斯都·卡迈克尔，还有她丈夫——都已经离开了这里。所以她选择了转身，叹息道："塔斯莱先生，和我一起出个门，你不介意吧？"

她准备到城里去一趟，因为得处理一件琐事；不过在此之前，她得回房间写一两封信，把帽子戴好，需要十几分钟时间。十分钟过后，她一手拿着遮阳伞，一手拎着篮子出现，示意塔斯莱自己已经准备好东西，可以走了，只是在路过网球场的那片草地时还得稍作停留，以便询问卡迈克尔先生需要什么；晒着日光浴的卡迈克尔半眯着一双猫一样的黄色小眼睛，从那双日光下的眼睛里可以看到云在飘、树在动，却看不到任何想法与情感。

她笑说，他们将踏上一条伟大的征途。他们准备到城里去一趟。他是否需要些什么东西。"邮票、信纸，或者烟草？"她在旁边问道。然而，不需要，他不需要任何东西。他的两只手搁在大肚腩上，摆成十字形；他的眼睛半睁半闭，似乎在说他很希望自己对她的好意做出礼貌的回应（她还是有些魅力的，只是敏感了些），可心有余而力不足；他正深陷于所处的那片令人昏沉的绿意当中，他什么也没说，带着慈悲之心懒散地望着那些房屋、这个世界以及这世上的人们；究其原因，刚刚午餐时，他偷偷在玻璃杯里滴了几滴药水，孩子们觉得这也可以解释他的白胡须为何会有一缕变成了金丝雀身上那种明黄色。他嘟囔着，不要，不需要。

在通往渔村的路上，拉姆齐夫人说起话来，卡迈克尔先生若是不曾经历那段失败的婚姻，或许现在就是一位大哲学家了。她端庄地打着黑色遮阳伞，神情中表现出某种无法言说的憧憬，像是去见某个在路口等她的人。她讲述了卡迈克尔先生的经历：他在牛津爱上了一个女孩，很快就将她娶进了门；他去印度的时候一分钱都没有；他翻译过少量诗歌，"我相信，那是美丽的"；他想教授男孩们一点梵文或波斯文，但无济于事——结局就是在草地上横躺竖卧，如刚刚所见。

塔斯莱又高兴又不安。他向来不被人待见，而眼下拉姆齐夫人对他说着话，这令他颇为释怀。他的自信又回来了。拉姆齐夫人很有眼光，居然能够看出穷苦男士的出众才干，并直言为人妻者——并非埋怨那个女人，而且认为他们也曾幸福地在一起过——都应该遵从另一半并支持他的事业。塔斯莱由此生出了某种从未有过的骄傲之情，他在心里想，倘若需要坐的士，他愿意主动付车费。那个小手包，能帮她拿吗？她说不用，她通常都自己拿。她总是如此，的确如此，他认为她就是这样的。他的感知丰富起来，有种东西令他兴奋又烦躁，为何会这样，他说不清。他渴望有朝一日能让她看到自己穿上博士服、戴上博士帽，成为一名学者并一路前行。他会是研究员或教授，没什么不可能，他眼中出现的是自己——那么她眼中呢？是一个正在张贴广告的家伙。

巨幅画卷在风中发出啪啪的响声，被一点点地贴到墙上，打磨平整；工人挥舞着胶水刷，于是大腿、铁环、马匹、各种颜色便随之次第出现，马戏团的广告画徐徐展开，越来越平整，越来越好看，最后占了一半墙面；一百个人在骑马，二十只海豹在表演，还能看到老虎、狮子……拉姆齐夫人的视力不太好，所以脖子伸得很长，她口中还念着广告词："……本市即将迎来……"站在梯子最上面干活的工人是个独臂男人，真是危险，她喊了起来——他在两年前失去了左臂，是被割麦子的机器割断的。

"大家一起去吧！"她大声地说，但没有停下脚步，那些马和马背上的人似乎激起了她的童真与喜悦，同时覆盖了她对广告工的同情。

"大家一起去……"他一字一顿地重复着，生硬中夹杂着某种令她退缩的羞赧。"大家一起去马戏团。"不对。他表达得不够准确。他觉得别扭。不过，是什么原因呢？她也觉得怪怪的。他这是怎么回事？此刻，他挺招她喜欢的。他们小时候没被带去看过马戏吗？她这么问。他答道，从来没有。似乎，她的随口一问，他早已有所准备；又似乎，他这几日时刻想要向她诉说他们没有看过马戏的缘由。在那个庞大的家庭里，儿女九人都靠父亲养活。"拉姆齐夫人，我爸爸是药剂师，开了一间小药店。"塔斯莱早在十三岁的时候就不得不靠自己生活了。冬季里，他总是没有厚衣服穿；进了大学，他无力"回报他人的招待"（他的言语就是这么苍白）。在他那里，生活必需品的使用时间是旁人的两倍；他只买码头老人抽的那种最便宜的粗烟丝；他勤奋努力，日日学习七个钟头不止；他眼下正在研究事物对个体的影响。他们一边聊一边前行，拉姆齐夫人不太明白他想要表达什么，只知道他说着论文、研究员、审稿员、讲师之类的词汇。他不假思索说出的话，她却是听不懂的，都是令人厌倦的专业术语，不过，她转念一想，恍然大悟，那个话题——"去看马戏的缘由"——打破了他的拘谨，可怜的年轻人毫无保留地讲述了一切，关于父亲母亲、兄弟姐妹的一切。她需要谨慎点，以免他被他们耻笑，不过普鲁可以知道。她揣测，他应该很开心跟人提起和拉姆齐全家一同观看易卜生戏剧，而非马戏表演。他俨然是位学识粗浅的知识分子，一个令人厌恶的家伙，真的。他们现在已走上了市内的大马路，汽车轰隆隆地飞驰在鹅卵石地面上，尽管如此，他依然口若悬河地说着住处、课程、工人、帮助者、讲座……直至她觉察出他的自信已全然恢复，他已经摆脱了马戏团所带来的自卑，以及（她眼下又觉得他招人喜欢了）他已打算诉说有关……然而就在当下，道路两旁的建筑物已远在身后，他们已经走到了宽敞的码头，望见了海湾。拉姆齐夫人情不自禁地大声说："好美啊！"她眼前是一片壮阔的蓝色；远处的迷雾之中伫立着泛着灰白的灯塔；向右看去，沙丘满覆绿草，随着浪的起伏一点点塌陷，幻化出无数道绵软的回旋的褶皱；海浪裹挟着沙砾，似是要涌向梦幻的无人之境，永不停歇。

她丈夫最爱这样的景致，她说着，止步不前，将愈加黯淡的双眸瞪大。

一时间，她默然不语，此刻又开口说道，艺术家们来了。

果不其然，一位画家正站在几步开外之处，戴着巴拿马样式的草帽，穿着黄皮靴，看上去很正经、很认真，也很温柔；他被十几个男孩簇拥着，面色微红，透着满意与悠然；他目视前方，每看上一眼景物，便会将画笔伸向调色板，在翠绿、粉红等各种柔美色彩中蘸一下。画家庞斯福特先生在三年之前到此一游，她讲道，从那之后，这里的画就成了一个样子：墨绿的海面上散落着几只黄帆船，海岸上的女子穿着粉红裙子。

她在经过时小心地偷看了一眼那幅画。她说，祖母的友人们在画画的时候总是费尽心思，混好颜料，细细打磨，用湿布盖好，以免颜料干掉。

塔斯莱暗自揣测，所以她是想告诉他那个人画得一般。她是这个意思吧？色彩搭配得不够好，是这个意思吗？某种不一般的情愫在这场漫步间渐渐蔓延；这种情愫其实在花园里，在他接过拉姆齐夫人的手包时就已经冒了头；进了城之后，他渴望向她诉说与己有关的所有事，那情愫便强烈起来；在这种不一般情愫的作用下，他发现自己熟悉的种种，包括自我形象都变换了模样，真是怪事一桩。

他随她来到一座简陋的小屋子，因为要探望一个女人，所以她得上楼片刻；他则在客厅里站着等她。楼上传来她轻巧的脚步声和开心活络的说话声，而后那声音又变得低沉；他扫视了一阵席子、茶叶罐、玻璃罩子，渐渐烦躁起来；他想回去了；他最终还是选择帮她拿手包；他听到她出了门，然后门被关上；她叮嘱他们开窗关门，告诉他们有需求就提出来（她说话的对象肯定是个小孩）；忽然之间，她出现在客厅，无言地站定（仿佛此前楼上的寒暄迫使她现在急需冷静一下）；她止步于维多利亚女王的肖像画跟前，背对着佩戴着蓝色嘉德绶带的女王，静默了一阵；他顿时有所领悟，没错，就是这样；在他所见过的人里，她的美无人能及。

她的眼眸里有星辰微光，她的秀发被薄纱轻笼，她的胸前盛开着紫罗兰与仙客来——他的心里在想什么呢？她的年龄已超过五十岁，生养了八个孩子。她从百花深处款款而来，将坠落在地的羊羔与残败的花蕊揽入怀中；星光落在她眼中，风儿吹起她的秀发——他将手包接了过来。

她说了句"艾尔西，再见"。他们上了路，她端庄地打着伞，慢慢地走着，神情像是去见某个在路口等她的人；查尔士·塔斯莱从未像现在这样倍感骄傲；一个在路边工作的排水工人停下了手里的活儿，垂下手臂向她望去；查尔士·塔斯莱不曾如此自豪过，身边是拂过她发梢的清风，是紫罗兰与仙客来散播的芬芳，只因与他同行的是一位美丽的女士，而他手中还拿着她的手包。

2

"詹姆斯，明天去不了灯塔了呢！"窗边的他有些窘迫地说，看在拉姆齐夫人的份儿上，他尽力换上了委婉的语气，不管怎样总算多了些许温和的感觉。

这家伙真讨厌，干吗总说这话？拉姆齐夫人在心里琢磨。

3

"等你明天一觉醒来，或许会看到晴空万里，听见小鸟欢唱。"她一面怜惜地说，一面摸了摸男孩的头发。她看出孩子情绪低落，因为她丈夫不仅冷漠地表示明天绝不是个晴天，还反反复复地强调，而现在那个讨厌鬼又说了一遍。

她轻抚着孩子的头发说："明天或许是晴天。"

她眼下能做的只有夸奖詹姆斯把"冰箱"剪得很棒，然后一页页翻阅商品手册，打算找些需要技巧、熟练和专注才能剪好的图片，诸如除草机、耙子之类，因为那些东西带尖或手柄。那帮小伙子们只知道笨拙地以她丈夫为模仿对象，他说有雨，他们便会宣称会刮龙卷风，她思量着。

她翻找着"除草机"或"耙子"，但这项工作却被迫戛然而止了。窗外的粗哑低语因为烟斗在口中进进出出而频繁中断，她尽管听不真切（窗户开着，外面是平台，而她在窗内坐着），但那些低沉的声音告诉她，平台上的男士们聊得很开心。他们已经聊了三十分钟了，球拍击打球的声音很是响亮，几个孩子在玩板球，他们的惊声尖叫常常突如其来："怎么回事？怎么搞的？"在这些或高或低的音调里，那低沉的声音似乎独具一格，可以给她带来某种安慰，然而现在消失了。沙滩上传来单调的海浪声，在她听来那节奏却应该是冷静且规律的，好似在儿女们围坐四周时，平静地重复着古老催眠曲里的某句歌词，宛如自然在低吟："我佑你，我助你。"不过某些时候，尤其是在她无法专注于手中之事，注意力稍有分散时，出人意料猛然袭来的海浪声可算不上宽厚，如同一阵可怕的鼓声在彰显生命的律动，让人怀疑这滔天大浪会吞没或摧毁这座小岛，又像是一种警告：她忙忙碌碌，做这做那，但光阴却转瞬即逝，一切皆如彩虹般去而不复——之前隐藏或淹没在其他声响里的海浪声，此刻忽然如雷鸣般席卷到她耳边，令她害怕地抬起了头。

他们的闲聊结束了，这改变了她的情绪。她紧绷的神经在下一秒便松弛下来，仿佛是为了让方才本不必消耗的情感得以补充，呈现出另一个极端状态，她觉得漠然、荒唐，甚至有些好笑，她所想到的结果是：她丈夫将可怜巴巴的查尔士·塔斯莱彻头彻尾驳斥了一通。于他而言，这一点儿也不重要。倘若她丈夫想找个"牺牲品"（事实的确如此），她很乐意把查尔士·塔斯莱推出去，谁让他刚刚要跟她最小的孩子作对。

她把头抬了起来，安静地聆听了一小会儿，仿佛是在静候某个熟悉的声音，某个没有感情的有节奏的声响；随后，她听见了那种声音，似是低语，又似吟诵；她丈夫徘徊在平台上，发出的声响既像是在感叹，又像是在歌颂；她的内心再次安稳下来，断定所有事都回归了正轨，于是又低下头继续翻阅摊在腿上的商品手册，进而发现了"六刃折刀"，想要剪下那幅图，詹姆斯必须足够小心才行。

忽然之间出现的喊声，像是迷迷糊糊的梦游者脱口而出："不畏霰弹与炮火。"

这类词句令她振聋发聩，她担心地回身张望，想看看这喊声有没有被其他人听到。她欣慰地看到，除了莉丽·布里斯库之外别无他人，这就没关系了。不过，一看到那个在草坪边画着画的女孩，她忽然记起自己之前答应过她，会尽量保持头部不动，以便她将自己付诸笔下。莉丽的画作！拉姆齐夫人忍不住微微一笑。她有一双不大的眼睛，脸上已满是皱纹，她大抵是结不了婚了；她的画作也得不到赏识；她或许微不足道，但她独立于世，这正是拉姆齐夫人喜爱她的原因之一；于是这般，她记起了允诺的事，她的头低了下去。

4

　　毫无疑问，他差点儿撞倒她的画架。他舞动着双臂，高喊着"我们扬鞭策马，气宇轩昂"冲向她。上帝啊，好在他又及时掉头离开了。她思忖着，他将战死在巴拉克拉伐战斗当中了。不曾有人如他这般可怕又好笑。不过，他连续的呐喊与舞动倒是令她心安；至少他不会驻足观赏那幅画。莉丽·布里斯库不能容忍那样的事。更甚的是，她在将注意力放在画布上的线条、色彩与色块以及屋里的拉姆齐夫人与詹姆斯之时，其神经依然警惕着四周的情况，生怕旁人冷不丁地过来看自己的画。这时候，她的感觉全都变得敏锐了，认真地观察，尽力地观察，直至把那墙面与远处铁线莲的颜色看个一清二楚。她发现有人走出了房屋，走向了自己；那行走的姿态让她认出来人是威廉·班克斯，所以，尽管她手里的笔抖动了几下，但她并未（实际上，要是换作塔斯莱、保罗·雷莱、敏泰·多伊尔之类的人，她便会）将自己的画翻一面，然后放到地上去。画依然竖立在那里，她身边站着威廉·班克斯。

　　她和他都借住在村里，结伴进出，入夜后在门垫处分开；他们简单讨论过这里的汤、孩童等事情，并因此而体恤彼此。所以，尽管他此刻在一旁露出了评判的神情（他已到了她父

辈的年纪，是一个没有妻子的植物学家，身上总有肥皂的气
味，干干净净、谨言慎行），但她仍然没有走。他也没有走，
并发现她穿了一双很棒的皮鞋，脚趾头在鞋里应该是舒展的。
毕竟与她同住一片屋檐下，他早就察觉了她规律的生活，通
常都是先到户外画画，再回来吃早饭；他揣测，她可能是单身，
没什么钱，无疑在相貌或气质上也无法与多伊尔小姐相提并
论，不过她情商很高，学识不浅，因此大体上胜过了年轻的
多伊尔。例如，当拉姆齐先生在他们面前发脾气，一边比画
一边咒骂的时候，他认为布里斯库小姐肯定会想：

"谁又惹麻烦啦！"

拉姆齐先生盯着他们。他的目光在他们身上，但似乎并
没有在看他们。这令他们感到别扭。他们不经意地遇到了不
该遇到的事，而且涉及他人隐私。于是，莉丽暗想，班克斯
先生大概会借故走到别处，远离拉姆齐先生的吟诵之声；几
乎同时，他开口建议，有点儿凉了，不如走走。没错，她很
乐意走一走。不过，她还是留恋地瞥了一眼那幅画。

铁线莲的紫是鲜艳的，墙面的白是夺目的。她已经观察
清楚，倘若不画出那种鲜艳的紫和夺目的白，内心就会感到
愧疚，虽然在画家庞思福特先生离开后便开始流行把万事万
物都刻画得典雅、灰白和朦胧。当然，底色下依然有轮廓。
她只要认真观察就能看得很清楚，从而成竹在胸；她拿起了
笔，那景象却全变了。在着手让脑海中的画面跃然纸上的刹
那，她遇到了那群恶魔的纠缠，差点儿哭出来，这个将思路

付诸实践的过程忽而变得恐怖了，如同一个孩童孤身穿过暗巷。这种感觉时常侵袭她——思路与现实间的落差令人心悸，她不得不通过与之负隅顽抗来维持勇气，并说着"我眼中的景象就是这样的，我眼中的景象就是这样的"，以便把那一丝丝残存的视觉印记留在心中，因为有太多力量在全力争夺那点儿痕迹。此时此刻，秋日凉风四起，她挥舞着画笔，杂念也随之而来：她没有足够的能力，她渺小得令人怜惜，需要在布罗姆顿路替父持家，需要竭力克制自己对拉姆齐夫人的崇拜之情（感谢上帝，截至目前，她克制得不错），并告诉她——然而，要告诉她什么呢？"我爱慕您？"不对，那不是真的。"我爱慕这里的一切。"她的手挥向了那道栅栏、那栋建筑和那些孩童。真可笑，这绝无可能。人是不会说出真实想法的。所以，她此刻把一支支画笔放入了笔盒，摆放整齐，然后对威廉·班克斯说："这天一下子就凉了，阳光似乎没那么晒了。"说着，她四下张望了一番。光线尚且充足，因此草地依旧是温温柔柔的翠绿色彩，其间盛放着零星的紫色花朵，那栋建筑在这样的绿意中令人侧目，白嘴鸦在碧空中发出悲怆的叫声。但也有东西在动，在空中展翅一掠。说来已是九月，九月中旬某天的傍晚六点，他们选择了平日的路线在花园里散步，从网球场和蒲草丛穿过后便是栅栏的缺口，栅栏很结实，缺口用红铁栅做了防护，那东西犹如烧煤的火盆似的红透了。在缺口处可望见海湾的一隅，而那片海非比寻常的蓝。

每天黄昏时候，他们总要来看一看，以满足内心的某种需求。在陆地上渐失灵气的思想乘着洋流去了远方，身体便随之轻松下来。一开始，海浪有节奏地涌入海湾，将海湾染成了蓝色，所见之人无不沉醉，好似整个身体荡漾在海中，然而下一秒，那海湾便淹没在了巨浪卷起的令人目眩的黑色水波里，颇为扫兴。不过，基本上每日黄昏都能看到从那座巨岩背后涌出一股白莹莹的清泉，出现的时间不固定，所以只能一直凝望静候，而它乍一出现便会给人带来某种欢愉之感；等待时所见到的是，海浪在圆弧形的泛白的沙滩上来回涌动，珠母的膜随之被一次次悄无声息地蜕下。

站在那儿的两个人面露微笑。那种共通的欢喜一开始来自汹涌的浪潮，后来则是被一只乘风破浪的帆船所激发。那帆船驶入海湾，在划出一道弧线后停下，随着一阵抖动，帆落了下来；在目睹了帆船的迅捷行动后，某种想要让眼前的画面更加完整的渴望促使两人看向更远处，沙丘的出现挤走了它们刚刚得到的快乐，取而代之的是伤感——画面不够完美，相较于看风景的人，那遥远的风景好似早在百万年前便已存在（莉丽思索着），从那时候起，这遥远的风景和那鸟瞰大地的长空便开始了对话。

远眺沙丘的威廉·班克斯忽然想到了拉姆齐先生：他在威斯特摩兰的小路上徐徐前行，透出的孤独与落寞仿佛是与生俱来的。他的漫步戛然而止，威廉·班克斯记得（想必是因为这场意外真实发生过）是由于有只母鸡为了护雏而张开了翅膀。拉姆齐停了下来，拿拐杖指了指母鸡，念叨着"不错，真不错"，一道与众不同的光芒将他的心田照亮。班克斯心想，那说明拉姆齐是淳朴善良的，不过他似乎又认为那条岔路带走了他俩的友情。因为拉姆齐在那之后结婚了。再往后，由于一些原因，友情的核心因素也灰飞烟灭了。谁对谁错，他无法言说。当然，没过多久，两人都意识到新朋不如旧友，为了重拾友谊，他们再次相见。他与沙丘静谧地交谈着，并在其间坚称自己对拉姆齐的情谊从未有过半分消减；友情长存，宛如一个年轻的被掩埋在地下百年之久的残骸依然拥有鲜红的唇，这便是那份友谊，既敏感又现实地躺在沙丘里，正对着海湾。

这份友情令他心慌，或许是因为想要摆脱疲惫感才会如此心慌吧——毕竟拉姆齐膝下有几个活泼的儿女，而班克斯却是孤家寡人一个——他心中志忑，只希望莉丽·布里斯库别埋怨拉姆齐（他在所属领域内可十分了不起）。对于自己与拉姆齐的关系，他是能理解的。友谊开始得很早，结束于威斯特摩兰的岔路上，就在母鸡张开翅膀保护雏鸡的时候；拉姆齐之后娶了妻，接着他们相忘于江湖，是啊，没有人做错什么，不过是顺其自然，即便后来再相见，若即若离之感也依然存在。

好了，事情就是这样。他不再言语，回过身远离风景，在走了一段回头路后转上了车道。他忽然意识到，是沙丘让自己想到了那深埋在地下的如红唇般的友情，若非如此，他就不可能察觉到那些本不会被他察觉的——譬如女孩凯姆，拉姆齐的小女儿，正在海岸边摘着香雪球花。那女孩十分倔强，不肯顺从保姆。"拿朵花给这位先生吧！""不！不行！不给！"她怎么都不愿意，还攥紧了手，跺起了脚。班克斯觉得自己老了，而且凄苦。她对他的那份友谊产生了误解，而他不明所以。不言而喻，他如今形如枯槁。

　　拉姆齐他们的日子过得并不富足，能够有办法维持生计已经是一个奇迹了。八个儿女呢！靠研究哲学养育了八个儿女！现在其中一个——名叫杰斯泼的那个慢吞吞地走了过来，说要去打鸟。他经过的时候散漫地握了握莉丽的手，如同握了握打气筒的手把，这让班克斯的心里涌出一股醋意，她可真受欢迎啊！教育问题也得考虑（是的，拉姆齐夫人可能还有考虑一下其他与己相关的事），况且这群"杰出人才"无不是高大、瘦削、冷漠的青年，不知道平日里会耗费多少鞋子和袜子呢！至少得把孩子们的次序和名字记牢，可是他真的没办法做到。暗地里，他给他们冠以了国王与女王的名称——固执的凯姆、无情的詹姆斯、正直的安德鲁、漂亮的普鲁——普鲁势必会长得很美，他如是想，她不可能不漂亮，而安德鲁则聪慧过人。在车道上，在他的各项评述——被莉丽以对错作结的时候（她对大家，对世界满怀热爱），他掂量着拉姆齐的处境，既同情又妒忌，他依稀记得拉姆齐在二十几岁时就被人贴上了稳重、正经、不合群的标签，而事到如今，他却像那只扑腾着翅膀叫个不停的母鸡一样，为了孩子们卸下了往日的荣冠。他确实从孩子们那里得到了某些乐趣，这是威廉·班克斯无法否认的；当凯姆把一枝花插到他衣服上，或是伏在他肩头欣赏一幅描绘维苏威火山爆发的图时，他一定很开心；不过他的故交知己们定然也会察觉到有些东西已经崩塌了。那陌生的人会作何感想呢？莉丽·布里斯库会有什么想法？谁会忽略他身上那些渐渐生成的恶习、癖好、毛病？作为一位才华出众之人，其思想境界居然这般俗不可耐，这真叫人难以置信——当然，这么说太刻薄了——他离不开别人的赞美。

"哎，不过，想想他是做什么的吧！"莉丽开口说。

每一次"想想他是做什么的"，她都会在脑海中清晰地看到一张大餐桌摆在厨房里。这得托安德鲁的福！她问安德鲁他爸爸的著作写的是什么，安德鲁回答说"主体、客体、真实的本质"；她说，上帝啊，她完全听不懂，他说"你可以想象在厨房里的是一张桌子而不是你"。

这便是为什么她一想到拉姆齐的职业，脑海中就会出现一张干净的餐桌。此时，那张桌子正在一株梨树的枝丫上悬着，原因在于他们走进了一个果园。她想尽办法集中注意力，但并非关注那带着银白突起的树皮或像鱼一样的叶片，而是想象中的一张餐桌，干净、完整、结实、木质、带疤的纹路，这便是它这些年彰显出的优点，而此刻，它颠倒着，悬浮着。诚然，倘若一个人能将绚丽薄暮、鲜艳晚霞、蔚蓝大海与银白树皮糅合成一张四脚白桌，倘若一个人看到的总是事物冰冷的本质，倘若一个人总以这种方式打发时间（只有最卓越的哲学家才这么干），那么评判他的时候肯定不能用普通的标准了。

　　班克斯对莉丽颇有好感，因为她说"想想他是做什么的"。他思考过这个问题，常常思考，反复思考。他无数次说："拉姆齐先生属于那种在四十岁之前就有所成就的人。"他在二十五岁时便写了本哲学书，其贡献毋庸置疑；后来的文章基本都是一样的主题，或支床叠屋，或引申触类。不管怎么说，在某个领域内有所成就的人还是占少数，说着，他止步于一棵梨树下。他的话很稳妥、很准确，也很公正。刹那间，她的情感仿佛随着他的大手一挥倾泻而出，她对他的了解已经不少了，而眼下对他的感知则统统喷涌了出来，好似一场大雪崩。那种情绪是激动。接着，他存在的本质在一阵迷雾中渐渐升腾。那又是一种新的感觉，她愣住了，那感觉如此强烈，令人震惊，源自他的善良与尊严。我尊敬您（她无声地告诉他），方方面面，无不尊敬；您没有私心，也没有虚荣心；您的优秀胜过了拉姆齐先生；我认识的人都没您好；您孑然一身（她希望自己可以给这个孤独的人带去一丝与性感无关的安慰）；您为科学而活（她的脑海里莫名其妙地出现了很多土豆的切片标本）；对您而言，赞美反倒是亵渎；您的心是纯洁的、仁慈的、勇敢的！当然，她同时又觉得，他居然带着一个男佣来这偏远的地方；他不让小狗在椅子上待着；他会不停地唠叨英国厨师有多差劲，或者菜里的盐分有多少（直到拉姆齐先生摔门而去）。

　　这一切又该作何解释呢？你该怎么评判和看待他人呢？你该怎么综合所有因素并总结出你对某个人是喜爱还是厌恶呢？评判的意义又在哪里呢？她站在梨树下发着呆。两位男士的形象先后出现在眼前。她的思考之迅捷，犹如一个快到无法记录下来的声音，然而那就是她本人在讲述，下意识说着真实、永恒、自相矛盾的话，因此就连树皮上的突起与裂痕都注定会永远留在原处。您有您了不起的地方，她接着讲，有拉姆齐先生不具备的优秀之处；他心胸狭窄、自私自利、爱慕虚荣，总是以个人为中心；他在大家的关爱里养成了坏习惯；他性格暴躁；拉姆齐夫人深受他的折磨；当然，他身上也有您（这话是说给班克斯听的）不具备的特质；他不谙世事，也不关心烦琐的日常事务；他爱孩子，也爱小狗。拉姆齐先生有八个儿女，班克斯先生则无儿无女。前些天晚上，他找拉姆齐夫人替他修剪头发，并特意穿了两件衣服，还把剪下来的头发装进了用来烤布丁的盆里，不是吗？数不清的想法争先恐后地冒了出来，飞来闪去，就像一群蚊子。它们互不相关，却都困在一个无形的坚韧的网里——它们闪现在莉丽的脑海中，闪现在梨树的枝叶间（想象中放在厨房里的那张干净桌了，象征着拉姆齐先生的智慧令她折服的那个意象，依旧在那里漂浮着），直至那些快速闪现的想法因为紧张过度而分崩离析，她才得以放松了些。有人在不远处开了一枪，被惊起的椋鸟在余音里躁动不安地叫嚷起来。

　　班克斯先生说"是杰斯泼"。椋鸟从平台上方掠过，那也是他们的归处。他们跟着风行的椋鸟往回走，穿过大栅栏的缺口，来到拉姆齐先生面前。他冷哼一声，烦闷地朝他们说："这又是谁在惹是生非！"

　　拉姆齐先生还沉醉在自己的吟诵中，亢奋使他两眼放光；那眼神透着几分忧郁，又带着挑战自我的紧张感，并在此时与来人的目光交织在一起，他们相互看了看，在辨认出两人的瞬间，他战栗起来；他本想抬手掩面，但手臂却停在了半空，这不免让人觉得，在这因焦躁和难堪而滋生的痛苦中，他想躲避或逃离他们毫无异常的目光，想请他们将不可避免之事延迟，而他们则牢牢记住了他的样子，因为他在吟诵被打断后像个孩子一样发起了脾气；不过，即便是在他们突然出现的瞬间，他也并未完全崩溃，而是决定接受那种痛并快乐的感觉，那令他无地自容、不可自拔、心潮澎湃的不规范的吟诵——他猛地一转身，当着他们的面"砰"地关上了他私密的门。班克斯先生与莉丽·布里斯库志忑地抬头仰望，看到之前被杰斯泼一枪惊起的椋鸟们此刻正在几棵榆树上休息。

5

拉姆齐夫人仰起了头，看着两人从窗户前走过。"明天晴不了的话，可以看看后天，现在……"她一面说着，一面心想：莉丽拥有一双中国式的秀美双眸，尽管她面色欠佳，还长了皱纹。当然，不够聪明的男士很难看出来。"我得在你腿上比一下，来，站起来。"她得确认那双袜子需不需要加长，譬如一两英寸的样子，毕竟总有一天会出发。

她扬起了唇角，因为一个令人高兴的想法在此时冒了出来——威廉应该娶莉丽为妻。

她把那双混色的、袜口上还插着十字钢针的毛袜拿到詹姆斯腿边量了起来。

"别动呀，宝贝。"她说道。妒忌心让詹姆斯不肯充当标尺替灯塔看守者的孩子测量袜子的长度。他表现得很烦躁，故意扭动着身体。她问道，总这样的话要怎么确定袜子是长是短呢？

她的宝贝小儿子，是什么让他像着了魔一样？她抬眼环顾，破旧的房间和椅子映入眼帘。如安德鲁那日所言，坐垫的内芯散落在地上各处。可是，她问道，如果买新的回来，也只能任由它们在冬日的阴冷潮湿中慢慢腐朽，那又何必呢？

　　整个冬季，这里只会有一位把门儿的老妇人，所以漏水这种事是不可避免的。无所谓了，孩子们很喜欢这地方，而且只需要两个半便士就可以租上一天。无论是图书馆还是讲座沙龙，抑或是学生们都在千里之外，准确地说是三百英里之外，对她丈夫而言可是天大的好事；而且这里还不缺客房。被伦敦淘汰的席子、钢丝床，以及不太稳当的桌椅板凳倒是和这里很搭；此外还有少量书和几张照片。她考虑，再多放点书。哎，她其实根本抽不出时间来阅读！哪怕是那些作为礼物的书，哪怕那上面附有诗人所写的赠言，譬如"赠与意志必被服从的太太""送给幸福的当代海伦"……挺难为情的，她从未翻开过那些书，更别说贝茨写的《论波里尼细亚人的野蛮风俗》与克罗姆写的《论意识》（她嘴里说着"别动啦，宝贝"）——不能带着书去灯塔，不管哪本都不行。她想，这房子迟早有一天会破得不行，到时候就必须想想办法了。倘若他们能把她的话听进去，在进门前把脚上的沙子都擦干净，那也能起点作用。安德鲁想解剖螃蟹，她只能禁止他们把螃蟹带回来；杰斯泼想试试煮海藻汤，她只能一筹莫展；还有露丝，偏爱石子、贝壳和芦苇；孩子们都很聪明，但爱好迥异。可结局又如何，她在詹姆斯的腿和袜子之间叹息了一声，看了看房间里的一切，从地板到天花板，这就是结局：年年岁岁，四季更迭，这里的陈设都成了老掉牙的东西，席子已经没了最初的颜色，剥落的墙纸被风吹得噼里啪啦，哪里还看得清上面的玫瑰图案。另外，假如一栋房屋的每扇门都关不上，而在苏格兰又找不到会修理那种门锁的人，那么屋里的东西不可能不发霉烂掉。每扇门都关不上。她的耳朵知道，客厅的门没关，前厅的门没关，卧室的门可能也没关；楼上平台处的窗户也没关，当然，那是她打开的。不关窗，不开门——多简单，他们怎么就记不住呢？她经常在夜里发现女佣屋里的窗户都没开，房间里一丝风都没有，就像炉子似的。唯有玛丽，那个瑞士女孩的屋子与众不同，她情愿不洗澡也不愿屋里空气不流通。她之前说过："故乡的山峰美极了！"在那遥远的地方，她爸爸已病入膏肓了。这是拉姆齐夫人知晓的事，她站着一句话不讲，因为不知道该讲什么。他得了重病：喉癌。她开始回忆——自己怎么会在那里停留，而瑞士女孩又怎么说着"故乡的山峰美极了"，然而看不到任何希望，怎么都看不到。她忽然烦躁起来，生气地冲詹姆斯喊道："别动了！耐心点！"

他立刻察觉出了她的愠怒，于是站直了腿配合测量。

看守着灯塔的索尔莱有个儿子，和詹姆斯相比又矮又小，就算已有所考虑，但那双袜子可能还需要再加长至少半英寸才行。

"短了啊，真是太短了！"她念叨着。

前无古人的失落，惆怅且消沉，在那黑暗里，在那竖井中，在从光芒万丈的地上堕入深不可测的地下时，眼角许是凝结了一滴泪，落下了一滴泪；它融入了翻涌的潮水，继而归于平静。前无古人的失落。

但人们讨论的却是，除了可以被看出来的伤心难过，难道就别无其他了吗？她貌美如花、风姿绰约，但那背后隐藏着什么？他们问，他朝自己的头开了一枪吗？她那位很早之前的恋人，死在了和她结婚前的那一周，是吗？流言四起，与他有关。或许什么也没发生过？在那从不会被扰乱的美丽的仪表背后，真的别无其他？毕竟，她在某些私密的交流中，在旁人说起澎湃的激情、骚动的爱情，以及失意的工作时，原本可以故作轻松地提到她是清楚的，她曾感受或经历过，可是，她什么都没有说。那种时候，她兀自想着——不说我也知道。她没多少心思，却能轻易地思索出聪明人常会犯的错。她的单纯令她的思想毫无阻碍地找到了真相，利落得好似石子坠下，准确得犹如小鸟着陆，而人们已轻松地、高兴地、安心地接受了真相——可能只是看上去如此。

有那么一次，当她的声音从电话里传来时，班克斯先生怦然心动，尽管她只是把火车时刻表跟他说了说。"看来造物主是拿稀有黏土创造的您啊！"他如是讲。在他脑海中，幻象清晰可见，电话那头的她优雅得如同希腊雕塑，笔直的腰背，湛蓝的双眸。与这样的女子通话，他真是不配。她的面容，仿佛是希腊神话里的掌管妩媚、美丽与优雅的美惠三女神，在满是青草与长春花的园圃中联手打造的。他应该赶去厄斯顿，坐十点半的火车。

班克斯先生继续说："可她似乎一点儿也不知道自己有多美，就像个小女孩一样。"说完，他把话筒放了回去。他从房间这头走到了窗户跟前，去查看工人们干活的进度，屋后将多出一座宾馆来。他望着工人们在未完工的墙体间忙乱地走动，继而又开始挂念拉姆齐夫人。他思量着，在她和美的面庞上，总能看到一丝异样。她会随意地戴上打猎时才会用到的草帽，或者穿着雨靴在草地上"追捕"某个捣蛋鬼。所以，在想起她的美丽外表时，你还得注意某些鲜活的、震颤的东西（他目光所及之处，工人们将砖头搬到脚手架的木板上），并将它加到肖像画里。倘若只是将她视为一名女子，那么你会给她贴上特立独行的标签——人们爱慕她，但她并不乐意——或许她的潜意识促使她想要摒弃优越的外在，漂亮的脸庞也好，男人们的赞美也罢，都让她觉得恶心，她没有别的愿望，只希望自己是个普通人。他不懂。他必须去工作了。

棕红色毛绒长袜的编织工作尚未停止。一只金色的画框，上面挂着绿披肩，内里镶着经过鉴定的米开朗琪罗真迹的画作，荒诞地衬托出了拉姆齐夫人头部的轮廓。她静下心来，态度不再如方才那般峻厉，她抬起小儿子的头，在额角处落下一吻，说："我们找张新图片来剪吧！"

6

发生了什么？

谁又惹事了！

她的思绪猛地回到了现实，那句在她脑海中长期占据一席之地的无用之词眼下被赋予了具体含义，变得具体了。"谁又惹事了……"她用近视的眼睛盯着丈夫，他正飞快地跑向她。她怔怔地看着，直到他出现在跟前才反应过来（那简单的押韵的诗句自然而然地浮上了她的心头）。发生了什么？谁又惹事了！然而，这或许是她一生难解的谜题。

他在战栗，在发抖。他那基于自身出众才华的优越感，他那雄浑如雷电的惊人气势，他那带队穿越死亡谷的鹰隼般的勇气，被毁于一旦，彻底溃散了。不畏霰弹与炮火，我们扬鞭策马，气宇轩昂，穿过死亡之谷，枪炮齐鸣，枪林弹雨——忽然之间，莉丽·布里斯库与威廉·班克斯迎面而来。他在战栗，在发抖。

不管怎么说，她绝不会在这个时候跟他说话。逃避的眼神，个人化的古怪行为，种种熟悉的迹象告诉她，他想躲起来，到一个不为人知的角落里平复心情，修复伤痛；她很清楚，有人惹恼了他，他在发脾气。她拍了拍詹姆斯的小脑袋，把心中所感所想"告诉"了儿子。商品手册上一个男人的白衬

衣渐渐变成了黄衬衣，詹姆斯正拿粉笔涂着，她一边看一边
想，这孩子以后要是当上了画家，自己该多开心啊！当画家，
有何不可呢？他长着非常棒的额角。她丈夫又一次从她跟前
走过，她抬起头，看到刚才的沮丧已不知所终；温馨的家庭
气氛占据了主导地位；日常习惯演绎的旋律总能让人平静下
来，所以他刻意止步于窗前，突发奇想地俯下身，用小树枝
在詹姆斯光着的小腿上挠痒痒。她责怪了他，说他不该打发
走塔斯莱，"那个令人同情的小伙子"。他回复道，塔斯莱
得回屋写毕业论文。

"早晚的事，詹姆斯也逃不过写毕业论文这种事。"他
补充了一句刻薄的话，一边说一边拿树枝挠着小光腿。

詹姆斯还在怨恨他爸爸，所以伸出手撇开了小树枝。拉
姆齐先生则用一种独属于他的、既严肃又有趣的方式——用
小树枝挠着詹姆斯的小光腿。

拉姆齐夫人说，她打算织完这双袜子，虽然令人厌倦，
但毕竟得在明天给索尔莱的孩子拿去。

她的话被拉姆齐先生厉声打断，他说他们明天根本就去
不了灯塔。

她反问，风向总是变来变去，他又怎么知道！

她说那话就是在无理取闹，女人的愚昧想法令他恼怒。
他刚刚正骑马横闯死亡之谷，却不幸被人打断，美好的幻想
破灭了，他气愤得浑身打战；而此刻，她不但不面对现实，
还让孩子们去相信一件不可能完成的事，那其实就是撒谎。

他恼怒极了，在台阶上跺脚，说着："见鬼了！"可是，她说了什么？她只是说，明天或许会转晴，或许明天是晴朗的一天。

降温了，西风，意味着无法出行。

完全不顾旁人的感受，为了追求真实而言行惊人，固执又暴戾地将文明的薄纱扯掉，在她看来，这是对礼仪制度的践踏。她一言不发，眼神迷茫地低下头，仿佛是无数棱角分明的冰雹滂沱落下，将泥水溅到了她身上，裙子湿透了，而她毫无反抗之意。她无言以对。

他站在一旁陷入了沉默。最终，他卑微地说，我会向海岸警卫队打探下天气情况，只要她开心。

他是她最敬重的人。

她说，她已经能接受他的看法和这个提议。他们只是不用准备三明治了，别无其他。因为她是女性，所以他们一天到晚都会找她：要这个东西的，要那个东西的；儿女们一天天在长大；她常常觉得，自己像一块海绵一样，被大家的种种感情撑得满满的。他方才不是还说了句，见鬼了。他说明日有雨。然而此刻，他又改口说明日没雨；就这样，她眼前出现了一道天堂之门，它平静安宁地开启了。她最敬重的人，是他。她甚至认为，她连为他系鞋带的资格都没有。

之前的狂躁（在吟诵的梦境中）和挥舞双臂勇猛领军的模样，实是让拉姆齐先生觉得羞赧，于是他有些难为情地再次戳了下詹姆斯的小光腿，此时，他仿佛是得到了可以后退

的许可一般，如释重负。看着拉姆齐先生这些奇怪的行为，
妻子不禁想起了动物园里庞大的海狮被人喂食了小鱼后，翻
跟斗回到水里，之后呆笨地游开，在池中激起阵阵水浪。夜
幕之下，空气渐渐变得稀薄起来，拉姆齐先生悄悄走进这夜
色中，它正吞没着周围的树叶与栅栏，却又将白昼里缺少的
清香和光泽赋予了石竹花和玫瑰，好似在弥补些什么。

　　他在平台上踱步，不断地行走着，边走边说了句："是
谁又惹祸了？"

　　他的音调有了明显的改变，像是子规鸟在鸣啼，"六月
时节，他走调了"，正试图用某句简短的话语来抒发自己目
前这全新的心情，就像是短暂的试探，虽然这句话听起来不
太动听，甚至有些戏剧性，可眼前只剩这句话了，也就用上
了。"是哪个家伙又惹祸了？"——用带着优美旋律的音调，
说着这样的话，像是一句疑问，没有一丝一毫的肯定。拉姆
齐夫人看见这些，不由得哑然失笑。他不停地踱步，口中还
一直嘟囔着，却不出意外地，很快就慢慢忘记了它，开始默
不作声。

　　他又变成了独自一人不被任何事物扰乱的状态，这下安
全了。他停止了踱步，缓缓点起了烟斗，看了眼屋里的妻子
和儿子，感觉自己像是一个坐在特快列车上阅读书籍的人，
不经意间望向了窗外，看见一幅宛如插画的乡间美景——农
场、大树以及排列整齐的茅草屋。而这偶然一瞥恰恰印证了
书中所写，使得他信心倍增，内心得到了极大的满足感。在

此种心境下，拉姆齐没有察觉自己看见的到底是妻子还是儿子，但就是这一眼，让他内心受到极大的鼓舞，使得他能全神贯注地用自己聪明的脑袋去尝试解决那些令人费解的问题，并且现在已经得到了透彻的理解。

真是个聪明的脑袋。倘若思想是钢琴键盘，被分作无数个琴键，抑或是如同英文的二十六个字母，能被有序地排列起来，那他这个聪明的脑袋一定能轻而易举地快速精准地将所有字母一一辨别，直到它到达某个目的地，例如字母 Q。全英国到达 Q 的人可谓是凤毛麟角，而他已然到达了。此时，他在花盆前驻足并做了短暂的停留，这里插着许多的天竺葵。看着窗内坐着的妻儿，此刻却显得遥不可及，如同那些正捡着贝壳的孩童，对远处所见的灾难和不幸没有一点防备，天真烂漫的他们只会关注到身旁的东西，哪怕那些东西只是沧海一粟。他会庇护着他们，如果他们需要的话。可是 Q 之后呢？Q 后面还有那么多字母，而末尾那个是凡夫俗子无法企及和看见的：它在遥远的地方无声无息地闪烁着红色的光芒。一代人当中仅有一个人可以达到最后的字母 Z，若自己可以触及字母 R，便已经很杰出了。起码他现在稳稳地站在了 Q 上面，这对他来说是稳操胜券的，毕竟他能轻松地将 Q 解说清楚。若 Q 即 Q，紧接着的就是 R 了……想到接下来是 R，他在花盆柄部敲击了几下，抖落掉烟灰，那声音十分响亮，而后，他又开始思索起来。"后面是 R 了啊……"他坚定信心，专心致志。

水一壶、饼干六片，仅靠这些就能搭救被困在风急浪高的海洋上的船友，是公平、坚毅、忠勇、远见、技巧——这些卓越的素质为他做了加持。接下来就是 R 了，那么，R 又是何物呢？

那扇如同蜥蜴眼皮一样的百叶窗在他热切的目光中不停地开合着，模糊了 R 的模样。在那合眸的幽暗瞬间，他听见人们的声音——R 是他望尘莫及的事物，他一辈子都到达不了 R，他只是个失败者而已。那么，再一次向 R 发起冲击吧，再试一次吧，R——

他能够在冰天雪地的北极中孤独地冒险，并成为一群人的领袖和导游，是因为具备卓越的素质。这样的人从不会盲目乐观，甚至是悲观的，但能镇定自若地洞察未来，面对当下一切。他一定会再次得到那些卓越素质的加持。R——

那宛若蜥蜴眼皮的百叶窗又在不停开合着。他额头血脉偾张，青筋凸起。让人讶异的是，花盆里的天竺葵似乎变得显而易见了，而他出人意料地看见了天竺葵叶子里透出的两类天差地别的人物。一类拥有超凡的力量，稳扎稳打、循规蹈矩地努力工作着，会按照二十六个字母的顺序从头开始将它们都一一写出；另一类天赋异禀，能不带一丝犹豫地瞬间攻下二十六个字母，简直就是在创造奇迹一般，这就是天才的方法。他和天才不沾边，自然不具备这样的能力。但要按照字母顺序准确无误地写出 A 到 Z 的能力，这种能力他应该是有的。现在他正处于 Q 的阶段。冲刺，向着 R 冲刺。

　　天空飞扬着洁白的雪花，山顶雾气缭绕，他明白在天亮以前自己就会倒下，然后死去，他的内心翻涌出许多情绪，这些情绪不会使自己探险领队的身份蒙上耻辱，可还是让他的眼睛失去了光泽，仿佛在平台上徘徊的这两分钟令他顿时又苍老了些许。不过，他断不会坐以待毙的，他试图找寻一处断崖绝壁，他要站在那里死死注视暴风雪袭来，用那看似要穿破黑暗的目光坚定地站在那里，直到生命终结；他要的是，即便死去，也不能倒下。他一辈子也触及不到字母 R。

　　他愣愣地在满是天竺葵的花盆旁站着。在十亿人中间，能到达字母 Z 的到底能有几个呢？他这样问着自己。显然，这样一位几乎没什么指望的领队，大概是会这样问自己的，且在不违背自己从前那些征程的情况下坦率地答道："或许是独一无二的。"一代人之中大概没有第二个。若他不是这个人就该被责骂吗？倘若他已经全力以赴并勤勤恳恳地努力工作了，还会遭受这些非议和责难吗？他的名誉又能持续多长时间呢？可否同意一位濒死的英雄在死亡来临前，静静思考后人会对他有何种评价和议论？或许他的名誉能维持两千年，可这又有何意义呢？（拉姆齐先生注视着那些栅栏，暗自嘲讽地问自己。）若你自山巅眺望那蹉跎了的悠远光阴，这又代表着什么呢？那些躺在地上，轻易就会被你踢飞的小石头存在于世的时间可能比莎士比亚还早许久。他那微小的光只会淡淡地闪烁一两年，而后就会被更强烈的光吸收、融合，再被更猛烈的光吸收、融合。（他的视线看向了栅栏中央那盘根错节的树枝。）死神来临之时，会使得他四肢逐渐变得麻木僵硬，倘若在完全无法动弹前，他能将有些僵硬的手指抬至眉头，昂首挺胸无畏地面对死亡，那么，搜救人员到场以后，就会看见他以英雄的风姿坚守在自己的职位上，而由他带领的那支冒险队此时已到达了某种程度的高峰，能看见星球的坠落和那蹉跎了的岁月。在这样的情境下，又有谁会去责难孤军奋战的领队呢？拉姆齐先生昂首挺胸地在花盆旁笔直地站着。

他笔直地站立着，思忖自己的名声、搜救人员，那些满怀感恩的支持者为了纪念他而在他的尸身上垒砌的石头，还有谁能责难他呢？最终，他殚精竭虑，经过重重险阻，就此长眠而不顾及自己是不是能够苏醒（此刻，他因为脚趾的刺痛而明白自己尚未死去，并且很乐意继续活下去），可是他想要得到慰藉，喝点儿威士忌之类的烈酒，再找一个能立刻倾听他那些苦难的人，一位必定会死亡的冒险队长，又有谁会去责难呢？卸下盔甲的英雄站立在窗前，注视着自己的妻子和儿子，谁又不会心生喜悦呢？一开始，她距离自己很远很远，然后一点点慢慢靠近，近到自己能十分清楚地看见那嘴唇、脑袋与书籍，即使他感觉十分落寞，甚至想到那坠落的星球和蹉跎的岁月，他仍旧认为她风姿绰约，可爱至极。于是，他最终还是收起了烟斗，在她跟前俯首——倘若他对这如花似玉的女子表示敬意，又有谁能责难他呢？

7

可是，他被儿子怨恨着，只因为他来到他们面前，止步低头看着他们；这是一种打扰，所以詹姆斯怨恨着他。同时，他那沾沾自喜、自恃清高的态度，以及他那聪明的头脑的准确性和强烈的个人主义也令他儿子怨恨。（毕竟，他只要站在那里，他们就不可能忽视他。）然而，詹姆斯最怨恨父亲的是，他在情绪激昂时从鼻腔里发出的颤音，那声音充斥在周遭，打扰了自己与母亲间纯美的相处。他专心致志地埋头看书，期盼着父亲能远离他们，又用手指指着书本上的字，希望以此来吸引母亲的注意。可令他愤恨的是，从父亲停下脚步那一刻起，母亲就不再如之前那般专注了。他做什么都是徒劳，他无法让父亲离开。拉姆齐先生就伫立在那里，博取他们的慰藉。

在此之前，拉姆齐夫人抱着詹姆斯慵懒地坐着，如今打起精神微微侧身，好似打算用力站起身来，而且看起来活力满满、生机勃勃；那些藏匿在身体内的能量仿佛正在燃烧、发亮，逐渐转化成某种力量，在空中迸射出阵阵甘露和喷雾般的水珠（尽管她只是淡然地坐着、重新开始织起袜子），可是那个缺乏活力的可怜男人此刻就像一只滑溜的黄铜鸟嘴，不断吸取着空中那甘美的生命之泉和喷雾里的水珠。他

渴望得到慰藉。他说自己是失败者。拉姆齐夫人将手里的针
轻轻摇晃着。拉姆齐先生始终注视着她的面孔，他是失败者，
他反复说着。"查尔士·塔斯莱觉得……"她对他的话表示
了异议。可是这没有使他感到满足。他渴望得到慰藉甚至更
多。首先，要赞同他是个天才；其次，要融入他所在的圈子，
从中得到慰藉和关怀，让他得以恢复理智且充实他原本贫乏
空洞的心灵；最后让生命的气息充盈在这栋建筑的所有房
间——不只是客厅，还有后面的厨房、厨房上面的卧室、卧
室上面的儿童卧室，这些地方都需要家具的装饰和生命气息
的填充。

她说，查尔士·塔斯莱觉得他是这个时代最令人膜拜的
形而上学家。可是他渴望得到安慰甚至更多。他得确保自己
一直是生活里的核心人物，确保无论是在这里还是全世界，
自己始终为他人所需要。她摇晃着手中发亮的钢针，信心十
足地把身子立直了，使得客厅与厨房都似万象更新，只留他
在一旁不断踱步进出，悠闲自在。她静静地编织绒线，脸上
带着动人的笑容。詹姆斯在她的膝盖中间无法活动，只能感
受到那黄铜鸟嘴正不断用力吸取着她身体内不断升腾转化出
的所有力量，那不幸的男人正一次次地挥舞着弯刀冷酷地砍
着那股力量，他索求着她的怜悯。

他反复地说自己是失败者。那你看一看，感受感受吧！
她摇晃着手里发亮的钢针望向其他地方，窗户外、房间里，
以及詹姆斯。毫无疑问的是，她用自己愉悦的笑声、镇定自

若的姿态、满满的活力（如同在黑暗的房间内，为了给孩童安全感而提着灯的保姆）证明着这栋房屋内的所有事物都真实存在，这里充盈着生命的气息，风儿正轻拂着花园。倘若他百分百相信她，那便再无哪般事物能对他造成伤害；不管他（在学术界里）钻研得有多深，拥有多高的地位，他能意识到她基本每时每刻都在他身旁，形影不离。这般夸赞着自己陪伴他身旁且予以关怀慰藉的能力，令拉姆齐夫人感觉自己什么都没有留下，哪怕是一具能被人识别出来的空空的躯壳；她慷慨地把自己的所有都奉献给他，以至于自己什么都没留下。至于詹姆斯，正笔直地站立在她膝盖间，意识到她已经变成了果树，这棵树已经结满果实、枝繁叶茂，可是那个不幸且利己的男人，他的父亲，正用黄铜鸟嘴和饮血弯刀猛扑过去，不断地吸着、砍着，索求着她的怜悯。

她说了许多慰藉的话，他好似如愿以偿的孩子一般又朝气勃勃了，宛若重生一般，他用一种谦虚和心怀感恩的目光望着她，终于愿意去打一局球，去外面瞅一眼玩板球的儿女们。他离开了。

只是一瞬间，拉姆齐夫人就似一朵历经盛放后衰败下来的残花，花瓣正紧紧地贴在一起，缓缓地皱缩着，身体已经疲惫不堪完全瘫倒下来，（在精疲力竭的状态下）她几乎失去所有气力了，只能微微动动手指头翻着格林童话，她感受到一次脉搏跳动到极致的惊悸，如今正一点点逐渐平复着，她清楚地感受到了一种创造成功的欣喜和惊悸。

他离去时，这跳动着的脉搏好像将他们夫妻二人融为一体，且给予彼此某种慰藉，宛如旋律流淌时的高低起伏，让他们合奏出琴瑟和鸣的完美效果。即便如此，当这样和美的音调消失以后，拉姆齐夫人再次开始读格林童话时，不但身体深感疲惫（除了此时，之后她时常会有这样的感受。），其中还夹杂着不明缘由的不悦之感。她提高音量讲着渔夫的故事，不清楚这感受的来源是什么，翻页时她的手忽然停顿了，耳边传来阵阵闷闷的海浪声，仿佛有不幸的事要发生，此刻，她明白自己为何会有不快的感受了，可她不愿让自己用言语讲述它：她不愿让自己的智慧超过丈夫，哪怕是片刻也不可以，并且，若在与他交谈时，无法确信自己的言语没有虚假成分，她是无法忍受的。学生也好，大众也罢，都离不开他，他的论文与讲座都很重要——她一直都这样坚信着；然而，她心里有些不安，因为两人间的关系，以及他公开请求自己帮忙；毕竟，这会让人们议论他在依靠她，可事实上，他们都应明白：他们二人之间，他显然是地位更重的那个；相较于他，她奉献给这个世界的只是沧海一粟。况且还另有原因——她害怕跟他道明事情真相，比如，她害怕让他知道：整修温室的屋顶或许要花费五十英镑之多；她害怕让他知道他新作的真实情形，害怕他担心自己的新作不是最优秀的，她原本就对此心生疑虑（这是她听威廉·班克斯说的）；另外，很多生活琐事也不敢明言，若这样的情形被孩子们见到，会给他们的精神造成不必要的压力——这些种种弱化了美满的曲调，也弱化了其中完整、单纯的快乐，以至于让这种和谐之音单调、凄惨地在她耳畔散去。

书本上映射出人影一个，她抬眼望见了奥古斯都·卡迈克尔先生，他正慵懒地拖着脚步路过；此刻，她正好想着人际关系如此不适宜，想着那些看似十全十美的事情其实也存在瑕疵，想着她无法容忍这种考验：她天生是个追求事实真相的人，可是，出于对丈夫的爱意，她不得已背离了真相；此刻，她觉得自己做了愚蠢之事而心生痛楚，她因为这些谎言而无法展现自己的真正用处——她因为发觉到自己的卓越而深感苦恼，而卡迈克尔先生就在此刻慵懒地拖着脚步路过，她不由自主地开口问他："卡迈克尔先生，您要进来吗？"

⑧

他一言不发。他染上了鸦片。孩子们念叨着他那黄黄的胡须是被鸦片熏出来的。或许这是事实。每年，只要他不想面对现实的时候就会来他们家，她也感觉他是个可怜且不幸的人；但同时，每一年她都能察觉到，这个人不相信她。"我待会儿会到城里去，您是否需要邮票、纸或烟草？我可以给您带点儿回来。"她说。可她感觉他一直在小心翼翼地抗拒自己。他不相信她。至于为什么，其实与他妻子有关。她不禁回忆起那个女人用十分傲慢且刻薄的态度对待他的场景。在圣约翰街的那个小屋内，恶毒的女人无情地将他扫地出门，而他披头散发不修边幅地站在那里，外套上还带着污渍，那模样仿佛一个百无聊赖的老人，疲惫不堪，而她竟然就这样将他扫地出门。这亲眼所见的场景惊呆了她。他不信任她。"我得和拉姆齐夫人谈谈。"她说话的语气令人厌恶，就这样，拉姆齐夫人仿佛看见他这辈子无数的苦楚和磨难都在这里呈现了。他是不是没有钱买烟草？他是不是被迫只能向她讨钱？是讨要两个半先令，还是讨要十八便士？一想到那个恶毒的女人让他承受的这些耻辱和痛苦，她实在无法忍受。然而他现在一直都逃避着她，（她想不到具体的缘由，或许是他妻子对他的恶劣态度，让他开始不自觉远离女性）。他从不与她倾谈，她还可以做点儿什么，对他好一些呢？家里为他备好了采光很好的房间。孩子们友好地对待他。她自己也一直都十分欢迎他的到来。事实上，她甚至常常是特地用"您需不需要邮票？您需不需要烟草？您可以看看这本，或许是您想要的。"这样的方式问候他，以表达自己对他的关怀和友善。毕竟，毕竟（思及此处，她竟不自觉地昂首挺胸起来，难得地意识到了自身的美貌），毕竟，通常情况下，她可以轻易地让人倾慕自己。比如乔治·曼宁，又比如华莱士先生，夕阳西下之际，他们会到拉姆齐夫人这里来，围炉而坐，与她侃侃而谈，即使他们是十分有名望的人。她不得不意识到，自己是如此明艳动人且光芒四射，就像燃烧的火炬让人无法忽视，她所待过的每个房间都有这火炬般的美。即便她已经尽力将美丽用披肩掩藏起来，即便这天生的美貌成为她仅有的束缚，且让她因此有些退缩，却丝毫不影响人们轻易就发现她的美。人们夸赞她，人们钦慕她。曾经，当她走进悼念者们所在的房间时，那些人当着她的面悲伤哭泣，无论男女都会对她诉说一番。他们渴望与拉姆齐夫人共处，试图从她身上获取到一种单纯坦诚的慰藉。卡迈克尔先生居然远离她。这实在让她心里很不痛快，甚至有些伤心。并且还是以这么默默的、不太合适的方式让她伤心。她原本就怀揣着对丈夫的怨气，在这个情况之下，又遇见了这种令她不悦又介怀的事。此刻，胳膊下夹着一本书的卡迈克尔先生穿着黄色拖鞋慵懒地蹭着地面走过，面对她的邀约，只是冷漠地点点头。她察觉出他不相信她；她察觉到自己会生出给予别人慰藉和援助的心愿，只是虚荣心作祟而已。她这样本能地热衷于帮助人和安慰人，只不过是让自我内心获得满足感，是想让他人夸赞自己："拉姆齐夫人啊！令人倾慕的拉姆齐夫人……拉姆齐夫人，真是很好啊！"同时让自己被人需要，被人邀约，从而被所有人钦慕着。她内心深处所渴望和追求的不正是这些吗？所以，卡迈克尔先生如今这种远离她，独自躲在角落里不停地哼吟着自己的离合诗的行为，不但使得她感觉自己天生好善乐施的心性被漠视，而且让她察觉到自身的微不足道，察觉到不论是多好的情况下，人际关系竟是这般自私、卑劣、不完美。颓唐且筋疲力尽，她确信（她消瘦的脸庞和灰白的发丝）自己不复从前那个能让他人眼神放光惊叹不已的美人了，她应该心无旁骛地想想渔夫的故事该怎么讲，好让极度敏感的詹姆斯，他的小儿子不再那么闹腾。（在所有孩子中，只有他敏感过头。）

"渔夫心里很不好受，"她念得很大声。"他很抗拒。他想，这不是理所应当的事。可是，他最终还是走到了海边，而这时，海水已不再是黄绿色了，而成了昏暗的紫色、幽暗的蓝色，浑浊且灰蒙。可是，海面依旧毫无波澜。他伫立在海边，说——"

拉姆齐夫人对于丈夫非要在此时此刻驻足在他们跟前这件事实在有些反感。之前他不是说要去瞅一眼孩子们怎么玩板球吗？怎么不去了呢？然而，他一言不发，只是看了看，点了点头，以示自己的认可，然后向前走去。倘若莎士比亚只是虚构的人物，他询问着，那么，世界的模样是否与当下所展现出来的大为不同？伟大的人是不是决定社会文明进展的关键？相较于古埃及法老所在的年代，当今社会下普通民众的气运会不会好一些？可是，他又思考着，考量一个社会文明程度的准则，会是普通民众的气运吗？可能不是这样的。也许，奴隶阶层的存在会有助于成就一个最崇高美好的文明。伦敦地铁里可不能没有电梯员。他因为拥有这样的想法而变得忧愁。他抬头仰望着，他需要降低艺术的主导性，以便杜绝产生这样的结论。他想要论证的是，艺术不过是人们生活的点缀之物，它无法展现出人生的真正意义，而世界是为了普罗大众而生的。于生活而言，莎士比亚并非必要的存在。但为何要无视莎士比亚，而去偏袒一个一辈子只能做电梯员的人，他自己也想不明白。他气愤地扯下栅栏上的一片叶子。到了下个月，这些论点全都会被放进餐盘，送给迪卡夫学院里的那些年轻学生，他思索着，自己在家里阳台这里，仅仅是找寻着一些粮食沫，食用了一点野味而已（那刚刚带着怒气从栅栏上扯下来的叶子被他抛弃了），如同骑着马的人，一边随手采摘着一些核桃或玫瑰充盈自己的口袋，一边怡然自得地穿过乡间的小路和田野，那是一片自小就很熟悉的地方；那转弯的分岔口，那栅栏旁的梯坎，那条可以快速穿过田野的小道，所有都是他熟知的。他常常就着自己的烟斗度过一整个黄昏的时光。

　　这便是他的宿命，他独一无二的宿命，无论这是不是他想要的：他只能如此站在一方逐渐被大海侵占的弹丸之地，茕茕孑立，好似落寞的海鸟。这便是他的能量，他的才华——他忽然抛弃掉所有多余的才能，并不再继续幻想，不再放声高呼，以此让自己从肉体到精神都看起来更质朴、坦率，可这不影响他保持灵敏的思维，于是，他如此这般地伫立在这方悬崖之上，凝视着人类的蒙昧和灰暗：我们所在之地正被海水默默冲击、腐蚀，可我们却丝毫未察——这便是他的宿命与他的才华。他翻身下马的那一刻，便已将所有虚夸的姿态都摒弃了，也摒弃了口袋内玫瑰和核桃之类的纪念之物。他抑制了自我的天马行空，甚至将自我的荣誉和名字都丢弃了，哪怕是在这般孤独的情形下，他也能维系一丝理智和戒备心，不让自己沉迷于幻想和迷境之中。正是由于这样求真的态度，让他得以在威廉·班克斯那里（偶尔地）、在查尔士·塔斯莱那里（献媚地），以及如今在自己妻子的内心世界里（她一抬头便见他伫立在草地的角落）留下一丝钦慕、怜悯及感恩之情，如同在海上浮浮沉沉的航标，无论海浪如何击打它，不管有没有海鸥停留，它都孤独地矗立在海浪中践行自身使命，为人们引航指路，所以，那艘坐满了游客、充满欢声笑语的航船对它满怀感激。

"可是，作为八个儿女的父亲，别无选择啊！"他低声呢喃，苦思冥想戛然而止。他转身嗟叹，视线找寻着正为詹姆斯讲故事的拉姆齐夫人的身影，烟斗已被他再次填满。他若是能一直琢磨人类的愚蠢、宿命以及土地被海水缓缓腐蚀之类的事，或许是能得出某种结论的；可他却转身投入到平凡琐碎的事情里，并试图从中获取慰藉，这相较于之前他面对的那庄重严肃的主题而言，实在是不起眼，不起眼到让他想看轻乃至无视这样的慰藉，这就好比被人察觉到他虽身处凄惨世界但日子却过得颇为美满，身为一个心胸坦荡的男人，他觉得那是一种令人羞耻的罪过。毫无疑问，他大抵上算是个幸福的人：有妻有儿有女，并且已被卡迪夫学院邀请在六周以后去为学院的青年学生们演讲，主要是说些与洛克、休谟、贝克莱有关的，以及法国大革命起因之类的"空话"。然而，关于受邀的事情，和自己因此而感受到的愉悦，以及他从他的演讲、年轻人的热诚、妻子的美貌，从斯旺齐学院、卡迪夫学院、爱克斯特学院、南安普敦大学、凯特密内斯特大学、牛津大学和剑桥大学对他的夸赞里面得到的荣耀和满足感——所有的事物都只能用"说点儿空话"这种谦恭的话语来掩盖和贬低，毕竟事实是，他本该实现的事业并没有实现。这样的粉饰之词是害怕公示自己感受的人所常用的。他无法说：这就是我喜爱的——即我的本质；可是威廉·班克斯与莉丽·布里斯库却觉有些难受和可惜。对于他为何一定要这般煞有介事地掩盖，为何他可以在精神世界里毫无顾忌，却在现实生活中这般胆怯，他们实在无法理解。他让人敬佩又好笑，真是让人讶异啊！

莉丽猜测：训斥和教诲是人类力量所能企及的。（她正整理放置着的画画工具。）倘若人们崇拜你，将你推上高处，那你必定会悄无声息地摔下来。拉姆齐夫人对他有求必应。情况一旦有所改变，他肯定会感到苦恼，莉丽说。当他离开自己的那堆书籍，察觉我们正在玩闹、聊天，可以想象，对于他之前思索的事物而言，实是巨变，莉丽道。

他朝他们走来，一步步地，但忽然又停下，默默伫立着，眺望海面。如今，他又回身走开了。

9

的确很可惜，班克斯先生开了口，他注视着拉姆齐先生离去。（莉丽曾说，她惊诧于拉姆齐先生情绪转换之快，而且悲喜无常。）的确，班克斯先生说，拉姆齐的行为非同寻常，的确很可惜。（他对莉丽·布里斯库有好感，因此能十分直率地与她议论拉姆齐先生。）所以啊，他说，青年人们不喜欢阅读卡莱尔的文章。这个老头儿易怒且挑剔万分，总会因为不起眼的事而暴怒，我们为何一定要听这样一个人的训诫呢？这便是班克斯先生心中对于当今青年言语的认知。倘若卡莱尔在你心中是最了不起的导师，那他的举止实在让人痛惜。莉丽难为情地道，自己从上学到此时此刻都未曾读过卡莱尔的文章。可在她看来，拉姆齐先生从小脚趾的痛感就联想到世界崩塌，反而让人越发仰慕他。她毫不在意他那样的姿态。他能蒙骗过谁？他直截了当地要求别人钦佩他、推崇他。他使用的那些小手段无法蒙骗任何人。她注视着他的身影道，自己厌恶的是他的锱铢必较与有目如盲。

"有些虚伪是吗？"班克斯先生询问，同时也注视着拉姆齐先生的身影。他此刻想着他的友情，想着凯姆不愿给予自己一朵花，想着自己那安适的小屋，只是那自妻子离世后便显得有些凄凉冷清。固然，他有工作……即使这样，他仍旧期盼莉丽能认同他对拉姆齐先生的说法："是有些虚伪。"

莉丽又开始整理自己的工具，有时抬头望望，有时低头看看。抬眼望去时，她瞧见他——拉姆齐先生——正从那边缓缓靠近他们，晃晃悠悠、马马虎虎、魂不守舍。有些虚伪？她又说了一次。哦。不——他最真实、最诚挚（他朝这边走来），也是最好的；低头时，她思索着：他只顾思考个人私事，像个专制的君王，一点儿也不公平；她刻意一直低着头，毕竟只有这样才可以从容自若地与拉姆齐一家人相处。一旦你抬头与他们对视，那被叫作"爱"的激烈情感便会将他们覆没。他们将变成那想象的、拥有判断力的且散发着情谊的宇宙组成部分，那个用带着爱意的眼神才能瞧见的世界。天穹靠近他们，鸟儿欢快地在他们当中鸣叫。让她更为兴奋的是，在瞥见拉姆齐先生靠近又后退，瞥见窗内坐着的拉姆齐夫人及其小儿子，瞥见天空中飘动的云朵、微风中晃动的树木之后，她不禁联想到，生活是怎样被那些独立又相近的个体组合成一朵朵浪花的，而人类则随着这翻涌的浪花，被猛地拍击到海岸上。

关于自己对拉姆齐的看法，班克斯先生正在等她回应，可是，她反而对拉姆齐夫人颇有微词，想说几句：拉姆齐夫人也有不可一世的地方，也会说些使人讶异的话语，但只要看看班克斯先生如痴如醉的神情，便无话可说了。即使他已经六十多岁，即使他已过花甲之年，即使他洁癖且无特性，如同身着科学家的白色外套，莉丽也能察觉到他看拉姆齐夫人的眼神中透露着一种迷恋，莉丽认为那份迷恋的程度不亚于一群小伙子表现出的爱慕（或许拉姆齐夫人还未曾获得过一群青年的爱恋）。这是爱，她想（一边装作要移动油画布），这便是不掺任何杂质宛如经过蒸馏的纯净爱；双方不妄图占据对方的爱；如同数学家之于数字，诗人之于诗歌的爱，仅仅是想让它们名扬天下，最后变成全人类的一份成就。确实，倘若班克斯先生可以说清楚，拉姆齐夫人为何令他着迷；倘若他可以说清楚，为何她给詹姆斯讲故事的场景在他看来宛如觅得了某个科学难题的满意答案一般令他陷入思考，仿佛自己成功论证了某个和植物消化系统有关的确凿理论，仿佛克制了欲望、遏制了动乱，倘若班克斯先生可以对这些做出清晰的解释，那么，毋庸置疑，他将把这份情感传遍天下。

这种狂热的迷恋——除了"迷恋"一词，大概别无他词可以表明——导致莉丽已全然忘却了自己之前表达什么。不过那无足轻重；是和拉姆齐夫人有关的言语。相较于这样狂热的迷恋，它显得逊色，她因班克斯先生的默默凝视而感动；毕竟任何事物都未能像这高尚的力量、圣洁的天资一般给予她安慰，使她对生活不再感到迷茫，奇妙地卸下了人生的压力。人们定不会打破这般悠然自得的状态，好似一束暖阳穿过玻璃窗洒在地上，而人们也定不会去打断它。

这世间竟有这般不掺杂质的纯净的爱，班克斯先生之于拉姆齐夫人的情愫居然这么诚挚且高尚（她看着他默默思考），实在让人欢欣、让人振奋。她拿着旧抹布恭敬地擦拭着每一根画笔，以此来作为伪装。受到这种倾慕所有女性的情感庇护，她感到自己也正被赞美着。就等他自己默默思考吧，她要偷偷看看自己的画了。

她差点儿哭出来。糟透了，真的是糟透了！诚然，她原本能换种作画手法的：更加暗沉淡薄的色彩以及更飘忽的轮廓，画家庞思福特先生所看见的正是这样的景象。可是，这与她所见的画面却不同。在她眼中，钢铁构架上的色彩在灼烧；蝴蝶翅膀状的光泽在教堂拱形顶上闪耀。这一切景象在画作上只残存了寥寥几笔，是些许涂抹的痕迹。不能让他人看见这画，更不能将它悬挂在任何地方。她耳畔又萦绕着塔斯莱先生的说辞："女人是不懂画画的，也不会写作……"

直到此刻，她方才回忆起先前想说的那几句和拉姆齐夫人有关的话。她不知要怎么去表达，不过必定是贬义的。毕竟那晚，拉姆齐夫人跋扈的态度真的惹恼了她。班克斯先生依旧注视着拉姆齐夫人，她顺势看过去，心想，任何女子都不会如他这般去尊崇另一个女子；她们只会在班克斯先生注视拉姆齐夫人的那道光影下找寻藏身之地。她在班克斯先生的注视中加入了自己的眼神，而后望过去，她觉得正埋头阅读的拉姆齐夫人毋庸置疑是最可爱的，甚至可能也是最完美的人；可是，这依旧与人们所见到的完美模样有差别。可为何有差别，差别又在何处呢？她一面扪心自问，一面将调色板上的那些蓝色、绿色抹掉，于她而言，它们不过是无生命的颜料块，但她暗下决心，明日一定要赋予它们生命的灵动，让它们可以遵循自己的指令渲染画布，让画作熠熠生辉。与完美模样相比，差别到底在哪里呢？她的灵魂又是怎样的呢？假设你看到一只皱巴巴的手套被落在沙发角落，然后从手套上奇怪的手指特征便能判断出它属于拉姆齐夫人。那么我们是借由什么来对她灵魂的基本特性做出认知的呢？她好似极速高飞的鸟、正中靶心的箭。她是放肆的，她是嚣张跋扈的（诚然，莉丽告诫自己，我思考的是她对同性的态度，她比自己年长许多，而自己不过是个微不足道的人，居住在遥远的布罗姆顿路，所以她对我这般放肆跋扈也很正常。），她将门全部关上，只开着卧室的窗户。（她尝试在心里勾勒拉姆齐夫人的派头。）夜已深，她走到莉丽房门前，轻敲了一下，陈旧的皮外套紧裹在身（她漂亮却不注重打扮——衣着随意却又很合身），不管何时她都可以再演绎一次——查尔士·塔斯莱弄丢了伞；卡迈克先生拖着鼻音不屑地发着牢骚；班克斯先生叨念着："蔬菜里的矿物质全流失了。"她可以驾轻就熟地把这些都演绎出来，甚至会恶意夸张和扭曲事实；她出现在窗前，假意说自己得离开了——破晓之际，她见到太阳正徐徐升起——她微微转身，神情显得越发亲昵，保持着笑容，她坚称莉丽要嫁人，敏泰也要嫁人，她们都要走进婚姻的殿堂，不管她被世界赋予了何种桂冠（可她根本看不上莉丽的画作），或是达到过怎样的成就（拉姆齐夫人大概也曾达到过与之相当的成就）。讲到此，她失魂落魄地返回座椅继续说话。还有一点毋庸置疑：倘若一个女人不曾经历过婚姻（她轻握着莉丽的手），倘若一个女人不嫁人，那便错失了人生的至美部分。屋内仿佛满是睡着的小孩，拉姆齐夫人静静聆听着：灯罩下透出微光，阵阵均匀的呼吸声是孩子们睡着的痕迹。

哦，可是，莉丽辩驳说，她还拥有父亲和家庭；若是能勇敢一些，她还可以说有自己的画作。但相较于结婚而言，这些事情仿佛都无足轻重了，真是纯真无邪啊！夜幕已逝，曙光渐渐拉开帷幕，花园内有小鸟在鸣啼，勇气又回来了，她奋力将自己隔离在这自然规律的外面；那是她本想追求的宿命；她是单身主义者；她遵从本心，尊重自我；她从来都是打算独来独往的；如此这般，她必定会遇上拉姆齐夫人高深且严苛的目光，必定得听着拉姆齐夫人直白的训诫（她此刻宛如孩童）：她亲爱的莉丽，小布里斯库，实在是个小笨蛋。之后，她没有忘记将头依靠在拉姆齐夫人的膝上笑啊笑；她想着拉姆齐夫人用那镇静自若的姿态，擅自强行把自己不认同的宿命安在她身上，狂笑起来。拉姆齐夫人朴实且肃穆地坐在那里。她回忆起了自己对拉姆齐夫人的感受——是那只手套上弯曲的手指轮廓。可是，她达到哪种神圣禁区了呢？莉丽·布里斯库抬头望去，拉姆齐夫人仍旧坐在那里，对于莉丽狂笑不止的缘由毫不知情，只是固执己见而已——不过如今是以一种坦率的心情，不带任何专横的迹象，仿佛拨开迷雾见晴天——宛如托着一轮明月的夜幕。

这便是智慧？这便是才学，还是曼妙的谎言？目的是在探求真理的过程中，将一个人的理解力完完全全地束缚在那张硕大的金色网中？也许，拉姆齐夫人心里藏着什么不可告人的事，而那件事让莉丽相信，人类拥有它之后，世界便可以延续下去。不会再有人如她一般浪迹天涯，勉强温饱。可倘若他们知晓那件事，会毫无保留地告知她吗？莉丽在地板上坐着，手臂紧抱着拉姆齐夫人的膝盖，面带笑意地思索着。拉姆齐夫人无法体会她为何会如此郁郁寡欢。她在脑海中窥见，这个与她身体紧贴的女人的内心深处如同帝王陵墓一般藏着珍宝，矗立着刻满神圣文字的石碑，能念出碑文的人自然也懂得其中真意，可是，这神圣的碑文永不会被揭开、传递，也永不会被公示。倘若你踏足到这内心深处，这里到底有何艺术珍宝，需借由爱情与灵敏才可以剖析？有无一种办法，能让两个相爱的人像水与水壶一般融为一体，密不可分呢？只靠身体可以实现吗？那些奇妙的在脑海里盘根错节的繁复思想可以实现吗？靠人类的心灵可以实现这一切吗？那所谓的爱情，可以将她与拉姆齐夫人融为一体吗？她所祈盼的是融为一体，而非知识，是如胶似漆的情感本身，而非镌刻的碑文，更不是那些书写出来的男子能明白的文字，她过去也觉得那便是知识。她头靠着拉姆齐夫人的膝盖，默默思考着。

无事发生！风平浪静！一丝波澜也没有！当她头靠着拉姆齐夫人的膝盖时，无事发生。可是她清楚，拉姆齐夫人心里隐藏着智谋和学识。那么，她问自己，倘若所有人都这般封闭内心，又要如何去了解他人？你只会如蜜蜂那般，受到空气里若隐若现的强烈香甜气味的迷惑,时常在蜂巢中徘徊;你孤独地踌躇在世界各地的空气中,接着又在嗡嗡作响的蜂巢里来来回回飞舞,蜂巢即人群。拉姆齐夫人起身离座,莉丽也随之起身。拉姆齐夫人离开了。之后的几天,一切宛如梦境,你发觉自己梦中的人有了一些不同,那些嗡嗡的声音萦绕在莉丽耳畔,拉姆齐夫人讲过的话都不如这声音清楚明确,况且,莉丽觉得,坐在客厅窗前柳条椅上的拉姆齐夫人,庄重十足,威仪十足,如同神圣的圆顶殿堂。

莉丽用与班克斯先生同样高度的视线望着正读书的拉姆齐夫人,幼子詹姆斯正靠在她的膝盖上。此刻,她仍注视着,可班克斯先生已不再凝视了。他把眼镜戴上,退后几步,抬起了手。他清亮的一双碧眼微眯着,莉丽忽然反应过来,察觉到他眼睛正看什么东西,而后旋即变得胆怯起来,仿佛一只小狗发现了有人伸手要打自己。她强行让自己看起来镇静自若,收回了想从画架上拿走画的计划。她鼓足勇气面对这种场景——被人凝视着自己画作的惊悚考验。你一定要有勇气,她说,你一定要……倘若一定要让人看见这画作,那就让班克斯先生瞧瞧,毕竟他不如其他人那般可怕。这画作是三十三年来的生活凝结,是日常琐事与长期未曾告知于人的隐秘心事的结合,于她而言,若是被他人凝视则深觉一种苦痛,也是一种莫大的刺激。

没有比这更镇静、更平和的姿态了。班克斯先生用削笔刀的骨质手柄敲击画布。她画的紫色三角有何深意呢?他抛出一个问题："是那个画面吗？"

"是为詹姆斯朗读的拉姆齐夫人。"她回答。她很清楚他会反驳——毕竟谁也不觉得那是人的轮廓。可她不求画得多像，只希望神采尽在，她说。为何要画它？他问。到底是出于什么考虑呢？画作一角的色调太过鲜亮，在这儿，她仅仅想用些许暗色调来烘托，别无其他。纯朴、明快、寻常，仅此而已，班克斯先生兴致勃勃。那么，它代表着母亲和孩子——这是人们广泛敬重的对象，而且这位母亲还如此貌美——这般高尚的关系居然只是画布上一团简简单单的紫色，当然，这里面绝无不敬的意思，他想，这实在引人深思。

可是，这画作的主角并非他们二人，莉丽又说。换言之，并非仅指他所理解的母亲与孩子，还有其他意义，当然对这对母子的尊重也是有的。比如，用这上面的阴翳与明亮来表现。倘若像她恍惚的认知一样，一幅画作一定要有所致敬的话，她便是用那样的方式来阐明自己的尊重。母子俩会被化作画布上的紫色而无任何亵渎之意。有明亮之处就必定有阴翳来烘托。他细细思量，深觉有趣。他诚挚地用一种科学式的严谨态度来接纳它。实际上，他的成见全在另一个方面，他说。肯内特海岸边那开满樱花的小树林，那是他家客厅里尺寸最大的一幅画，历来被画家们所欣赏赞扬，而今价值已远超购买之时。他度蜜月的地方就在肯内特海岸，他告诉莉丽，你一定得瞧一眼那幅画。然而此刻——他回转身来，把眼镜推到脑门上，以科研的目光观察眼前这幅油画。色块区域间的关系、光影才是问题所在，说实话，其实他从未思考过这类问题，他想听听她的阐述——她到底想用它表达什么呢？他指了下前景。她看了看。她无法解释出自己的用意，如果不是手中还握着画笔，她甚至都看不清它。她再次回到之前作画的架势，双眼微眯，神情茫然，克制着自己身为女性的全部感受，只潜心注视着更平凡的事物；她再次身处自己曾清晰可见的美景的魅力之中，此刻，她不得不探究着这些栅栏、屋舍、母子，试图从中找寻到自己脑海里的景致。他想到了，问题在于如何将左右两边的风景结合到一起。至于解决的办法，她或许应该试着把树枝的线条画长些，直到另一边，也可以画一个实体（譬如詹姆斯）将空白填满。可是，倘若她真的这样做了，那可能会打破画作的平衡。她不言语了，她不想他听得烦躁，她从画架上轻轻取下画布。

　　然而，已经有人审视过画作了，有人将它从她这里夺走了。那个男人已将内心的某种事物与她共享了。她得谢谢拉姆齐夫妇，让她得遇知音，当然，也多亏了天时地利，多亏了这个世界——这世界拥有超乎她想象的力量，她从不曾想过，有朝一日，自己能和某人并肩前行，而不是孤身一人行走在这长廊上——世上最别致、最让人激动的感受——她似乎猛地拨弄了下画盒上的锁钩，那锁钩好似不停地缠绕着画盒、草地、班克斯先生以及飞奔而来的捣蛋鬼凯姆。

10

　　凯姆飞速地路过了画架，显然，她没想过为班克斯先生或莉丽·布里斯库停留片刻，即使期望自己有个女儿的班克斯先生向她伸出了手；当然，她一定也会飞速路过自己的亲生父亲，不为他作任何停留；"凯姆！你快停下来！"拉姆齐夫人在她疯跑时喊着。可即便如此，她也没有停步。她好似一只鸟、一粒子弹、一支离弦之箭，不停地朝前飞奔，她到底受到了什么想法的鞭策，又受到了什么力量的鼓动，目标又是哪里呢？谁也说不清个中缘由。到底是何缘由？是何缘由呢？拉姆齐夫人看着她暗暗思考着。或许有个幻象——贝壳、汽车、远方的神秘王国，驱使着她；又或许她只是觉得飞速前进能让自己倍感骄傲；但无人知晓个中缘由。然而，在拉姆齐夫人再次大喊"凯姆"时，那光速的步伐戛然而止了，凯姆缓慢地往回走，顺便随意地扯下一片叶子，走到母亲身旁。

　　女儿一直伫立在那里想着自己的事情，拉姆齐夫人实在不明白她究竟在幻想什么，只得重复了下刚才的话——问下玛德蕾特、安德鲁、多伊尔小姐以及雷莱先生是否已经回家。这些词句好似落入井中的小石头，奇妙地回旋着，倘若井水足够澄澈，还能看到它们不断打着旋沉下去，在女孩的内心世界里呈现出了不为人知的图样。拉姆齐夫人不确定凯姆到底是怎么跟厨娘传达口信的。事实上，在经历了漫长的等待，直到听见厨房里那面色红润的老仆人喝汤的声音后，拉姆齐夫人方才让女儿展示她亦步亦趋的本领，听完了玛德蕾特的所有话语，然后等着她用宛如歌唱般的呆板声音将话语重复了一遍。凯姆左右脚交替地摆动着，换着重心复述了厨娘的话："没有，他们都还没回家！装茶点的厨具我已经让爱伦先收回来了。"

如此说来，保罗·雷莱与敏泰·多伊尔都还在外面。拉姆齐夫人想，这说明了一个问题：对于他的求婚，她可能接受了，也可能没接受，不会有第三种可能。午餐后就去出门溜达，到这时候还在外面——尽管还有安德鲁同行——可又有什么意义呢？只有她做了对的选择答应了那个好男人的要求，尽管他或许很平庸，拉姆齐夫人思考着（她是偏爱敏泰的，十分偏爱。），可是，拉姆齐夫人又想（此时，詹姆斯正拉扯她的衣角，催促她给自己讲渔夫的故事。），若是按照她的心意，她情愿选择愚钝的好男人，也不愿选择写论文的知识分子，例如查尔士·塔斯莱。此刻，她一定已决定好了：接受还是不接受。

她读着："翌日，渔夫的妻子先睡醒，正值日出之时，她在床上，秀丽的乡村之景映入眼帘。一旁的丈夫伸着懒腰……"

可是，既然敏泰答应下午跟他去田野间散步，又怎会不答应他的求婚？安德鲁或许会独自去捉螃蟹，南希大概会待在他们身边。她尝试记起午餐后的景象——几个人在大门口伫立着，仰望天空，却无法预测之后的天气。一方面是想掩盖他们的羞涩，另一方面是想激励他们去游玩，毕竟她怜悯保罗，她说："方圆几英里的天空都没有云飘过。"随即，她便听见了紧接着走出来的查尔士·塔斯莱在偷笑。不过，她是特意说这话的。她默默地看着他们，一个接一个，无法确定那里面有没有南希。

"啊，媳妇儿，"渔夫对妻子说，"我们为何要当国王？我一点也不想做国王。""哦，你不想，但那是我的愿望，去找比目鱼，我想做国王。"她继续读着。

"凯姆，要进来就进来，要不然就出去！"拉姆齐夫人喊道。她心知"比目鱼"引起了凯姆的兴趣，但她过一会儿就会如坐针毡，然后惹怒詹姆斯，和他大吵一架，她总是这样。凯姆一下子就跑了。拉姆齐夫人又开始读，她可以放下心与詹姆斯相处了，她觉得十分和睦且愉悦，毕竟他们母子二人兴趣相通。

"渔夫到达海边时，天空阴郁暗沉，海水翻涌不停，散发着一股恶臭。他在海边停步，说：'比目鱼，比目鱼，海里的比目鱼，我请求你出现，我妻子依莎贝儿对我的愿望不同意。'"

比目鱼说，好的，那她想要什么愿望？拉姆齐夫人读故事的同时还想着，敏泰她们此刻在何处呢？要同时做两件事并不难，毕竟渔夫的故事宛如一首柔软伴奏中的低声部，它总会出其不意地进入这曲调内。何时告知她才算合适呢？倘若无事发生，她得找敏泰好好谈谈了。就算南希与他们在一起，也不能就一直在乡间无聊地晃荡。（她再次试图回忆当时那一行人离家的身影，仍旧记不清到底有几人。）她要对拨火棍与猫头鹰——敏泰的父母——负责。她一边讲着故事，脑子里一边想到了自己给他们取的外号——拨火棍与猫头鹰。若是被他们听见——当然，他们迟早会听到的——敏泰在拉姆齐家中的时候，便有人看见她这样那样——他们一定会气恼。"他成了下议院议员，颇具能力的她辅佐他事业更上一层楼。"她再次念叨着某个聚会以后，自己在返家路上为了哄丈夫开心说的话，敏泰父母的身影此刻又出现在她眼前。哎呀，我的上帝，哎呀，拉姆齐夫人自说自话：他们怎会有个如此不像他们的孩子呢？敏泰怎么这么野蛮，像男孩似的呢？瞧她的袜子，已经破了那么大一个洞！他们家的女佣一直在清扫鹦鹉弄到地上的沙粒，家里的话题也基本是围绕着鹦鹉的成就展开的——这或许是个有趣的话题，但十分单调。她是如何在这样异常的氛围中成长的呢？当然，会邀请她共进午餐、下午茶、晚宴，甚至让她来小住几日，以致她与母亲——猫头鹰——有了些不愉快。接着是越来越多的访问、交谈以及沙粒，最终，她说的那些个与鹦鹉有关的谎话已经足够她用一生去承受了。（那晚聚会回来，她便是如此对她丈夫讲的。）无论如何，敏泰来了……是家里的客人，拉姆齐夫人想着。她疑心这一团乱麻似的思维中藏匿着某种阻碍事物，解开乱麻似的思维才发觉是这样的：曾有个女人斥责她"抢夺了她女儿的爱"；多伊尔夫人说过的话让她再次想起那样的斥责。斥责她的控制欲和干预性，斥责她爱让他人按自己意愿行事，可是，她认为这样的斥责最为不公了。她天生给人就是"那样"的感觉，自己也无能为力。任何人都不能斥责她竭力想让旁人牢牢记住自己。她时常因为自身的穷酸而汗颜。她不嚣张跋扈，也不蛮横倔强。准确地说，她更在乎议员、排水沟、牧场，等等。如有可能，她想扼住他人的喉咙，逼他们对这些方面的问题上心些。整座岛上找不到一家医院，真是羞耻。在伦敦的时候，她还发现送到家的牛奶已染上棕色灰尘。这应当被认定是违法的。原本，这里是有一家医院和一个牧场的——她想亲力亲为做这些事。可是，要如何完成呢？自己拖家带口，儿女还小，能做到吗？或许，待孩子们长大些，去上学后，自己能腾出时间来。

哦，但她一点也不希望詹姆斯变成大孩子，不想让他长大哪怕一点儿！当然还有凯姆。他们是她的心肝宝贝，她只愿两个孩子能一直如现在这般做个捣蛋鬼或快乐的小天使，不要成为长腿大怪物。这种牺牲是无法补救的。当她读到"很多拿着号角与铜鼓的士兵"时，詹姆斯的眼神不再明亮了。她思忖，为何他们一定要成长，一定要丢失这些呢？在这些儿女中，詹姆斯是最具才能、最敏锐的。但是，每个孩子都前途无量。普鲁，比其他人更完美，犹如天使一般，她的美有时候会让人目瞪口呆，尤其是在夜幕之中。安德鲁，拥有出众的数学才能，这一点连她丈夫都认可。南希、罗杰，目前还是只知道在田野游玩的淘气包。露丝，尽管嘴巴略大，一双手却拥有神奇的魔力，倘若家里要举办一场文艺演出，定会让露丝负责准备道具、制作服装，她最爱整理桌子、收拾花草这类的事；她讨厌杰斯泼打鸟。然而，这些都是成长的必经之路，孩子们还有很多不同的阶段要去经历。她的下巴紧贴着詹姆斯的头，默默问着：他们为何不能慢些长大呢？为何转眼就到了上学的年纪了呢？她希望能有个小宝贝一辈子陪在自己身旁，最令她感到幸福的事莫过于怀里抱着个孩子了，即便人们指责她专制、跋扈，若他们想说，她也不介意。她用嘴唇轻抚詹姆斯的发丝，想着他长大之后就会失去如今的快乐。随即，她又抛弃了这个想法，毕竟这样的话说出来会让自己的丈夫气愤不已。可是，谁也改变不了这个事实。未来的他们不会比此刻更快乐。一个只需要十便士就能买到的茶具就能让凯姆开心好久。每天清晨，她一起床都能听见他们在楼上追逐打闹，然后吵吵闹闹地从楼梯跑下来，接着猛地推开门一起闯进来，好似娇艳的玫瑰花睁大了双眼，俨然在饭厅搜寻着早饭（他们每天都会这样。），这似乎是个什么不得了的大事。诸如此类的事情随时都在上演，他们就这样度过一整天，直到晚上，她去阁楼与他们道晚安为止；她看见他们躺在小床的纱幔内，像蜗居在鸟巢里的雏鸟，鸟巢里还堆满了樱桃及木莓；他们虚构着故事，诉说着白日里那些无足轻重的所见所闻；他们各自都拥有独属于自己的小小珍宝……因此，她走到楼下问她丈夫，为何要让他们放弃如今的纯真与快乐，继续长大呢？到时，他们再也不会如现在这般开心幸福了。丈夫很气恼，说，不该这样消极地看待人生，这样是不对的。神奇的是，她认为这就是事实：虽然他偶尔感到郁闷失望，可总体上而言，他感受到的幸福比她多，并觉得前途是光明的。他所遇到的麻烦事没她多——或许这就是原因吧。他有精神寄托，那就是工作。实际上，她不像他斥责的那般消极。她不由自主地想到生活——自己这五十年来的须臾生活就在眼前。生活——就这样清晰呈现在此。生活，她想着——可是她从未停止过自己的思考。她瞧了瞧生活，她能清楚地感受到它，一种私密且真切的事物，不会和儿女或丈夫共享。他们总在相互博弈，一方是她，另一方便是生活，但她一直试图在博弈中占上风，如同生活总想打压她一般；偶尔地，他们会进行一次交涉（当她独处时）；记忆中，他们也有过握手言和的时候；可奇怪的是，总的来说，她不得不认可，生活怀有恶意、有些恐怖，若是你给它一点机会，它便会如猛兽般扑向你，而且其中还涉及某些永恒的主题：贫穷、劫难、死亡。随时随地都存在着身患癌症即将死亡的女人，这里便有一个。她必须告诫儿女们：你们势必要去体验人生，经历磨难。她曾冷酷地对他们阐明这个事实。（可是，温室的修理费居然要近五十英镑了。）她很清楚孩子们会面对什么——爱情的愉悦，工作的志向，独自一人在漆黑的角落承受折磨与痛苦——正因如此，她时常会想：为何要让他们丢弃儿时的幸福，那么快速地成长起来呢？之后，她一边用利剑刺向生活，一边自说自话：瞎扯！他们都会幸福美满的。她正思考着怎样让敏泰答应保罗的求婚，可又深感生活的凶险；毕竟，对于自身与生活的博弈，无论她作何感想，她都经历过旁人未曾经历的不幸（她不愿道明的苦痛）；仿佛有种神秘的力量催促她前行，她才说：每个人都要结婚，要繁衍后代。她心里明白那样做太着急了些，但于她而言，那是逃避的一种方式。

　　她默默问自己，这么做真的合适吗？她想了想自己之前半个月内的行为，无法确定敏泰是不是真的受到过自己给她的压力从而做出某种决定。（敏泰不过二十四岁。）她有些心慌。她不会嘲讽她吧？哦，嫁为人妇——做一个妻子要具备很多条件（温室修理费已经快五十英镑了）；最基本的条件是——她无须挑明——那是他们夫妻俩的事。他们会心照不宣吗？

　　她读着："接着，渔夫把裤子穿上，发疯似的跑了。然而，屋外的暴风骤雨让他晃晃悠悠得站不稳，屋子和树木都被吹倒了，天空乌云密布，雷电交加，石头猛地滚入大海，黑黝黝的波涛阵阵翻涌，似教堂的塔顶，又似高山的顶峰，吐着苍白的浪花。"

　　暮色降临，她知道时候不早了，也过了睡觉的时间了，可当她翻页后，看见故事只有几行便要完结，还是想将它读完了事。花朵渐渐开始泛白，叶子上有着幽暗的影子，二者交汇着，让她心生担忧。一开始，她还未察觉为何会有这种担忧，接着她突然想起：保罗、敏泰、安德鲁竟然还未归家。她又在心里回忆着他们的身影：他们一行人在阳台上仰望天空。安德鲁手里提溜着篮子与网，他应该是会去捉螃蟹。他可能会离开伙伴，孤身一人攀上岸边突出的礁岩上。也有可能，他们在返回途中，路过悬崖边的小路排队前行的时候有人不小心掉落山沟，身首异处。毕竟天色已晚。

不过，她克制着，读故事的声音没有一点儿异样。她把书合上，继续讲了几句，好似这故事是她编撰的。她看着詹姆斯的眸子说："他们如今还生活在那里。"

"故事结束了。"她说。然后，詹姆斯用眼神告诉她，他对这个故事已经失去了兴趣，而另一种不确定的、有些苍白的事物，如同光的反射般令他瞬间愣住，讶异万分。她回头，视线透过大海看去，毋庸置疑的是，那里出现了光，短促的两次闪烁之后，一道长久的、平稳的光透过水雾映入眼帘，是来自灯塔的光。那盏灯已经亮了。

他很快会问："我们可以去灯塔了吗？"她必须要说："不可以，明天还不行，爸爸说不可以。"好在玛德蕾特过来了，匆忙的脚步声让他们回过神来。然而，他被玛德蕾特抱走时还不住地回头看，她确信此时他还在想着明天要去灯塔；他一生都不会忘记这事，她想。

11

的确，她在心中感慨，孩子们此生都会记得的。她收好了那些他剪辑的图片——冰箱、除草机和身着礼服的男人。他们记忆力很强大，因此你说话做事都需谨慎，都很重要，待他们熟睡后，你才敢放松下来。此刻，她可以轻松做自己了，不需在意任何人。诸如此刻这般的情形让她时常觉得需要——思考；或许，不只是思考，还需要安静，甚至孤寂。那些吵闹的、闪光的、扩展的一切活动，此刻都消失了；如今，再肃穆地感受一下，她做回了自己——回到那个无人能见的幽暗的内核。尽管她此刻笔直地坐着，开始继续做针线活，而这样的状态让她得以感受到内在的自我；自我是自由的、能随意去冒险的、不受任何牵绊的。在生命到达内心最深处的那一刻，经验所占据的领域仿佛无边无际。她猜测着，人人应该都有充盈的心灵感受；她、莉丽、奥古斯都、卡迈克尔，无一例外：我们的表象皮囊只是让人认知自己的幻象，实在荒唐。幻象之中，是不断延伸的幽暗，高深莫测；可我们时常让其表露出来，以便你们从这个幻象中看见我们。她的心域仿佛漫无边际。那里有很多她不曾见过的地方；包括印度的原野，她感到自己似乎正把罗马一个教堂厚重的门帘拉开。这幽暗的内核想去哪儿都行，她十分愉悦，毕竟谁也见不到它，谁也无法阻止它。一个人的时候，是自由的，是安宁的，能拼凑出理想中最真实完整的自我，仿佛在安稳的圣坛上歇息。依照她过往的经验，人并没有很多休憩的机会，（此刻，她已编织出某个好看的花纹了）。只能等到成为幽暗的内核，回复真正的自我时才能歇息片刻。舍弃表象，你就能舍掉烦忧、忙碌和吵闹；一切归于平静、永恒时，一种在博弈中胜过了生活的喜悦流露到嘴边；她停止思绪，朝窗外看去，看见来自灯塔的光，三长两短规律地闪烁着，那第三次的闪光便是她的光，每每在这样的情绪下，她望着那光芒，便会不自觉地将自己与某个事物，尤其是所见所闻的某样东西联想到一块儿去；而那长久且平稳的一道光是她的光。她发觉自己常常一边做手工一边就那样坐着凝望，坐着凝望，直至将自己与所见之物融为一体（比如自己和那灯光），同时，她会将心里话和光连在一起——"孩子们会永远记得，孩子们会永远记得"——她会不断重复着这句话，然后说：它会消失的，会消失的。那一天迟早会来临，迟早会来临。忽然之间，她又继续说，我们都被上帝掌控着。

然而，她又立刻因为这话埋怨起自己来。哪个家伙说的？她不该如此；她鬼迷心窍了才会说出这口是心非的话。她不再看手中的袜子，转而注视来自灯塔的又一道第三次闪烁，于她而言，似乎是自己与自己的对视，那道光正在扫视她的内心与思想——如同唯有她能实现的对自我的那种探索——将所有的谎言都抛除，只留下最真、最纯的东西。她借由灯塔的光问心无愧地赞美了自己。毕竟，自己如那道光一般严肃、美好，且孜孜探索着。说来奇怪，她思索着，一个人独处时，总是偏爱没有生命的东西：小溪、大树、鲜花；仿佛人的内心被它们展示出来了；仿佛它们十分善解人意，或者说是已和这个人融为一体；这般感性且温柔的情谊和思绪（她注视着那道长久的光）好似在孤芳自赏。她停止了手上的动作，凝视着远方，内心升起蔼蔼薄雾，在生命的湖水上飘荡，最后化作一位迎接爱人的新娘。

到底受什么驱使，自己才会说出"我们都被上帝掌控着！"这种话？她感到怪异。这口是心非的话闯入真挚之中，让她警惕且气愤。她继续织着袜子。"怎会有上帝，他又怎会创世纪？"她问。她的思维告诉她一个事实：这世界毫无规则、理智和道义可言；唯有穷困、苦痛和死亡。这世上无时无刻不在发生着言而无信之类的龌龊事。她清楚地知道，世上哪儿有什么永恒的幸福。她镇静地继续织袜子，不自觉地嘴唇微翘着，面部因为这种严肃的神情而显得有些僵硬。路过的丈夫正想着身材巨胖的哲学家休谟掉进泥地里的模样，在暗暗偷笑的同时仍旧意识到了她美丽中透出的严肃。这肃穆或漠然的神情让他难过，他发觉自己庇护不了她。走到栅栏旁时，他有些苦闷。他无能为力，能做的只有置身事外。是的，他只会添麻烦，让情况变得更糟糕，真是让人厌恶的事实。他的暴脾气又上来了，就快要怒气冲天。刚才提到灯塔的时候，他已经生过一次气了。他把视线集中在栅栏上，仔仔细细地瞧着盘根错节的叶子和那片阴影。

　　拉姆齐夫人认为，人们为摆脱孤寂，总千方百计地去获取某种声音、景象或琐事。板球赛终于闭幕，孩子们都去洗澡了，此刻四周鸦雀无声，她静静聆听，耳边只剩下海浪声。编织工作也告一段落，她拿起红棕色长袜，晃了晃，看了看，认真检查。她再次瞥见了那道光。她的眼神里略带嘲讽，毕竟，独自醒来后，与周遭的一切关系会异于往常。她注视着那道平稳的冷漠光，像她又不大相同，她差点儿俯首称臣，幸好她还拥有自己的思想（深夜醒来的她，望见那道光越过床投射到地板上），她几乎是沉迷地，仿佛被催眠般地盯着它，似乎她的脑袋里的某些被尘封的容器要被它闪着银光的手触开，如若真的被触开，她满心满身都会感到愉悦，她曾感受过幸福，最真挚、充足的幸福，来自灯塔的那道光给惊涛骇浪裹上一层亮眼的银装，夜幕降临之后，大海不再蔚蓝，只有那泛着明黄的海浪阵阵袭来，不断翻涌着，击打着海岸；她眼神里是沉醉的雀跃的光，那纯粹的喜悦的海浪已然进入了她的内心，她觉得：这就够了！这就够了！

　　他转身注视她。啊！真的太美了！她此刻的绝美容颜是他无论何时都无法想象的。可是，他不可以同她言语，不可以打扰。此刻詹姆斯不在她身旁，她正独坐窗前，他期盼与她交谈，却又坚定地告诉自己：不！不能惊扰她。此刻的她容颜绝美，正在思考，他们的心神相距太远。他不想打扰她，从她面前路过时也保持沉默。尽管她肃穆漠然的表情让他难过，可她是望尘莫及的，他对她无能为力。他本想继续沉默地从她面前路过，只是她瞬间意识到了什么，而后叫住他——她深知他从不主动索求幸福，便取下画框上的绿披肩默默靠近他。她知晓，他期盼着自己能庇护她。

12

绿披肩搭在她的肩膀上，她的手挽着他的胳膊。她说，他真好看；她谈到园丁肯尼迪，她不忍心解雇他，因为他变得十分俊俏好看。他们准备整修暖房了，那里多了把梯子，周边还有些小油灰。是啊，当他们走到那里的时候，察觉到了那让人担忧的缘由。"整修费都快五十英镑了！"她话到嘴边却没说出口，毕竟涉及金钱，她有些胆怯了。她转移了话题，提到杰斯泼，提起他打鸟的事情。他立刻宽慰道，这是男孩的正常行为，不过他坚信杰斯泼很快会找到其他娱乐项目的。丈夫这般聪慧、这般公平。她说："是啊，每个孩子都得经历不同的阶段。"她忽然想起花坛里的大丽花，思量着明年花开的时候又会是怎样的一番景象。她又问丈夫，知不知道孩子们叫查尔士·塔斯莱——无神论者，不起眼的无神论者？拉姆齐先生说："他才不是一个文质彬彬的榜样！"拉姆齐夫人说："还差很远呢！"

任由他随心所欲做事也挺好，拉姆齐夫人说。但她也有疑虑，给佣人们发花的球茎到底有没有用，他们会拿去播种吗？拉姆齐先生说："哦，他还得完成学士论文。"论文的事她都清楚，拉姆齐夫人说，论题是人之于事件的影响。他只提起了论文，别无其他："是啊，这论文是他全部的希望了。"拉姆齐夫人说："祈求上帝，他可千万别爱上普鲁！"若她嫁给塔斯莱，就取缔她的继承权，拉姆齐先生表示。他并不关注拉姆齐夫人正细心观察的花朵，而是把目光投在了花朵上方大约一英尺的位置。塔斯莱也没什么坏心思，他差点儿就脱口而出了：不管怎样，在英国，只有塔斯莱崇敬自己的作品，可最后还是忍住没有开口。他不想再让她因为自己的作品而烦恼了。花朵还是挺值得夸赞的，拉姆齐先生换了话题。他低头看着那些或红或棕的事物。的确，这是她亲自栽种的，拉姆齐夫人说。要是把球茎拿给园丁肯尼迪，他会栽种吗？他懒惰成性，她一边继续说一边朝前走。得要她每天手持铲子在一旁监督，他才会勤快一点儿做事。他们如此继续向前走着，直到抵达那火一般红的栅栏。拉姆齐先生开口责怪她："你正教导女儿们夸夸其谈。"拉姆齐夫人则说，卡米拉姨妈更加会夸大其词。"我想不会有人把你的卡米拉姨妈作为品格崇高的榜样。""在我见过的女人里，她是最

美的。""她不是，别人才是。""普鲁会比她更美的。""我
完全不觉得！""行，那今晚就让你看看。"他们不再前行。
他期望让安德鲁加紧学习，否则可能会丢掉到手的奖学金。
"哦，奖学金！"拉姆齐夫人说。拉姆齐先生觉得，她把奖
学金这么正经的事说得这样随意，实在有些傻。他说，若安
德鲁获得奖学金，他会以他为傲。她答道，就算他没获得奖
学金，她也会以他为傲。他们总会出现这样的分歧，但无关
紧要。他重视奖学金，她内心其实是欢喜的；她无条件以安
德鲁为傲，他心里也是开心的。忽然，她想到了悬崖边的小路。

　　莉丽之前为了帮衬自己而与塔斯莱先生搭话，这让拉姆
齐夫人对她刮目相看，她觉得莉丽和其他人不太一样，于是
开口说："不管怎样，莉丽肯定赞同我的观点。"拉姆齐夫
人这句话让莉丽有些心慌和讶异，她就这样被迫加入了这场
辩论（毕竟她自己还在想与爱情有关的问题）。拉姆齐夫人
察觉到，查尔士·塔斯莱和莉丽一样不怎么说话，也不怎么
开心，毕竟那两人的光彩太夺目，以至于这二人被无视了。
保罗的存在意味着不会有女人注意到塔斯莱，很明显，他也
觉得自己被无视了。多可怜啊！无论怎样，至少他还拥有学
士论文——人之于事件的影响——他可以照顾好自己。然而，
莉丽与他截然不同。在敏泰的光芒下，她显得更不起眼了，
她身穿灰色短裙，小脸皱在一起，加上一双小眼睛，实在无
法吸引任何人的注意。她这么渺小，可谓微不足道。可是，
在求助于她时（莉丽理应赞同她的观点，并证明她在谈论乳

酪业的时候可不像她丈夫谈论皮靴时那般啰嗦——他能说一两个小时），拉姆齐夫人就拿两人做了对比，她觉得哪怕到了四十岁，敏泰也比不上莉丽。莉丽拥有某种闪光点，某种特殊的气质，专属她的独一无二的气质，而且还是拉姆齐夫人喜欢的。只是，大概除了威廉·班克斯这样的长者，其他男人很难欣赏这种特质。然而，威廉在意的，哦，从他丧妻以后，拉姆齐夫人偶尔会想，或许他对自己很在意。诚然，那绝非恋啊爱啊这类的情绪，不过是许多说不清道不明且没办法分类的一种情感。哦，不能再瞎想了，威廉与莉丽真应该组建一个家庭，他们有那么多共同点，莉丽格外喜欢花草，而且两人都那般超然、孤僻、独立、自强。她得想办法让他们结伴出去走走，聊聊天。

她真是笨拙，竟然安排他们面对面坐着。不过，明天应该就可以弥补了，倘若明天天气好，他们或许应该外出野餐。任何情况都有可能出现，任何事情都有可能被妥善安排。方才（这样的情况维持不了多久，当其他人开始讨论皮靴的时候，拉姆齐夫人的思绪也开始游离了），她觉得心安，认为自己可以掌控局面，宛如在天空中飞翔的鹰，或是在欢愉的氛围中飘摇的旗帜，她满心欢喜，从头到脚，每根神经都悄然而生出一种甜蜜的愉悦的情绪；她看着所有人用餐，觉得正是得益于丈夫、孩子和在场的客人，自己才获得了这样的愉悦；正是这片沉静衍生出了这愉悦之情，她一边想着一边把一块牛肉送到班克斯先生面前，转而又到砂锅底部探寻；

找不到任何缘由，这欢乐愉悦的氛围宛如不断升腾的水汽，化作一团烟雾将所有人团结在一处。无需言语也无法言语，它萦绕在餐桌四周。（她精心挑选了一块格外香嫩的牛肉给班克斯先生。）在她看来，它是永恒的象征，好似自己下午感知到的：某些事物拥有某种贯穿始终的稳定特性。它仍旧在漂浮的、色彩繁复的世界里（她看了看玻璃窗上的那片涟漪）散发着宝石般的光芒，于是，白日里的那份安静平和在晚上又一次被她捕捉到。她思忖，是这种安静祥和的时刻构建出了亘古不变的事物。

"是的，牛肉还有很多，人人有份。"她对班克斯先生承诺。

她又对安德鲁说："别把盘子拿这么高，否则肉汁会溢出来了。"（拿手好菜都勃牛肉堪称完美。）她放下了餐具。在她看来，这里是趋近事物核心的静止地带，可供她休息和活动；如今，她在等待，在聆听（所有人都添加过牛肉了），接着，她会像老鹰一样忽然向下俯冲，忘乎所以地在天空飞翔，在舒缓的笑声中降落到餐桌那头，而丈夫正在讲解着1253的平方根。那似乎是他手表上的一串数字。

她不知道那是什么意思。平方根？什么是平方根？儿子们应该明白。她微微侧身聆听他们的谈话：平方根说完又说了立方根；说完伏尔泰、斯达尔夫人，又说了拿破仑的性格；接着是与法国土地租赁制度有关的探讨；然后是罗斯伯雷爵士，以及克里维写的回忆录。男士们的思绪犹如布机，不停地穿梭着、运转着，编织出轻轻晃动的布匹，而这布匹就是她的支撑，托着她的身体，托起了这个世界。于是，她安然地把身心托付于它，她可以选择闭目养神，也可以像孩童般躺在床上看着大树上的片片树叶，眨巴着眼睛，让目光闪烁。接着，她从幻境中走了出来，而那布匹还没编完。威廉·班克斯先生正对司各特的系列小说《威佛利》赞叹不已。

班克斯先生说自己每半年就会读上一本《威佛利》。可是，查尔士·塔斯莱为何对此表示气愤？他忙不迭地表达着自己的建议（拉姆齐夫人觉得，或许就是因为普鲁对他不好），狠狠地对《威佛利》进行了批判，可事实上，他不仅不懂，而且一窍不通，拉姆齐夫人如是想。拉姆齐夫人并非在聆听他的话语，而是在洞察他的态度——从中，她能分析出真相——塔斯莱渴望展现自己，并且不会轻易改变这种态度，除非他当了教授或娶妻生子，而到了那个时候，他便不会一直说"我……我……我……"了。他之所以要批判司各特爵士（或简·奥斯丁），顶多是为了吹嘘自己而已。"我……我……我……"，从他的语调、强势的口吻以及不安的状态可见，他一直很在乎自己的形象，在意别人怎么看自己。事业上的成就会为他带来许多好处。无论如何，他们继续讨论着，只是她无须仔细聆听了。她很清楚，这样的情形是短暂的；她眼神清明地望着餐桌上的每个人，仿佛可以轻易地撕开他们的伪装，洞悉他们心底的情感和大脑的思考。那眼神宛如一道隐藏在河流里的光，令河面的芦苇与涟漪变得透亮，让水中保持平衡的鲽鱼，忽然僵住的鳟鱼悬在原地不停战栗。如此这般，她看着听着，他们讨论的字字句句都有了这样的特征：如同鳟鱼游动。与此同时，她还看见了河面的涟漪与河底的沙石以及左右两边的某些事物；凡此种种，相互结合，融为一个整体。倘若是在现实生活里，她会选择打捞一番，然后将捞起的事物分门别类，例如，在"威佛利"这个话题上，她要么表达自己的喜爱，要么表示自己还未阅读过，她会激励自己勇往直前，然而，她眼下还在犹豫，一动不动，一言不发。

时候不早了，对吧？她问。那几个还没回家。他随意地打开怀表看了看，不过才七点多而已。他没有合上挂表，片刻过后，他打算和她说明自己之前在阳台上的感受。第一，无须小题大做，安德鲁可以照顾好自己；第二，他想和她说之前在阳台踱步的时候——讲到此处时，他有些许尴尬，就像自己擅自闯进她自由、宁静、遗世独立的精神领域……可是她用力地挽住了他。他打算说些什么？她问他。她猜测他会提到去灯塔的事情；对他之前不礼貌的回应表示歉意。不，他说，他不想她脸上有当时那样冷漠寂寥的神情。那只是在沉思而已，她解释说，脸颊微微泛红。两人都觉得有点儿尴尬，不晓得是该转身回去还是接着往前走。她说，自己刚刚在给詹姆斯讲故事。不，这个话题无法进行下去了，毕竟他们在这件事上的感受并不相通。

他们走到红栅栏的两个栅栏中的缺口处，这里能看到灯塔，可她迫使自己不去看。若是她之前发现他正看着自己，便不会在那里思考问题了。她讨厌任何让自己联想到曾有人见过她沉思的事物。她回头看着小镇。灯火闪烁，好似被风吹动的闪着银光的水珠。一切穷困和痛苦都已变成了光，拉姆齐夫人兀自琢磨。城市的、港口的、帆船的灯火，恍若漂浮着的虚幻的网，将隐藏在夜幕中的事物一一标记清楚了。倘若无法知道她在想什么，拉姆齐先生自言自语道，那他会默默离开。他得继续思考了，想想休谟掉进泥淖的事情，他需要开怀大笑一下。然而，他必须说，替安德鲁担心实在有些庸人自扰。他在同安德鲁一般大的时候，整日游玩于田野之间，只带着一片饼干而已，无人会担心他是否会摔下悬崖。他提高音量说，假如明日天气好的话，自己就出门散散心。他实在有些受不了班克斯与卡迈克尔了。他只想远离人群。行啊，她说。她没有反驳，这反而让他有些气恼。她清楚他是绝对不会再做这种事的。他现在年事已高，不会只带一片饼干就出门闲逛一天。她不会担忧他，只会担忧她的儿女们。他们就这样站在那红栅栏的缺口处，他凝望着海的另一边，暗自思索着：很久之前，他们结婚之前，他某次走了整整一天，只是中午在小客栈里吃了一点儿面包及干酪而已；他还曾连续十小时投身于工作，其间只有老妇人偶尔进来照看下炉火。那儿是他最爱的村落，暮色茫茫，远处的沙丘逐渐被隐藏。走在路上，你可能一天也见不到一个人影，几英里内没有村落甚至看不见一个房屋。孤身一人，你便会竭尽所能去想办法解决难题。那里一直存在着人烟稀少的沙滩。海豹会站起身死盯着你。他偶尔会想，好像在那样人迹罕至的小房子里，孤身一人的他就能够——他停止思考，叹了叹气。那样的权利不属于他。他告诫自己——你有八个儿女。他若是想有哪怕一点点的改变，都会变成贪心的混蛋。安德鲁会比他更优秀。普鲁会出落成大美人，如她母亲所言。他们在一定程度上能抵挡那浪潮。但是，就整体而言，八个儿女无疑是他的成就。他思忖着，正是有了他们，他才没有彻头彻尾地诅咒这个微不足道的宇宙，毕竟在这样的傍晚，他看着面前被暮色逐渐吞没的土地，那渺小的岛屿，已然被海水淹没了一半。

"可怜渺小又可悲的地方啊！"他低喃着，叹息着。

她听到他说了最惆怅的话。她也发现，每次他说完这些后都会比之前高兴。这些语言只是文字游戏罢了，她觉得，与他相比，自己只要说到一半多的话，就会忍不住朝自己的脑袋开一枪。

她对这种文字游戏感到气恼，因此用坚定事实的语气说，这傍晚多么完美可爱啊！何必这么矫揉造作呢，她嗔笑地问，她清楚他的想法——他现在要是单身，肯定可以创作出更优秀的作品。

他并没有发牢骚，他说。她清楚他没有发牢骚，也没什么事值得他发牢骚。他怀着强烈的情感将她的手放在嘴边亲吻。她潸然泪下，他随即放开了她。

他们手挽着手转身离去，朝着那条覆盖着银绿色长枪般植物的小路走去。他的手臂瘦弱却坚定，仿佛还是个年轻人，拉姆齐夫人内心愉悦，尽管他已年过花甲，却依旧这么健硕、豁达、乐观。他觉得世上有许多令人心悸的事，可并未因此而垂头丧气，反而欣喜若狂，这真是很怪异。难道不怪异吗？她想。她发觉他的确有些特立独行：天生对那些普通的小事充耳不闻，而面对不平常的事却拥有雄鹰般超凡的敏锐度。她时常对他的洞悉力感到讶异。可是，他看见那些花了吗？没有。她看见那美景了吗？他知道自己的盘子里放的烤肉还是布丁吗？他与大家围坐一桌却魂不守舍，仿佛在梦游。她担忧他自言自语，高声吟诵的癖好会越发频繁、越发严重，毕竟有时会让旁人尴尬……

最灿烂、最美妙的生活，已去而不返了！

当他朝吉廷斯"怒吼"诗句的时候，她大惊失色且怜悯那位小姐。虽然拉姆齐夫人会立刻支持他，与他一起对付世上的傻瓜，例如吉廷斯小姐，可是，她觉得——她稍稍紧了下他的臂膀，示意他上山的速度稍快了些，她需要停下来观察下岸边出现的新沙丘是不是鼹鼠窝。她一面俯身望去，一面思索着，他这种卓越的头脑肯定在各个方面都与常人有差别。她熟知的所有了不起的人，她心想（钻进沙里的不是鼹鼠，一定是兔子），均和他一样。听着他的言论，看着他帅气的外表，青年们都会有所收获（尽管她十分讨厌讲座上的氛围，甚至忍无可忍）。只有猎杀兔子了，她想不出其他方法来铲平沙丘。兔子也好，鼹鼠也罢，总而言之，是某个糟蹋了她樱草花的动物。抬头望去，视线穿过零落的树叶，映入眼帘的是密布的星光。她因为这景色而欣喜万分，想让丈夫也看看，可她克制住了。他从不欣赏美景。他看了只会叹气道：渺小又可悲的世界啊！

他那时说了句"很不错"来哄妻子开心，还装作在赏花。然而，她很了解他，他一点儿也不在意花卉，甚至根本察觉不到这类存在。他仅仅是在取悦她……嘿，那边一起漫步的人是莉丽·布里斯库与威廉·班克斯吗？她用一双近视的眸子凝视着那两人正往回走的背影。的确是他们。那是否表明他们未来有可能会结婚呢？是的，他们一定要结婚啊！真是美好的事情！他们一定要结婚啊！

13

班克斯先生一边说着自己曾在阿姆斯特丹见过伦勃朗的真迹，一边和莉丽·布里斯库走过草坪。他还去过马德里，只是恰逢耶稣受难日，普拉多艺术馆闭馆，有些遗憾。还有罗马，他也去过。布里斯库小姐可曾到罗马去过呢？哦，她应该去看看，那于她而言会是一场绝美的旅行——米开朗琪罗为西斯廷大教堂创作的壁画，巴图阿画廊里珍藏的乔托真迹。他的妻子常年身体欠佳，所以他们也只是浅逛了一下。

她到布鲁塞尔旅行过，还有巴黎，不过那是因为姑妈生病，自己去看望她，在那里做了短暂的停留。至于德累斯顿，那里有很多画作她没能看到。可是，莉丽思索着，或许不去看画要好些，否则只会让她对自己的画作更没有信心。班克斯先生觉得，这样想未免过激了。毕竟，不是每个人都能成为提香或达尔文；并且他还说，如果没有我们这样的普通人，那提香和达尔文还会存在吗？莉丽想奉承班克斯几句，例如，您绝非普通人。可是他不需要他人的奉承（鲜少有男人不爱听奉承的话，她想），她并没有把心中所想说出口，毕竟这样的冲动让她有些汗颜。然而，他却说，自己的言论或许并不适合绘画这件事。莉丽丢弃那些尴尬，真挚地说，她很爱绘画，会坚持一辈子。很好，班克斯先生回应道，他笃定她能做到。他询问莉丽在伦敦是否不太好寻找绘画题材，此时，他们已经走到了草坪尽头，一转身便看到了拉姆齐先生及其夫人。莉丽偷偷想，男人啊，女人啊，还有一个小女孩在玩球，这便是婚姻。拉姆齐夫人那晚想对我说的就是这件事吧。拉姆齐夫人身披绿披肩和拉姆齐先生并肩而立，两人正在观摩普鲁与杰斯泼玩垒球。没来由地，她觉得那对夫妇就像是正在按门铃或出地铁一般，身上透着某种具象化的意识或特征，以至于在夜色下站立、观望的他们成了婚姻的代表：丈夫与妻子。片刻之后，那些不真实的象征性的东西消失了。班克斯先生与莉丽走近他们时，他们又恢复成注视孩子玩垒球的拉姆齐夫妇。拉姆齐夫人如往常一般笑着迎接他们。（哦，她可能又觉得我们会结婚，莉丽对自己说。）"我今晚赢了他。"她说。她指的是班克斯先生今晚不会去宿舍吃厨师特别制作的蔬菜大餐了，而会留下来和大家一同用餐；虽然拉姆齐夫人满脸笑意，但他们发现，那个垒球腾空后不知去了哪里，眼前只剩下树木的枝叶与满天星辰，然而就在那一瞬间，他们还是感觉到有东西被击碎，继而生出一种空洞感、一种不安感。夜色渐渐暗淡，他们看起来都如此羸弱、虚幻、遥不可及。接着，普鲁忽然从某个宽广的地方冲了过来（因为夜色吞没了所有事物），全速抵达他们所在之处，用左手完美地接住了那一记高球。拉姆齐夫人在一旁问："他们还没回家吗？"安静与平和猛地破裂了。拉姆齐先生认为自己此刻能够毫无顾忌地开怀大笑了，在他的脑海里，休谟掉进了泥沼，老妇人说如果他不念祷文就不救他；他偷笑出了声，然后朝书房走去。拉姆齐夫人叫住意欲离开的普鲁，让她回来扔球，并问她："南希和他们一起出的门，是吗？"

14

    毋庸置疑的是，南希的确是与他们一起出去的。南希在午餐结束后立刻去了阁楼，以躲避令人心悸的家庭琐事，此刻，敏泰·多伊尔默默地伸手，向她发出了无声的邀约。她其实想拒绝，毕竟自己一点儿也不想掺和这件事。可是敏泰发出了邀请，自己应当去，她想。她们朝着礁崖的方向缓缓前行，在途中，敏泰原本牵着她的手，之后又忽然松开来。她究竟有何欲求？南希思忖着。诚然，人们总想有所收获。敏泰牵起她手的那一刻，南希鬼使神差地望见了下方显露的世界，仿佛穿过层层迷雾看见了君士坦丁堡，因此，哪怕当刻已十分困倦，也必须得问上一句"那是圣索菲亚大教堂吗？"或"这便是君士坦丁堡港口吗？"所以，当南希被敏泰牵住手的时候，她显然有些疑惑："到底，她要的是什么呢？是那个吗？"那么，"那个"又意指什么？（生活在南希脚下显现，而她正俯瞰着。）在层层迷雾之中，一会儿露出个塔尖，一会儿又冒出个庙宇，抑或是别的未知之物，颇为显眼。不过，敏泰在他们往山下奔跑的时候松开了手，而那些曾在迷雾中显露出的庙宇、塔尖等，也在此刻一一消散。安德鲁发现，敏泰走起路来还是很厉害的。和大部分女性相比，她的妆容与装束显得更合理。身着短裙及黑色灯笼裤的她偶尔会猛地跳到溪水里，再跌跌撞撞地登上彼岸。她这般鲁莽躁动的性格偏巧是他喜欢的。可是，他清楚，这样的性格潜藏着问题——往后的日子，她可能会因为自己的莽撞行为而丢掉性命。她似乎只怕公牛，至于其他任何事物，她都毫不畏惧。每当在田野看见公牛，她便会高举双手并疯狂尖叫，接着立马逃跑，只是这种行为反而会让公牛气恼。但不得不承认，对于自身的弱点，她从不掩饰。她清楚自己在面对公牛时有多么软弱害怕，她说。她认为当自己还只是个坐在车里的婴儿时，肯定受到过牛的撞击。她一点儿也不介意自身的言行举止，而此刻，她忽然跃向崖边，嘴里还唱起了歌：

咒怨你的眼，咒怨你的眼。

他们与她为伍，高声合唱：

咒怨你的眼，咒怨你的眼。

然而，倘若海水比她们先到达海滩，侵占了原本用于捉鱼的那片好地方，那便真有性命之忧了。

"这样肯定会丢了小命。"保罗当即蹦跶起来，说着赞同的话。一行人小心翼翼地迈步向下前行，其间他一直在说着《旅游手册》中的一些内容："这些小岛上有许多珍奇的海洋宝藏，而且风景如画，宛如公园，因此它们得到赞美也是应该的。"安德鲁一步步谨慎地走在悬崖小路上，同时感觉这样真是一点儿也不好——大声唱着"咒怨你的眼，咒怨你的眼"，接着拍拍他的背喊着"老兄弟"，这一切的一切都很不好。带着女孩出来溜达，真是一塌糊涂啊！他们一度在海滩上分开活动，他攀上"教皇之鼻"——海里的一块岩石，脱掉鞋，将袜子卷进鞋里，不再理会那对儿；南希也不理会那对儿了，一个人越过水滩到岩石上找水潭。她蹲在岩石上，手指触摸到了果冻一样贴着岩石的海葵，它们光滑得好似橡皮。她就这样蹲着身子沉思，想象这片水潭就是海洋，鲦鱼就是海里的鲨鱼、鲸鱼，自己仿佛是上帝，用手遮挡住了日光，给这个小世界蒙上层层迷雾，让千千万万渺小的生物陷入幽暗。忽然之间，她又把手挪开了，光又可以尽情地照耀这世界了。有一只奇怪的虾正勇往直前，大步走在广阔白亮的沙滩上，宛如一艘全副武装的军舰（她仍在沉思着把水潭扩大）打算溜进山脚下的缝隙里。紧接着，她的视线越过水潭，望向大海和天空交会的地方：途经此地的轮船喷射而出的浓雾，让树枝在地平线上晃动着，汹涌的波涛阵阵袭来又缓缓退去。她深深地痴迷着这一切，一望无际的大海以及微乎其微的水潭（水潭又变小了些），二者交汇在一起，让她感觉自己的身体、生命，乃至这世上所有人的生命都在逐渐变得微小，最终消失不见，这种无法抵御的感受令她呆滞，好似被人捆绑桎梏住。她保持着蹲下身子低头望着水潭思忖的模样，静静聆听着海浪的声音。

在听见安德鲁大喊"海潮涌来了"之后，南希猛地跳了起来，周围的浅水被溅起了水花，想疾驰的欲望和原本冲动焦躁的性格驱使她飞奔向海滩，而在路过某个岩石时，她看见敏泰和保罗——哦，我的天！他们正相拥着，没准还在亲吻对方。南希怒火冲天，愤愤不平。她与安德鲁都对此事一言不发，只是默默地穿上各自的袜子和鞋子。姐弟俩彼此之间都心存些许不满。安德鲁叨念着南希没有让自己一起去看那奇怪的虾（不管那东西到底是什么）。不过，两人都不认为自己有错，毕竟谁也不想出现这种麻烦又令人厌恶的局面。即便如此，安德鲁还是会因为南希是女生而气愤，相同地，南希也因为安德鲁是男生而心生不悦。他们系紧蝴蝶状的鞋带，把鞋子穿得整齐。

当他们再次来到崖顶时，敏泰忽然大喊，祖母留给她的胸针不见了——她身上仅有的一件首饰——用珍珠制作而成的，一颗垂杨柳模样的胸针（他们必定没有忘记）。他们肯定都看见过这枚胸针，说话间，她已经泪流满面了。祖母一直把它别在帽子上直到离世，如今竟然被自己弄丢了。若丢的是其他物品，那她一点儿也无所谓，但唯独这枚珍宝是不能失去的，一定要找回它才行。他们一起低头俯身往回走，眼睛在地面来回搜索，交谈的声音也变得急促且沙哑。保罗·雷莱疯狂地在刚才所在的礁岩及附近区域搜寻着。安德鲁在听到他吩咐自己"从这儿到那儿，再仔细找一次"时，兀自想着，一枚胸针而已，没有必要这样大费周章。海水不断地涌入，只需一分钟的时间，他们先前所在的岩石就会被海水侵占，要在这么短暂的时间里找到胸针，其概率几乎为零。转瞬之间，敏泰惊声尖叫起来："涨潮了，我们快没有退路了！"危机似乎已经来临了！此刻，她就像遇见公牛时那样害怕、惶恐、无措——她无法控制自己的情绪，安德鲁心想。女孩容易失控，保罗必须得好好安抚她。两个男人（保罗与安德鲁立刻拿出了迥异于平日的气魄来）大致研究了一会儿，然后决定在之前待过的地方插上雷莱的手杖，以便退潮后再继续搜寻。他们继续向崖顶前行，同时，敏泰一直在为弄丢了胸针而哭泣，毕竟那是祖母留下的遗物，她宁愿失去其他任何物品也不愿失去它，尽管保罗与安德鲁都信誓旦旦地说——只要确定胸针丢在那里，那么明天它肯定依然在那里。不过，在南希看来，胸针丢了的确是件令人难过的事，但敏泰的眼泪背后一定还藏着其他原因，她是因为其他事而哭的。她想，每个人都有可能停下来哭一会儿，虽然不清楚个中缘由。

保罗一边陪敏泰继续前行，一边安抚她：找东西可是我的拿手好戏，这一点很多人都知道，记得小时候还找到过金表什么的。他说，明天一早，他便会起床去搜寻，一定没问题的。在他看来，那个时间点，天大概还没怎么亮，一个人去海滩似乎十分凶险，尽管如此，他仍旧承诺说，自己肯定能把胸针找到。然而，她一点儿也听不进去，她内心十分清楚，那枚胸针确实丢了，自己在下午佩戴上它的那一刻就预感到了。保罗暗下决心，明日清晨，当所有人都在熟睡的时候，他便会悄悄出门寻找胸针，若找不到就去爱丁堡买一个同款，而且比原来的更好看，当然，这个想法他是绝不会告知她的。他得展示自己的能力。走到山坡处时，已经可以望见山下的城镇了，万家灯火，一个接一个，好似接下来将会在他身上发生的事情——婚姻、孩子、房子；走到大路上时，他看着周边环绕的高高的灌木丛，心想，他们会一同隐居，到某个世外桃源去，他会一直牵引着她，而她也会依靠着他（如同此刻一样），他们一直并肩前行。走到十字路口，在转弯的时候，他想，自己经历了多么令人讶异的事情啊，必须要讲给拉姆齐夫人听一听，毕竟只要想想之前做过的事，他便会觉得讶异，不敢相信那是真的。向敏泰求婚，是自己这辈子所做的最快乐的事情。他得把一切都告知拉姆齐夫人，不知为何，他觉得是因为她，自己才会这样做的。她让他觉得自己是无所不能的，尽管其他人都对自己嗤之以鼻，可她让他觉得自己可以完成任何事情。他感觉拉姆齐夫人一整日都注视着自己（尽管她一言不发），似乎在默默鼓励："没错，我相信你能行，期待你的胜利。"从她身上感受到了这些，他们踏上归途（他在万家灯火中搜寻着那栋别墅），他会去和拉姆齐夫人说："谢谢您，拉姆齐夫人，我做到了，我成功了。"他们转弯进入通往别墅的巷口，他看见楼上房间点亮了灯。看来已是晚餐时间，他们的确是晚归了。房间内灯光闪烁，十分耀眼，他自幽暗走向光明，眼里充盈着光，在走到别墅门前的汽车道时，他宛如孩童般默默念叨着：灯火，灯火，灯火。他重复着，呢喃着：灯火，灯火，灯火。他们进了屋，他面无表情，目光呆滞地向四周张望。他摸了摸领带，心里暗暗想着，天啊，我可不能让自己看起来像个蠢货。

15

　　"是的。"面对母亲的疑问，普鲁谨慎地给出了答案，"我认为，南希是跟他们一起出的门。"

16

　　这样的话，南希应该是跟他们一起走的，拉姆齐夫人思量着。她正在梳妆打扮，把刷子放下，换上了一把梳子；在听见敲门声后，她简单回应道："进来吧！"（是露丝与杰斯泼），她心里还在想着南希外出的事情，"与他们一道"会升高还是降低"事故发生率"？大概是降低了，没有缘由地，拉姆齐夫人出现了这样感性的直觉：集体遭遇不幸，绝不可能发生这种事。他们不会就这样被海水吞噬的。她再次感觉到，自己正孤独地与生活这位宿敌对峙着。

　　露丝与杰斯泼转述了玛德蕾特的问题，是否有必要推迟

晚上用餐的时间。"又不是在恭候英国女王！"拉姆齐夫人
强调说。

"也不是墨西哥女王。"她补充道，同时朝杰斯泼笑了
笑，毕竟他深谙母亲的那一套：总爱夸张，言过其实。

拉姆齐夫人对露丝讲，趁着杰斯泼去传达消息，露丝可
以在这里帮她挑选一下一会儿出席晚宴时需要佩戴的饰品，
如果她愿意的话。总共有十五人在等待晚餐，让大家一直等
下去是不可能的，到了这个时候，他们还没归来实属任性了，
她对此心生不悦。她既替他们担心，又因他们气恼，他们这
么晚还不回来，而且还是在今天晚上。要知道，班克斯先生
好不容易才答应留下来吃饭，她为此憧憬着一场完美的晚餐，
而厨娘玛德蕾特则拿出了自己的绝活——都勃牛肉。一切都
有赖于上菜的时间。这道菜中的牛肉、桂叶、酒等一应食材
的烹调都对火候的把控要求极高，做好之后迟迟不上桌是不
行的，所以不能延误用餐时间。可是，他们非要选择在这样
一个晚上出门并迟迟不归，但是菜必须及时上桌；只能替他
们煨着了；真是浪费，都勃牛肉啊！

拉姆齐夫人今晚的礼服是黑色的，杰斯泼和露丝分别为
她挑选了白色和金色的项链，她端详着镜中的自己，那脖颈，
那双肩（她不想看见自己的脸），漫不经心地说，到底哪条
项链和礼服更合适呢？孩子们正不断翻找着饰品，她将目光
投向窗外，又看见了一些白嘴鸦正在天空不断盘旋，寻找栖
息之所，这个场景时常让她心生愉悦，而每次，她都眼看着

它们在快要选择好栖息的树木时又突然离开，返回天空盘旋。她对自己说，或许是因为白嘴鸦们的父亲约瑟夫——这是她为它取的名字——是只性格古怪、犹豫不决的鸟。约瑟夫是只老鸟，羽翼稀疏，外形丑陋，好似她从前见过的老绅士——戴着高高的帽子，穿着破旧的衣裳，站在小酒馆门前吹奏着喇叭。

"你看！"拉姆齐夫人笑了。它们的确起了争执，玛丽与约瑟夫吵架了。无论如何，它们重新飞向了天空，黑翅膀扑扇着，空气仿佛因此而被分割成两块精致的弯月状的碎片。她看着黑翅膀们不断向外飞去，对她而言，这个场景无疑是最有趣的，尽管她一直都无法找到令自己满意的合适的言语来准确地进行描述。她让露丝看看窗外，期待孩子们利用敏锐的感知能力来更清楚地认识那一切，从而加深自己先前的观察。

可是，究竟要选择哪条项链呢？孩子们将首饰盒都翻了个底朝天，是意大利的金色项链好，还是那条乳白色项链——詹姆斯叔叔自印度带回来的——更好一些呢？或许紫石英的更合适？"选吧选吧，亲爱的。"她说着，只期望孩子们能尽快选出一个来。

但是，她仍旧给予了他们很长的时间去挑选饰品，尤其爱让露丝将选择好的饰品拿到她面前试戴，一件又一件，不停地重复着，因为她清楚，选择饰品是露丝每晚最爱做的事。对于给母亲选择饰品一事，露丝尤为关注且喜爱，当然，她肯定有自己的缘由，只是拉姆齐夫人还未能参透。她保持站立不动，让露丝把选择好的项链为自己戴上，此时，她想着自己的成长经历，暗自揣测着露丝这个年纪的女孩，心底到底对母亲怀揣着怎样无法言说的情感。和所有自我感知的情感没什么不同，拉姆齐夫人对此也感到忧愁。对于这般情感，能给予的回报真是太少了，露丝如今的情感与她自身的情况是这么不相符。她总会成长的，这般情深义重，往后肯定会遇见苦难的，她想。她对孩子们说，自己已经为下楼进餐做好了准备。一方面要求杰斯泼用手挽住自己，毕竟他应该是绅士，另一方面要求露丝把手帕递给自己，毕竟她身为女士（露丝拿给她了）。还差点儿什么？哦，对，也许有些冷，还差条披肩。再帮我选择下披肩吧，她对露丝说，她清楚露丝会为此而愉悦。可怜的孩子，必定会遇见苦难了。"你看，鸟儿们又到这边来了。"她正站立在楼梯口的窗户前，又说，约瑟夫选择了其他树木休憩。她问杰斯泼："倘若它们的翅膀被折断，它们是否会因此而遭受痛苦，你是怎么认为的呢？"为何一定要猎杀玛丽与约瑟夫，真是可怜啊！杰斯泼来到楼梯上，嘴上结结巴巴，不知该如何回答，在他看来，自己好像遭受了温柔的斥责；对于猎鸟的趣味，她实在无法理解，况且孩子们也感受不到；身为一位母亲，她正在世界的另一端；然而，对于她所讲的玛丽与约瑟夫的故事，他倒是很喜欢。她让他感到快乐。可是，她如何知晓那些鸟儿就是玛丽与约瑟夫呢？或者她认为每晚到这里栖息的鸟儿都是那几只？他疑惑地发问。讲到此处，她忽然不理会他了，无异于其他的成人。她听见阵阵闲聊和欢笑声，是从餐厅里传来的。

"敏泰他们回家啦！"她高声喊道。她立刻感觉到，在确认他们平安归来之后，自己的气恼反而更甚了。她暗自揣测：雷莱到底有没有向敏泰求婚呢？她得下楼从他们口中得到答案——然而，不会的。毕竟那么多人在场，他们定然不会告诉她任何事。所以，她要下楼去吃晚餐，静待花开。因此，她宛如女王一般下了楼，高傲地看着在餐厅集合的众人——她的"臣民"，缓缓地走到人群中间，默默接受所有人的崇敬和赞扬（她走过之时，保罗一动不动，毫无反应，眼神直直地投向前方）。她缓缓下楼，走到餐厅，眉眼稍低，仿佛是在对他们的心意——赞扬自己的美丽——做出回应。

然而，她忽然驻足不前。一股焦味弥漫开来，难道是都勃牛肉煳了？她在心中暗想。我的上帝！可别真煳了啊！锣声响彻房屋，仿佛是在做庄重的通知：待在阁楼、卧室的人，无论是在休息、阅读、梳妆，都得放下手中的一切事物——把零散的梳妆用品搁在梳妆台上，把正在阅读的书放在床头，把正记录着心事的记事本收好，总而言之，全都到餐厅来集合，晚餐就要开始了。

17

我荒废的时光究竟为我换来了什么？拉姆齐夫人思考着。她坐在主位，看着桌面上围成一圈的白色汤盘。她让威廉坐在自己身边，而后疲倦地对莉丽说："你坐那边。"敏泰·多伊尔与保罗·雷莱拥有爱情的欢愉，而她所拥有的，不过是这张长桌和一桌餐具。她的丈夫在另一端瘫坐着，眉头紧锁，她不懂他为何生气，也不想过问。她有些疑惑，自己为何会爱上他，对他生出感情呢？她觉得所有事都成了过眼云烟，成了旧闻，自己也超然物外了。她在给所有人分盛热汤时感知到一股漩涡和热流，人们可以选择进入或远离，而她是例外，她已跳脱出来，并不在这漩涡之中。她想，所有事都已完结。此时，其余的人依次来到餐桌旁：查尔士·塔斯莱——"来这里坐吧！"她这样说着——奥古斯都·卡迈克尔以及其他人，她指挥着他们陆续入席。与此同时，她期盼着有人可以主动解答她的疑惑，讲述一下此前发生的事情。可是，那并不是一件令大家立刻想要讨论的事，她一边盛汤一边想。

她正在思考的是：二者的矛盾之处，她微微皱眉；但她正在做的是：给每个人盛汤，这让她越发感觉自己是超然物外的，并不在漩涡之中，换言之，仿佛是已经褪色的帘幕，

她清晰地看到了真实的现状。她四下张望，房子真的十分寒
酸，一点也不漂亮。她克制着，不让自己朝塔斯莱先生那边
望去。所有人都各自默不作声地坐着，所以，要营造相互沟
通、活跃愉快的氛围，只得靠她来努力了。她再次觉得男士
们不懂交流，需要他人帮忙，这是对现实的一种不带任何敌
意的描述，毕竟除了她，没有人会主动讲点儿什么来活跃气
氛。所以，她让自己打起精神来，就像有人轻触了下停摆的
钟表，让那熟悉的嘀嗒声再次响起：一、二、三，一、二、
三。如此这般，这般如此。她反复念叨并细心聆听着，呵护
这微弱的脉搏，犹如手持报纸的人在呵护弱不禁风的火种。
之后，她怔住了，向威廉·班克斯那边倾身，暗自想着：真
是个不幸的人啊！孤身一人，没爱人也没孩子，一个人孤独
地在宿舍吃饭，除了今晚。在感叹他的不幸并予以怜悯之情
的时候，她感觉自己又受到了来自生活的强大能量的影响，
于是她着手开始努力营造热闹的氛围，如同一个看着风吹进
帆船内的兢兢业业的水手；可是，他放弃了航行，他觉得：
若是沉船，自己就顺着水里的漩涡一点一点旋转沉沦，在深
海寻觅一处栖息之地。

　　拉姆齐夫人向班克斯先生说："有您的信，我让人搁在
门厅了，您看见了吗？"

　　莉丽·布里斯库注视着她，她已经进入了一片神奇的真
空，一片旁人无法随之涉足的莽荒之地，而她的莽撞举止则
伤了其他人的心，大家至少在尝试用视线跟随，如同注视一

艘逐渐下沉的船，目睹那船帆一点点沉入地平线。

莉丽思忖着：她看起来如此衰老、如此疲惫，而且既冷漠又疏离。她随后朝威廉·班克斯先生微笑致意，那原本已沉底的船又浮了上来，篷布也再次得到了阳光的洗礼，莉丽略微欣慰了些，不禁饶有兴趣地想：她为何如此同情他？她告知他那封信在门厅，当时当刻所传递出的信息便是——她在同情他，仿佛说着：哦，不幸的威廉·班克斯。同情他人，大概是她如此疲惫的缘由之一，而她也因这份同情而重拾了生活的信念。然而，这不是现实，不是真相，莉丽心说，不过是拉姆齐夫人在本能趋势下所生出的一种错误臆想，是她个人的需求，和他人的需求无关。事实上，他并不是不幸之人。他拥有自己的工作。此刻，那幅画再度出现在眼前，她告诉自己，得把树往那边挪一点，对，移到中间去，这样应该就不会再有令人烦恼的难看的留白了。是的，这么做就对了。困扰我这么久的问题原来在这里。于是，她把盐瓶放到了桌布上，压住了一朵花的图案，以此来提醒自己别忘了把树挪走。

“奇怪的是，尽管很难收到什么有意义的信件，可是心里仍旧希望可以收到。”威廉·班克斯先生说。

查尔士·塔斯莱此刻心想，他们在闲聊些什么有的没的啊！他早已享用完了面前的汤，并将汤匙好好地放在盘子中央，莉丽想着（他们面对面坐着，他背靠窗户，恰好在她视野的正中），他似乎什么事情都想要知道得一清二楚，甚至每一餐的每一种食物。他总是这样呆板、无聊，实在让人反感。然而，不可否认的是：但凡你认真地看着其他人，就总会不自觉地对他们心生喜爱。他的一双碧眼深陷在脸庞上，令人生出某种敬畏感，她喜欢上了这双眼睛。

"你会经常写信吗，塔斯莱先生？"拉姆齐夫人询问着。莉丽想，她也同情着他，毕竟拉姆齐夫人就是这样的人：一直都对男士们抱有同情之心，就像所有男士都天生"残缺"，而女人则不然，女人们无不能够独当一面。塔斯莱先生简短地回复说，除了写给母亲，他大概一个月也写不上一封。

他才不要为了迎合别人而说些多余的无意义的话。他也不需要无知的女人迁就自己、同情自己。他原本正在自己的屋内阅读，楼下的一切对他而言都是无趣、俗气又愚陋的。不过是吃个晚饭，为何一定得像他们一样精心打扮，礼服加身？他偏要随意穿戴，再说自己也没准备礼服。"鲜少有信件是有价值的"——老生常谈的话题，因为女人们，男人们才会经常讨论的话题。事实正是这样，他暗自想。她们一整年也没获得过任何有用的事物。她们只顾闲谈聊天，吃吃喝喝，别无他事可做。都是女人们的问题，她们穷尽一生的"魅力"和愚昧扰乱了文明。

他固执己见地说："拉姆齐夫人，明天没法去灯塔了。"他是青睐她的，也是爱慕她的，他会想起那个排水工人抬起眉眼久久注视她的场景，可是，他认为必须得保留个人意见。

虽然他拥有一双好看的眼睛，但莉丽·布里斯库心想，得再瞧瞧其他部分——鼻子和手之类的，他的确是她见过的人中最难看的一个。既然如此，又何须对他说过的话那么在意呢？女性不会写作和画画——对于他的言论，又何必这般在意呢？当然，很明显，他也是迫不得已，只是因为那么说有利于他自己。她的腰弯得像在风中的玉米秆，她想挺直腰杆，脱离这卑微的状态，却要经历莫大的痛苦，付出巨大的努力，为什么会这样？她还得重复一次。我的画就在桌布上，在小树枝那里，我得赶紧挪动那棵树，把它放到中间以弥补空白，其他事都不如这件事紧急。她暗暗问自己：真的可以揪住事情不放，不动怒也不争辩？倘若她存心报复，那是不是就能嘲讽他了？

"哦，我真的十分想去灯塔，塔斯莱先生，请您明天一定和我去一趟。"

他知道这不是她的真心话，她说这些言不由衷的话只是想激怒他。她在嘲讽他。他穿的是老旧的法兰绒裤子，当然，他也没其他裤子了。他感到郁闷、孤单、寂寥。他很清楚自己因为某些缘由受到了她的戏弄，而且她也不愿意与自己去灯塔；她鄙视自己；普鲁·拉姆齐，以及所有人都是这样的。可是，他不愿意受到女人的愚弄，所以，他端坐在位置上，刻意朝窗外看了一眼，旋即十分粗鲁地回应道：明天的天气一定很差，她一旦出行必定会晕船，她肯定受不了。

拉姆齐夫人静静聆听着，是因为莉丽，他才讲出了这番话，这让他十分恼火。如果能待在自己的屋子里静静阅读就

好了，他想。毕竟只有那里能让他感到悠然自得。他从没有
欠过一分钱的债务，十五岁就独立于世，没用过父母一分钱，
他曾经用自己的积蓄帮衬过家里，妹妹的学费也一直有赖于
他的支持。然而，他宁愿自己能礼貌且委婉地回答莉丽的话，
宁愿自己明白怎么合适地回复别人，而不是只知道粗鲁地、
傻傻地回应"必定会晕船"。所有人都觉得他只是个死板无
趣的书呆子，他期望自己可以找到某个话题与拉姆齐夫人聊
聊，证明自己不是那样的人。然而，当他转身看向拉姆齐夫
人时，却发现她正与威廉·班克斯先生谈天说地，聊的都是
他不曾耳闻之人。

"可以撤掉这些盘子了。"拉姆齐夫人暂停了聊天，简
单地对佣人说。"上一次和她见面还是十五——哦，不对，
是二十年前。"她转身继续和班克斯先生交谈，似乎一点儿
也不想耽误时间，毕竟她对今晚聊的话题十分感兴趣。那么，
他在今晚确实收到了她的信件！凯丽还是和以前一样住在玛
罗，所有的事物都没有改变吗？哦，真是记忆犹新啊，仿佛
就发生在昨天似的——我们曾一同泛舟，当时天气颇有些凉。
曼宁一家人若是真想做什么事，肯定会坚持到底的。她一辈
子都会记得赫伯特当时在河畔用茶勺弄死黄蜂的场景！拉姆
齐夫人暗自思忖：她在二十年前漠然地走过泰晤士河畔的那
个客厅，宛如幽魂一般，如今，她又以同样的姿态穿越了它们，
她想得入了迷：自己已然与当年判若两人，可是那一天格外
异常，好像是停滞在那个地方，安静又美妙，这么多年了，

一直储存在自己的脑海中。"凯丽的亲笔信来了？"她问。

"没错！她在信里写了，他们准备重新建一座弹子房，目前正在施工。"他答道。哦不！不！不会的！新的弹子房，实在是难以想象，在拉姆齐夫人看来，那几乎是不可能完成的任务！

班克斯先生并未察觉其中的蹊跷。他们如今已是富贵人家，他应该替她问候一下凯丽吗？

"哦，不！"拉姆齐夫人有些惊讶，心想，自己才不认识什么凯丽，一个重新建造弹子房的女人。可她嘴上却反复说着，他们竟然一直住在那儿，真是神奇啊！（班克斯先生看她这样，反倒觉得很有意思。）真是很奇怪啊！这么多年过去了，他们竟然还一直住在那里，而自己对他们也毫无挂念之情。她饱经风霜，被生活和岁月打磨。凯丽·曼宁恐怕也不曾对她有过思念之情。真是个怪异又让人不悦的念头。

"天下无不散之宴席。"班克斯先生念叨着；不过，考虑到自己和曼宁家、拉姆齐家都相熟，而且也没有如宴席完毕后那样离散，顿时觉得十分愉悦。他一边放好汤勺、拿起纸巾擦嘴——他已经把胡须都剃干净了，一边想着自己与这帮老伙计还联系着，从未分离。然而，他想，可能自己在这个方面本就与众不同，毕竟自己不是个墨守成规的人。他交友广泛，朋友遍及各个领域……此时，拉姆齐夫人只能放弃聊天了，转而提醒女佣要保证菜品上桌是热乎的，注意保温之类的事。他正是因为不喜欢被这样打断，才总是一个人用餐。当然，他仍旧维持着基本的礼仪，脸上没有丝毫不悦的神情，只是在桌上伸展着左手手指，如同机械工程师利用空余时间在检查准备使用的工具一样。行吧，他想着。想保持友谊，就必须有所取舍。要是他没有答应出席晚宴，她肯定会不悦的。然而，在他看来，这个取舍实在没必要，他看着自己的手，想着若是一个人用餐的话大概已经快结束了，或许立刻就能起身投入工作了。的确，他思考着，这样无谓的交际实在不值得牺牲自己宝贵的时间。小孩们接二连三地往餐厅走。"我想，你们中的谁需要到楼上去一趟，到罗杰房里看看。"拉姆齐夫人说。他想，相较于工作，这里发生的所有事情都如此烦琐且无聊。思及此处，他开始烦躁地用手指敲打桌子，在脑海里大致过了一遍与工作有关的事情，此刻，他原本能够……虚度光阴啊，不值得啊！不过，他转念又想，她可是故交老友了，而自己也忠诚于这份友谊。然而，在这样的时刻，于他而言，她虽然在那里却没有任何意义，她的美丽也没有任何意义，她和小儿子一同在窗前的情形更没有任何意义，一切都是无意义的。他期望自己能在屋子里好好阅读那本书。他有些难受，认为自己居然会对旁边坐着的她毫无反应，冷漠无情。实际上，这一切的源头都在于他讨厌家庭生活。处在这样的状态下，你会问自己：人们为何生存于世？为何一定要结婚生子，繁衍后代？这一切真的值得憧憬吗？人类，自然界的物种，真的拥有吸引力吗？或许不是那么有吸引力吧。他想着，瞧了瞧那群有些邋遢的小孩。

他猜测自己最爱的孩子凯姆早就睡觉去了。多么愚昧又枯燥的问题，倘若你此刻正在心无旁骛地工作，便不会问出这般无聊的问题了。人生是哪般模样呢？这样的还是那样的？你一直都没空去分析。然而就在此前，他扪心自问过。因为拉姆齐夫人刚刚在和女佣说话，同时也因为她讶异于曼宁还在人世间，这让他不禁想到友情，最美的，亦是最脆弱的情感。好友们都各奔东西，分离后便日渐生疏冷漠了。他又深感自己颇为无情。拉姆齐夫人就坐在他旁边，他却一个字也不想对她讲。

"实在对不起！"拉姆齐夫人转头对他说。他觉得话题真是无聊又尴尬，生硬得仿佛在水里浸透又被晒干的靴子，让人难以下脚。可是，他不得不下脚穿起这双靴子——他必须要煞有介事地说几句话才行。他必须要谨慎讲话，不要被她发觉自己的无情和敷衍，否则会让人十分尴尬且不悦，他思考着。所以，他微微侧身，保持风度，继续聆听。

"在这样吵闹的餐厅吃饭，您肯定不喜欢吧？"拉姆齐夫人讲了一句法语。每次她心神不宁的时候，就会用这样的方式与人交流，犹如某个会议的主席，为了让众人齐心协力，不再争论，就会提议大家用法语交流。或许他们的法语并不熟练，有时甚至表述不清，不过无论如何，说法语能让大家莫名地达成统一和谐。"没有，完全没有。"班克斯先生答之以法语。塔斯莱完全不懂法语，哪怕他们说的是简单的单音节，他也一点儿都听不明白，可他立刻就感觉到，他们只是在敷衍对方，不是在真心交流。他想，拉姆齐一家总是喜欢说些无意义的话，对此他有些兴奋，他得把这个新鲜事儿记在本子上，以便日后在朋友们跟前高声朗读。在某个所有人都畅所欲言、毫不避讳的场所，他要将"在拉姆齐家的生活体验"和他们一家说的无意义的话都拿出来调侃及嘲讽。他会说：这样的生活体验一次就够了，可别有下次。他还会讲：女人真是让人心烦。不过，拉姆齐先生有位美貌的妻子和八个儿女，似乎十分幸福。然而，他此刻孤身一人坐在那里，仿佛万事万物都消失了，这看似幸福的家庭幻象也开始分崩离析。塔斯莱的生理和心理都十分不悦，他很想和谁说上几句，好展示一下自我。他坐立不安，急于表现自己，左看看，右看看，想融入众人的讨论，可话还没出口就又陷入了沉默。那些人在闲聊和渔业有关的话题，为何不询问一下他的看法呢？那些人懂渔业吗？

莉丽·布里斯库和塔斯莱面对面坐着，她当然清楚他的心思，也察觉到了他的蠢蠢欲动。如同透过一张 X 光片窥见了隐藏在肉体下的骨骼，她察觉到那个人迫切地想要表达些什么，却因为传统礼仪的约束，压制了自己想插话的冲动。可是，她转了转眼珠，想到了之前他嘲讽女性不会写作、不会画画的事情，心想：凭什么帮他解除自我压抑所带来的痛苦？

她是知道的，而今存在着这样一套行为规范（或许是），其第七条表示：倘若出现上述情形，无论何种职业或地位的女性都得向眼前的那个男人伸出援手，让他得以展示自己如骨骼般隐藏着的虚荣心与表现欲，让他获得满足。身为一位从未和男人有过两性关系的女人，她站在中立的角度思考着这个问题，认为这就像男人有义务对女人伸出援手一样，比如，要是地铁突然失火，那她一定会希望塔斯莱先生能搭救自己。然而，她又转念一想，若是两人都拒绝彼此帮助，那将会发生什么呢？所以，她最终选择默默地坐着，保持嘴角上扬。

"莉丽，明天你不去灯塔吧？"拉姆齐夫人问。"你记不记得林格莱先生？就是那个曾十几次环游世界的可怜家伙？他对我说过，跟着我丈夫去灯塔是他最痛苦的经历。他那次晕船了，而且很厉害。"接着，她又问道，"你是一位从不担心晕船的优秀船员吗，塔斯莱先生？"

塔斯莱先生将锤子举到空中，然而，当它落下的时候，他很清楚，没法用锤子攻击一只蝴蝶，所以他做出的答复是：自己从未晕过船。很显然，这话里潜藏着浓重的火药味。他有个做渔夫的祖父，有个做药剂师的父亲，他自己很独立，不依赖任何人，单枪匹马闯出了一番事业，他为自己感到自豪，他就是查尔士·塔斯莱——然而，好像在场之人都没思考过这些；不过终有一天，这些事会人人皆知。他眉眼微锁，脸上透出愠怒。对这些彬彬有礼、温文尔雅的人，他差点儿就要报以怜悯之心了，会有那么一天的，他们会如捆好的一堆羊毛，或者装好的一桶苹果，被他身体里的炸药炸飞到天空。

莉丽赶紧温和地问塔斯莱先生："您是否愿意和我一起去呢？"毕竟，倘若拉姆齐夫人和她说，事实上，拉姆齐夫人的确用眼神表达过：我就快被大火焚身了，亲爱的。倘若你没有和那个年轻人说些好言好语，为此刻呈现出的伤口抹上止痛药，那生活的船只就真的要搁浅了——毫无虚假之意，我已经感觉到火海里的痛苦挣扎，听到那阵阵呻吟了。现在，我的神经紧绷如琴弦，脆弱得一碰就断。当莉丽接收到拉姆齐夫人的（用眼神传递的）信息后，只得再次舍弃她的实验——她本想尝试一下，若是不向那个年轻男性伸出援手，会有怎样的结局——转而温柔礼貌地对他说话。

她此刻对自己很友善，他在精准地意识到这一点后，便挣脱了自我的狂妄所造成的束缚。他跟她讲起了学习游泳的过程：当自己还是个婴儿的时候，他就被船上的其他人扔到了水里，父亲用一个带钩的船蒿把他钩了起来。他在所有人暂停讲话的时刻忽然大声地说，他的某位叔叔之前在苏格兰海边某个礁岩上看守过灯塔，而在那里，他和叔叔一起经历过暴风雨。人们都被他说的暴风雨事件所吸引，纷纷转身聆听。如此这般，氛围成功地被改变了。同时，莉丽感受到了来自拉姆齐夫人目光中的感谢，毕竟这样一来，拉姆齐夫人就可以安心地、自由地和其他人聊天了。莉丽心想：啊，拉姆齐夫人的这份感谢和赞扬真是让自己付出了太多！当然，她先前的举动都是违心的。

她只是礼貌地应付了那个人，这都是见怪不怪的手段了。他们二人之间一辈子都不会彼此理解。她想，人际关系莫不如是，特别是在男人和女人之间，那障碍自当是最大的（或许这里面不包括班克斯先生）。毋庸置疑，人际关系皆为虚情假意，她想。之后，她看见了自己放在桌布花纹上的盐瓶，想到翌日清晨就要把树挪到画布中央以填补空白，内心顿时又充盈起画画的喜悦，以至于对塔斯莱先生的一番说辞也表示出了雀跃，大笑起来。倘若塔斯莱先生愿意，整晚说个不停也没关系。

"他们会让观望的人在灯塔待多长时间呢？"她询问。他回复了她的问题，他是个见多识广的人。既然他已经对她充满感谢，也乐意与她交流，并因此而变得自在随心，那么，拉姆齐夫人认为，自己可以再次进入梦境般的沉思了：回到二十年前，回到玛罗，回到曼宁家的客厅，心无杂念、自由自在地走来走去，在那里，她无须去担心未来会怎样。她很清楚他们经历过什么，也清楚自己又经历了什么，这感觉犹如重新翻开一本已知结局的书，毕竟那是二十年前的事情了；然而，生命的长河似是从餐桌布上流淌而出，宛如小瀑布般一刻不停地流淌着，谁也不知道源头被尘封在哪里，仿佛湖泊安静地待在堤坝之内。威廉说，曼宁在建造弹子房，真的吗？她希望他能再多说说曼宁家的情况，可不知为何，他似乎不想再聊了。她也曾尝试让他继续这个话题，但他并没有，她也不便强迫他。她感到气馁。

她叹息一声后说:"孩子们这么没规矩,真丢脸。"他的回应却是,他们要再长大些才能学会守时的美德。

"但愿吧!"拉姆齐夫人为了不让场面尴尬,不得不勉强说些什么,同时有些纳闷,班克斯先生现在为何如此谨小慎微。他察觉到自己的无情,也察觉到她对一场真诚交谈的期望,可他此刻只感到索然无味,生活也不尽如人意,他坐立不安,就这样等着。或许别人正聊着某些趣味十足的话题?他们都说了什么呢?

其他人在讨论今年渔业的不景气,渔民开始转行;还在说报酬与失业的问题。那位年轻人正斥责着政府,说着"政府最糟糕的规定之一",威廉·班克斯听到后心想:就着这样的话题聊下去,倒是正好让自己从讨论个人生活的尴尬不安中自拔。拉姆齐夫人、莉丽以及所有人都在聆听着,但看起来有些厌烦了。莉丽和班克斯先生都感觉少了点儿什么。拉姆齐夫人摆弄了一下身上的披肩,表达着同样的感受。所有人都在一边细心聆听一边想着:"天啊,保佑我,千万别透露心里的真实想法。"每个人都思索着:"当他人怒气冲冲、悲愤地说着政府发布的与渔民有关的法规时,自己却感到麻木。"看着塔斯莱先生,班克斯心想:他大概就是那位领军者。人们一直等待着领军者的出现。而且,会有机会的。无论何时,天才总会崭露头角,精于政治等各个方面,最终成为头领。或许,这样的人无法和你我这些墨守成规的人和谐共处,班克斯先生思忖着,并尽可能地为自己留下退路,他借由某种无法言喻的官能察觉出，就像脊椎神经所感知到的：那个年轻的家伙正在嫉妒、憎恶现实，一方面是为了自己，一方面是为了工作，以及自己的观念、科学，等等，所以，他所说的话也不是百分百的公平和真诚。塔斯莱先生似乎在说：你们都在无意义地消耗生命，都做错了。你们已经赶不上时代的发展了，老顽固们，真是很同情你们。那个年轻人好像信心满满且十分狂妄。然而，班克斯先生仍旧竭力让自己保持理智，静静地注视着，他很有胆量，也很有才能，他所说的也都是没错。在塔斯莱怒斥政府之时，班克斯先生心想，他说的不是没有道理。

"那么，此刻，你给我说说……"他说。两个男人就这样讨论起了政治。莉丽望着餐布上的花纹走神；拉姆齐夫人心中莫名地讨厌这种对话，便由着他们去争辩了。她看向坐在餐桌那头的丈夫，期望他能随便说些什么，哪怕是几个字也好，她自言自语道。毕竟，丈夫的话总能一语中的，一旦他开了口，情况就会有所转变。他一直都关注着渔民及其生活水平的问题，还因此而失眠过，所以只要他说上几句话，场面就会不同。拜托了，上天啊，千万别让人发现我对这些事情的无奈，或许无人察觉，毕竟他们都真的很关注这个话题。然后，她察觉到，自己希望丈夫能阐明下观点是因为自己崇敬他。仿佛总有人在她面前称赞她的丈夫与家庭，而她也为此激动不已，精神昂扬，却不曾发觉那个称赞者正是她本人。她以为自己看向他的时候会看到一张神采飞扬的脸庞……然而，事实并非如此！他眉头紧锁，唇角向下，耳红面赤，看起来已怒火中烧。天啊，这到底是什么情况？她想不明白，究竟发生了什么？就因为奥古斯都这个可怜的老头要再来一碗汤，仅此而已。真是难以忍受，让人厌恶（餐桌那头，丈夫用眼神向她表达着），可怜的老头，又要再添碗汤了。有人在他用餐完毕后还在用餐，这是最令他厌恶的事情。她察觉到他的愤怒，眼看着这股怒气冲上眼眉，她明白暴风雨即将来临，如果真的发生，也只能祈求上帝了！她看着他一点点攥紧了自己的拳头，以克制满腔怒气，如同用刹车阻挡前行的车轮，他浑身都散发着不可遏制的愤怒，却依旧保持着沉默。他一言不发地冷脸坐着，他引起了她的注意。让她为此而称赞他几句吧！可是，为何不能再喝一碗汤？奥古斯都那个可怜的老头儿啊，他只是轻触了一下爱伦的胳膊并说了句："请再给我盛碗汤，爱伦。"然后，拉姆齐先生就拉长了脸。

拉姆齐夫人提出疑问，他为何不能再喝碗汤，如果奥古斯都愿意的话，那么当然可以。拉姆齐先生微微皱眉向她表达：他最讨厌别人只顾吃喝，磨磨蹭蹭。不过，拉姆齐先生希望她能明白，自己压制了厌恶和怒气，尽管表情不是很自然。可是，为何要这么直白地表达出内心反感？拉姆齐夫人希望他给出一个合理的说法。（两人静坐餐桌两端，用眼神交流着，并准确地领悟到了对方的心思。）所有人都知道他在气恼，露丝和罗杰都在看着他们的父亲，眼看下一秒姐弟二人就要笑出声来了，她赶紧对他们说："你们俩去点蜡烛吧！"（这话说得正是时候。）

于是，他们直接跳起来到餐具柜子内找东西去了。

他怎么就不懂掩藏一下情绪呢？拉姆齐夫人对此深感疑惑。她不清楚奥古斯都·卡迈克尔先生有没有发现丈夫的愤怒。或许有所察觉，或许没有。不过，她不得不佩服他此刻依旧从容不迫地继续喝汤的态度。他想喝就继续喝，旁人嘲讽也好，生气也罢，他都泰然处之。她清楚他不怎么喜欢自己，可或许正因如此，他才赢得了她的尊重。他高大伟岸，喝汤时安静平和，她注视着他在暮色降临的昏暗光线里独自思索的模样。她无法知晓他因何而称心快意，也无法知晓他为何总这般镇静自若；她继续思忖：他会热情地对待安德鲁，会让孩子们去他房间欣赏许多事物；他总是在草坪上睡觉，仿佛在思考着诗歌的遣词造句，那场景仿佛是一只猫儿在等待鸟儿，只要他想到好的词句就会自己击掌，发出"啪"的一声。因此，就连丈夫也对他有很高的评价："令人同情的老奥古斯都啊，不愧为一位诗人。"

此刻，桌上已经点好了八支蜡烛，飘摇的烛光从微弱渐渐到强烈，把整张餐桌照得亮亮堂堂，足以看清中间的那盘紫黄相映的水果。拉姆齐夫人看到那出自孩子之手的精美果盘，暗自称奇。露丝这孩子真的很棒，将葡萄、香梨、香蕉以及贝壳状的粉色果盘搭配得这般和谐，美得令人联想到海神涅普杜恩在大海深处举办的宴会上的金杯，联想到（在某幅画中）酒神巴克思肩头悬挂的带有藤蔓的葡萄——与众神身披的豹皮、手持的火把所投射出的红光和金光交融在一起……果盘在突如其来的烛光的掩映下变成了一个体积庞大、深不可测的天地。她思索着，你可以杵着登山杖登顶，再缓缓走到谷底，你可以在这个天地中自在畅游。她看到，奥古斯都·卡迈克尔先生也凝视着果盘（它在瞬间激发起了所有人的共鸣），他的视线深深地嵌入了果盘，仿佛在那个天地中拨开了一个花球，采下了一个花穗，赏玩了一阵后又回到自己的眼窝里。他看事物的方式便是如此，与她截然不同，不过，集体凝视同一个物品，倒是让大家顷刻间凝聚了起来。

蜡烛一支支被点燃，无一例外，此时此刻，餐桌上的每张面孔都不再遥不可及，他们融为一体了，这是之前夜色笼罩下未曾出现过的场景。玻璃窗阻挡了暗夜的笼罩，也不再映射窗外的景象，只剩下神奇的涟漪把屋内屋外分割为了两个世界：房间内，有条不紊，地面干燥；房间外，事物在一片水色中逐渐晃动、消散。

一瞬间，大家的心境似乎都改变了，仿佛出现了这样的情形：在某个小岛上，大家共处洞穴之中，集结为一个整体，齐心协力地抵御着洞外的风霜雨雪。在此之前，拉姆齐夫人焦躁地等着敏泰与保罗，一直心神不宁，很多事都没能好好安排，而此刻，她的焦灼消失了，取而代之的是一种期盼。眼下，他们应该就要进来了。莉丽尝试着剖析所有人忽而兴奋的缘由，将眼下的情形与方才网球场上的景象做了比对：

方才，固有状态的消失扩大了所有人的间距，而眼下，房间里只有简单陈设，连窗帘都没有，在蜡烛照耀下，所有人的脸庞都明亮得好似面具，当然也有异曲同工之处。大家顷刻间都如释重负了，她认为，一切皆有可能。拉姆齐夫人心中则在想，他们差不多要进来了吧！她朝房间门看了一眼，而敏泰·多伊尔和保罗·雷莱，以及端着大砂锅的女佣就在此时一同进了门。他们晚了很久，回来得太迟了，敏泰一脸歉意地说着。话音落下，两人分别朝餐桌两头走去，在各自的座位落座。

"我不小心弄丢了胸针，祖母留给我的胸针。"敏泰说出这话的时候，声音中带着难过，棕色的双眸又红又肿。她的座位紧挨着拉姆齐先生，她时而低头，时而抬头，视线一直未曾与人相对，这个模样让拉姆齐先生心生同情，以至于他拿出了自己的骑士风度来逗她开心。怎么这么傻乎乎的，他问着，爬礁石还戴着首饰？

她看上去很怕他，但其实是伪装的——他真的很博学，前晚和他坐了一会儿，他一直说着乔治·艾略特。她那时真的很慌张，毕竟《米德尔马契》的第三卷被她落在了火车上，她对结局一无所知；不过，在那之后，他们相处得很不错，他爱称她为小笨蛋，她就让自己看起来愚昧无知。所以，哪怕在这个晚上，他直接取笑她，她也不会害怕。另外，她察觉到自己一踏入这个房间就会遇到神奇的事：被一团金色光雾环绕。这神奇的现象时有时无，她不懂它从何而来又为何消失，也不清楚自己会在什么时候遇到，只有进入房间，观察到男人们的神情后，方才能够确认。没错，这个晚上，她被神奇的光雾笼罩着，她从拉姆齐先生让他不要犯傻的神情中判断出来了。她保持微笑，在他一侧坐着。

木已成舟了，拉姆齐夫人心想，保罗和敏泰肯定已经谈好了结婚的事。有那么一瞬间，她生出了某种从未有过的嫉妒心，对，就是嫉妒心。因为丈夫也察觉到了，敏泰今晚十分靓丽；他偏爱洋溢着青春气息的少女，她们面色红润、容光焕发，她们率性而为、时而还有些狂野，她们拒绝剪短头发，也不似莉丽般让他觉得"少了些气质"。如敏泰这样的少女，拥有拉姆齐夫人所不具备的一些特质：闪耀的光芒，青春的气息，光彩照人的韵味，一切都令他着迷、令他兴奋，所以他喜爱得很。他允许她们剪他的头发，乐意她们为他编表链，也不介意她们打断他的工作，高声叫他一起去打网球："拉姆齐先生快来啊，到我们出场了，要击败他们哦！"（她确实听见了她们的声音。）他在听见呼喊后会立刻跑出去打球，全然不顾工作之类的事。

然而事实上，她不是在妒忌，不过是因为偶尔会在梳妆时看着青丝渐成雪而有了些怨恨。这渐渐老去的模样怕是怪不得别人（她总在操心温室的修理费等杂七杂八的事情）。对于女孩们时常调侃她丈夫"您今日抽几支烟了啊，拉姆齐先生？"以及诸如此类的玩笑，她其实是很感激的，她们给予了他青春的活力，让他看起来仿佛是个招女人喜欢的小伙子。没有高强度的工作，不计较个人得失，看淡荣辱，没有任何精神压力，他就是个帅气的青年，如同当年第一次见到他时的模样。那时候，他风度翩翩，使人愉悦，他还扶着她走出游艇。（她瞧了瞧他，此刻他正和敏泰逗乐，显得十分年轻。）而她——"放这里吧！"她边说边帮瑞士姑娘把棕色砂锅摆到自己跟前，锅里装的是牛肉——她喜爱朴实的少年。她替保罗留了座位，他得在自己身旁就座。有时，她会思考，自己真的十分喜爱淳朴天真的少年，因为他们怎么都不会用论文之类的事来烦你。说到底，智慧过人的学术研究者们真是特别呆板无趣！他们已经错失了很多意义非凡之事！保罗坐下后，她感受到了他身上那可爱又迷人的气质。她喜欢他的风度，喜欢他鼻梁高挺，双眼湛蓝。他是如此温和，如此儒雅。现在，所有人都在谈天说地，那么，他愿意和自己说说刚才发生的事吗？

保罗一边就座一边说着："我们折返回去，寻找敏泰的胸针。""我们"——这已经说明了一切。他说出这个词的时候有些费劲，语调也有变化，她知道他第一次用这个词。她想，以后，他们一直都会用这样的方式讲话：我们做了这件事，我们还做了那件事，诸如此类。厨娘玛莎打开砂锅的盖子时带着骄傲的意味，这道拿手好菜她可是花了整整三天才做好的。揭盖的那一刻，从棕色砂锅里瞬间散发出浓烈的香气，是肉汁和橄榄油的混合气息。拉姆齐夫人在软嫩的肉群里搜寻着，餐具深嵌进肉中，费尽心思地想为班克斯先生选出最滑嫩的那一块。她眼神注视着油亮亮的锅、香气浓郁的牛肉、肉桂树叶以及醇美的酒。她思考着，这道美食能够庆祝那件好事了吧——一种庆祝佳节般的奇异又温情的感受油然而生，似乎激发了她内在的两种情感：其中之一颇为深厚——毕竟，一位男子对女子的爱情是如此令人肃然起敬、感人肺腑，并拥有强大的力量。它怀抱着死亡的种子。与此同时，这些人眼中透着兴奋之光，陶醉在这场幻境里的恋人们一定要头戴花环，让旁人一边取乐一边簇拥着他们手舞足蹈。

班克斯先生暂时将餐具放下，说着："真是非常成功！"他刚才已经仔细品味过这道菜了，香嫩美味，十分可口，称得上完美。"在这荒郊野外，是如何烹调出这般美食的呢？"他问她。她真的是很让人惊叹的女子。他又重新生出了对她的倾慕和崇拜之情。对于这点，她已经察觉到了。

拉姆齐夫人喜上眉梢，声音里带着雀跃："是法国菜，根据祖母留下的菜谱烹调的。不可能是英国菜谱，只能是法国菜，英国菜谱真是太糟糕了（所有人都认同这点）。所谓的英国菜谱，要么是水煮白菜，要么把肉烤得像皮革，要么扔掉所有可口的菜皮。""蔬菜的表皮，最具有营养。"班克斯先生讲道。"这就是在浪费。"拉姆齐夫人说。一名英国厨师扔掉的食材足够一个法国家庭日常生活所需。她意识到班克斯先生已经重拾对自己的崇敬和爱慕，便不再如之前那般不安了，事情变得顺利，她再次感受到胜利的愉悦，她又能对命运的无能嗤之以鼻了，她欢欣鼓舞，恢复了谈天说地、比比画画的状态。莉丽心想，她真是孩子气，如此滑稽可笑：她端坐于此，散发着藏于体内的如花绽放般的美好，可聊天的内容却是关于菜皮的。莉丽感觉，拉姆齐夫人始终拥有某种独特气质，她总是胜利的一方，无法让人拒绝的一方，她向来能够达到自己的目的，总能我行我素地做事。眼下的她就是胜利者——保罗与敏泰似乎订婚了，班克斯先生目前也在这里共进晚餐。只要她想，就可以求仁得仁，得到满足，仿佛是向他们施了魔法，简单又直接。（她看起来已经不甚年轻了，可依旧神采奕奕、光芒万丈。）莉丽将自己匮乏的精神和拉姆齐夫人强大的感染力做了比较，并猜测紧挨着拉姆齐夫人就座的保罗之所以会这般激动、专注且沉默，原因之一是对拉姆齐夫人所拥有的不可抗拒的强大魔力的信任。莉丽认为，拉姆齐夫人说着菜皮的事情就是在提升和崇敬这可怕的魔力，并且她挥着手使用了这力量，维护着这力量，从而给他们带来了温暖，然而，在所有事情都结束后，她却没来由地露出了微笑，在莉丽看来，这就像她把祭品摆上了祭坛那般。此刻，这种爱的情绪和魔力令她折服。她觉得自己在保罗旁边真的太过渺小了！他这么光芒四射、神采飞扬，而她却是无情无义，还在讽刺嘲笑；他冒险上道，而她却止步于岸边；他厚积薄发，一往无前，而她却孤身一人，被人忽略，于是，她准备承担一点儿他的不幸——倘若那是不幸的话，她有些胆怯地问：“敏泰是何时弄丢的胸针呢？”

他的笑容很微妙，蕴藏着些许回忆，夹带着梦境般的光泽。"在海滩上那会儿。"他摇摇头答道。

他低声悄悄说着："我会再去寻找的，明日清晨就出发。"他没有告诉敏泰这件事，视线却看向了敏泰的位置，她正和拉姆齐先生开心地聊着什么。

莉丽很想坚定且郑重地告诉他，自己愿意参与其中，帮忙寻找；她甚至开始幻想自己翌日清晨在沙滩寻找胸针的场景，并且找到了藏匿于某个礁石背后的胸针，如此一来，她就可以成为探险队中的一员了。然而，面对她的主动帮忙，他会怎么回复呢？莉丽拿出了少见的热忱说："我同你一起去吧！"他却只是笑笑，一言不发。那么，他究竟答没答应呢？——或者还不确定？不过，他似乎意不在此——他笑得十分奇怪，好像是在说：倘若你愿意，就是跳下悬崖我也不拦你。他公开表现着那火热、恐怖、残忍又冷漠的爱情，这一切如火苗般将她灼伤。莉丽看向餐桌那头，敏泰正与拉姆齐先生骄纵地说笑，一想到敏泰如今已身处名为爱情的恐怖毒牙下，她瞬间胆战心惊起来，可同时又心存感激，不管怎么样，她告诉自己（她瞧了瞧那压在桌布花纹上的盐瓶），她注定不会结婚，感谢上天，让她免遭灾难，让她不至于因此而大跌身份。她得把树再往中间挪一些。

情况的确十分复杂。她所经历的，尤其是在拉姆齐家所经历的一切，让她强烈地感觉到两种对立情绪的搏斗：一种是你的感受，一种是我的感受；这两种感受就像此刻这般在内心对峙着、争斗着。一方面，爱情是那么美妙且让人精神振奋，因此自己才会一反常态地说出想帮忙找寻胸针这样的话；然而，另一方面，它又是人类最愚昧、蛮横、狂热的情感，侧影温润如玉的帅小伙（保罗的侧脸很好看）因为爱情变成了拿着铁棍的蛮人（他的确是狂妄自大的）。不过，她又想，从过去到现在，在岁月的长河中，爱情一直饱受赞誉，人类为它奉上了数不清的玫瑰与花环，世人之中十有八九都如此认为——他们可以放弃所有，唯独不能放弃爱情；不过，就自身经验来说，她觉得，爱情并非女人的追求，女人们感觉它相当枯燥，相当无趣，幼稚可笑，冷漠疏离；可是，爱情又带着某种迷人的不可或缺的特性。她反复问自己，那到底是怎样的呢？到底是怎样的呢？不知为何，莉丽希望大家可以接着谈论这个话题，就好像在辩论场上，一家之言是击不中靶心的，一定要有其他人再接再厉，探讨才能离目标越来越近。于是，她转身回头，细心地聆听旁人的谈话，也许他们的谈话可以勾勒出爱情的真相。

"还有那种被英国人叫作'咖啡'的东西。"班克斯先生开口说。

"咖啡，是啊！"拉姆齐夫人应声道。可是，有杂质的牛奶和不正宗的黄油是更令人头疼的问题。（从拉姆齐夫人加强了语气这点，莉丽察觉出她开始激动了。）她满腔激情，侃侃而谈着英国乳酪业的问题，说牛奶送到家时已经脏得惨不忍睹，还说自己可以证明这一切，因为她早就彻底查证过了。此时，席间之人，以坐在中间的安德鲁为首，都哄堂大笑起来，如同一簇簇燃烧的金雀花；孩子们大笑着，她丈夫也在笑；她被人们取笑了，因此不得不暂时收敛，而能作为反击的只有：将来自席间诸位的取笑视为一个案例，去和班克斯先生说明一件事——倘若公开挑战英国大众的偏见，就会沦落到这样的境遇。

席间一个声音问道："哦，可是，人们对这类型小说的兴趣可以保持多长时间呢？"她身上的某个触角捕捉着只言片语，以至于她不得不关注它们。对于刚刚那句话，亦复如是。她发现，这句话对丈夫而言是带着危机的。这种问题很可能会引发其他人的高谈阔论，这样一来，她丈夫就会联想到自己的作品，那失败的作品。他立刻就会想：人们对自己作品的兴趣又能保持多长时间呢？威廉·班克斯（在这方面毫不虚荣）并不在意此类问题，他笑说文学风尚的转变于己而言一点儿也不重要。在文学领域，或者说任何领域，没有人可以知道什么事物能一直流行下去。

"我们赞赏那些自己真正欣赏的事物就好。"他说。这种率真的个性让拉姆齐夫人钦佩不已。他好像永远不会在意自身言行对自己是否会有影响。然而，倘若你是另一种性格——他人的称赞和鼓舞对你而言不可或缺——的人，你定会因此而感到难受，例如拉姆齐先生。你会期望人们称赞你的作品，说出"哦，但是，拉姆齐先生，您的作品是一直流行的"之类的话语。所以他心烦意乱，激动地表达着：他欣

赏司各特（也可能是莎士比亚？），自始至终。她感觉所有
人都惴惴不安，可又找不到原因。敏锐的敏泰·多伊尔故作
幼稚地说自己不相信真会有人喜欢莎士比亚。拉姆齐先生严
肃地说（不过此刻他的心态发生了变化）：如自己方才所说
的那般喜爱莎士比亚的人少之又少。然而，他继续说道，不
管怎么样，莎士比亚的一些剧本还是有价值的。拉姆齐夫人
察觉到，目前看来问题已经解决了，不一会儿，氛围已经被
调剂，拉姆齐先生会奚落敏泰的，反观敏泰（拉姆齐夫人看
出来），她知道拉姆齐先生对个人的荣辱得失十分在意，所
以会想方设法地恭维他、关心他，安抚他的情绪，让他平静
下来。不过，她并不想让这些成为某种必要，或许是自己的
失误才导致了这样的必要性。无论如何，她总算能够安心地
聆听保罗讨论他小时候阅读的书籍了。保罗说那些书才是经
典的，永远流行的。他涉猎过托尔斯泰的部分著作。他对其
中一本印象深刻，只是忘了书名。俄国人的姓名的确很难记，
拉姆齐夫人表示。保罗忽而想起了一个名字："伏龙斯基。"
他认为这个反派人物的名字很不错。"伏龙斯基吗，哦，那
你读的肯定是《安娜·卡列尼娜》了。"拉姆齐夫人说着。
不过，探讨书籍并非他们得心应手的事情，所以他们没有针
对这本书继续展开讨论。不，对查尔士·塔斯莱而言，只要
是和书籍有关的，他都能毫不犹豫地指出问题，只是他总在
考虑：我这么说合适吗？别人对我的印象会好吗？这些念头
和他对书的个人看法混作一团，以至于相较托尔斯泰，人们

反而更了解查尔士·塔斯莱本人。保罗则与他不同，他说话爽快直接，不讨论自我偏见，也不涉及其他事物，只针对问题本身发表意见。他同那些智识略逊一筹的人一样，拥有儒雅谦恭的品质，他关注对方的情绪和感受，就这方面而言，拉姆齐夫人起码会偶尔觉得他惹人爱。此刻，他想的就是她有没有感觉到风，会不会冷，想不想吃梨，而不是托尔斯泰或自己。

不用了，她回应，她不吃梨。她总是不自觉地望着果盘，期望没人去动它。她专注地望着水果的曲线与光影，望着葡萄厚重的紫色及贝壳的背脊，望着黄与紫的交汇，圆形与曲线的映衬，这一切令她不由自主，她不知为何每当自己注视果盘时都能获得内心的平和。哦，可惜啦，他们要是拿水果吃的话——有人伸手拿了一个梨，画面就这样被毁掉了。她带着心疼的神情看了看露丝。她感到些许异样，在普鲁与杰斯泼之间坐着的女儿露丝居然做出了令人扫兴的事！

她看见一帮儿女——杰斯泼、露丝、普鲁，还有安德鲁并排坐着，真是神奇啊，他们看上去很安静，可嘴角却不停颤动着，她猜他们正在悄悄说着只有他们能听懂的笑话，那是他们一回房间就会大张旗鼓讨论的事，和别的事毫无关系。她期望他们不是在说自己的父亲，哦，不会的，她想。那么，他们到底在说什么悄悄话呢？她无从知晓。她有些难过，她发觉他们好像只有在远离自己后才敢自由谈笑。孩子们那没有表情、安静得如同面具般的面庞背后，藏匿着她无从知晓的许多事；他们无法轻易参与大人们的话题，因而好似一群看客一般，与成年人保持着距离。不过，她发现这个结论并不适用于今天晚上的普鲁。她才刚刚开始接触这个世界。她的眉目间闪耀着某种隐约的光彩，仿佛对坐的敏泰所散发出的光芒、兴奋以及对幸福的期待投射到了她身上；仿佛象征着爱情的太阳从桌布边缓缓爬了上来，她还不了解，却已开始俯身致敬。普鲁自始至终都在悄悄地羞涩地凝视敏泰，拉姆齐夫人看着周围的人，在心底对普鲁说：你将来也会这么幸福的，不逊于她，甚至超过她，继而又补充说，毕竟你是我的孩子，我的女儿一定会比别的女儿家更幸福。然而，大家已经吃完晚餐，该离席了。他们都在摆弄自己的餐具。丈夫在和敏泰说笑，似乎是在讲与打赌有关的笑话。等丈夫讲完，大家放声笑过以后，她就可以起身了。

她忽然对查尔士·塔斯莱心生好感，她乐意听到他的笑声，乐意看到他对保罗、敏泰那样发脾气，甚至他那不知所措、坐立不安的模样也令她欢喜。他还有很多可圈可点的地方。当然，莉丽也是一样，拉姆齐夫人一边把餐巾放到盘子旁，一边这么想着：莉丽总能说出些别具一格的笑话，压根不需要为她操心。她将餐巾折好后放到盘子下方，静静等待着。哦，他们的话题结束了吗？哦，不，笑话讲完了，但其他故事又开始了。今天晚上，丈夫格外兴奋，她料想，他在尝试着消失先前喝汤事件所产生的隔阂，尝试着缓解与奥古斯都的关系，所以把奥古斯都也拉入了聊天阵营——聊起了两人在大学时期所认识一位的朋友。在漆黑的玻璃窗上，烛火显得更加亮眼，她看着窗外，聊天声不绝于耳，她生出一种怪异感，自己似乎置身于正在做礼拜的教堂之中，而她完全没有认真倾听。忽然之间，一阵笑声及某人（敏泰）的讲话声次第传来，使她又联想到一众男性在罗马天主教会的大教堂中做弥撒，朗声恭读拉丁文《圣经》的场景。她静候着。丈夫说话了，反复念叨着什么，节奏悠缓，语调既悲又喜，而她听出来了他念的诗：

出门踏上花园小径，

卢琳安娜，卢琳丽。

月季已开花，

在那丛中，

是黄色蜜蜂在起舞。

吟诵之声（她眼望窗户）好似外面随波逐流的花，与这里的人不再有关联，仿佛无人吟诵，那些字句自己就出现了。

无论此前或日后，

我们的生活中，

皆有无数茂密的树，

和那新旧更替的叶子。

她无法理解这些诗歌的意义。然而，它们如同一首乐曲，好似出自她自己之口，飘忽在她体外，顺畅自在地诉说着她对这个晚上的感受，尽管在此期间她参与了种种话题。无须东张西望，她很清楚，在场之人都在聆听：

我全然不知，

你是不是也有这样的感受，

卢琳安娜，卢琳丽。

他们拥有和她一样的心情，愉悦且松弛，似乎这就是他们原本想要说的话，是他们内心最真实的声音。

然而，声音戛然而止。她四处张望了一番，而后站起身。奥古斯都·卡迈克尔随之也站起身来，手中的餐巾顿时化作一条白披肩；他站在那里念着：

看啊，君王们策马扬鞭，

驰骋在草地，

和雏菊遍野的草原，

带着棕榈叶，

带着杉木制成的箭束，

卢琳安娜，卢琳丽。

在她从身旁路过时，他微微侧身，一边冲她又念了一遍"卢琳安娜，卢琳丽"，一边朝她欠身行礼，好似在表达自己的崇敬之意。不知为何，她感觉他此刻对自己怀揣着比平日更强烈的好感，而她也怀揣着慰藉和感谢鞠躬还礼。接着，他替她开了门，她悠然离去。

如今，所有的事情都需要进一步开展了。脚踩着门槛，她静静伫立，而后回头瞧了眼餐厅，看着之前的画面慢慢淡去；她挽着敏泰的胳膊走出了餐厅，画面因此而变得截然不同；她回头，最后瞧了瞧，她明白先前的一切都成了过去式。

18

一如既往地，莉丽想，总有些事是此时一定要做的——拉姆齐夫人因为个人原因需要立即完成的事情，至于别的人，可以一如此刻般围坐谈笑，或者犹豫着要不要去吸烟室、阁楼的卧室，抑或是客厅。在莉丽的视线里，在人们的喧闹声中，拉姆齐夫人挽着敏泰的胳膊，似是突然想起还有什么事情需要立刻去处理，她的神情也因此而变得神秘；随后，她独自离开了，去处理她要处理的事。拉姆齐夫人一走，场面立刻变得四分五裂了：大家稍稍迟疑了一下，很快如鸟兽散。班克斯先生和塔斯莱手挽手走到平台，为今晚谈论的政治问题做个了结。于是，这个傍晚的平衡就这样发生了变化，重心移到了其他方面。听着他们讨论工党政策的只言片语，望着他们离去的身影，莉丽觉得他们二人仿佛正在游轮的驾驶台面前分辨航向；话题从诗歌变成政治，这件事让她生出了这般感受；查尔士·塔斯莱与班克斯先生离开了，余下的人待在原地注视着拉姆齐夫人，她在灯光的映照下上了楼。莉丽很疑惑，她这么着急是要去哪儿呢？

事实上，她没有匆匆飞奔，而是缓步前行。在结束了一系列聊天之后，她只想安静地独自站一会儿，找出某件特殊且重要的事，将它分解、剥离，摒弃全部感情成分及杂乱

无章的部分，然后将它摆在对面，再带入内心法庭——为了
判断这件事而专门设立的法庭，法官将在那里对它的好坏对
错进行审判。我们该去哪里呢？稍等一下。在那件事所导致
的震惊逐渐缓解之后，她又变成了平常模样，下意识且不合
时宜地望向窗外，那些榆树树枝可以让她心神宁静。她的世
界不断改变着，然而树枝却一直保持着原样。她因那件事而
感到不安。所有事都应该有条不紊。她想，得处理好每件事
才行。忽然之间，榆树树枝被风吹得飞扬起来（好似海浪抬
起了帆船的船头）。起风了（她看着窗外，怔怔地站了一会
儿）。轻风拂过，枝叶间偶尔会透出了一两颗星辰；那些星
星似乎也在随风摇摆，从枝叶间的缝隙洒下微光。事情已经
完成，十分顺利；一旦结束，它便有了庄重的意味。此刻，
她想到了它，抛弃所有情感和杂质不论，它似乎向来如此，
只不过如今显露了出来，所以一切也就安稳下来。她思忖，
生活不会停下脚步，不管时隔多久，他们终将重返今夜，回
到朗月之下。轻风之中，回到这个房间里，回到她的身旁。
这让她心生喜悦，倍感荣幸；她会因此而轻易地得到人们的
称赞；她想，不管他们能活到多少岁，今日的事都会深深烙
印在他们心里，他们将一直记得自己，啊，对了，还有那个、
那个、那个，她一边想一边展露笑颜，不疾不徐地走到楼上，
含情脉脉地看着楼梯平台处放置的摇椅（已故父亲留给她
的）与沙发（已故母亲留给她的），以及希布里堤群岛地图。
在敏泰与保罗的人生里，这些事会再次上演的。"雷莱两口

子"——她琢磨着这个新称谓，触摸着儿童卧室的门把，心想，充满真情实意的交流注定可以打破人心之间的壁垒（一种欣慰和快乐的感受油然而生）。事实上，万事万物已交汇成涓涓细流，她的桌椅和地图，同时也属于他们，究竟属于谁已不重要，当她离开这个世界时，敏泰与保罗会将生活延续下去。

她握紧门把，轻轻旋转，避免它发出嘈杂的声音；她缓缓走进儿童卧室，微微噘嘴，仿佛是在告诫自己要轻言细语。可在进屋之后，她顿时有了些脾气，因为孩子们都还醒着，自己根本不需要这么小心翼翼。玛德蕾特要更用心些才是。詹姆斯神采奕奕，凯姆直挺挺地坐着，玛德蕾特光着脚站在地上，就快十一点了，孩子们还在聊天。究竟是什么情况？一定又是因为那个恐怖的野猪头骨。她提醒过玛德蕾特很多次了，可她就是不记得拿走那玩意儿，所以詹姆斯与凯姆到现在还没睡觉，而且还在争吵，通常情况下，他们在一个钟头前就该睡着了。爱德华是怎么回事，干吗拿这么恐怖的东西做礼物？她自己也有问题，居然同意他们把野猪头骨挂在墙上。玛德蕾特说钉得很稳当，但是有它在卧室里，凯姆就无法入睡；她稍微碰一下那东西，詹姆斯立马就会惊声尖叫。

拉姆齐夫人一边对凯姆说着"该睡了，梦里会看见许多好风景"（凯姆说，野猪头骨上的角太大了），一边坐到她床边。凯姆又说，看到满屋子都是那个角。她没有撒谎。因为有灯光的照耀（詹姆斯必须要有灯光才能入睡），所以野猪头骨的影子不可避免。

拉姆齐夫人说："但是，凯姆，你可以这么想啊，它不过是一头老黑猪，与农场里的猪没什么区别。"然而凯姆依然觉得它很恐怖，黑影分散在四面八方，仿佛她就是目标。

"那好，那就将它挡住。"拉姆齐夫人对她讲。然后，孩子们看着她走到五斗橱前，拉开了所有抽屉，不过，她没能搜寻到某个适合用来遮挡的物品，旋即，她取下了自己的披肩，把那个野猪头骨裹了好几层，而后走到凯姆身旁，将头贴在她的枕头上，说："你看，它如今多漂亮，仙女们看见了也会喜爱；它如同一个鸟巢，或者国外秀美的山峰，里面有静谧的峡谷和漫山遍野的野花，有丁零零的钟声和小鸟愉快的歌声，有羚羊与山羊在自由奔跑……"她发现，这些富有节奏的话语会涌入凯姆的脑海，凯姆随之重复着：它像山峰、鸟巢、花园，那里有小羊……她的眼睛开始一张一合。拉姆齐夫人接着说，声音更单调、更离奇、更有节奏：凯姆，你得睡了，你会在梦里看见山峰、峡谷、流星、山羊、鹦鹉，一切可爱的曼妙的事物；她缓缓抬头，越发机械化地念叨着；等她直起身来时，凯姆已甜甜睡去。

然后，她来到詹姆斯床边，轻声说：那么，詹姆斯也要睡觉啦，你看，头骨一直在那里，没人碰它；他们都尊重着他的意见；它一直在那里，完好无损。不过，他还想问她，明天可以去灯塔了吗？

抱歉，明天去不了，她答道。不过她做了承诺，不久之后就可以出行——天晴的时候。他听话地躺到床上。她把被子盖在他身上。然而，她很清楚，他一辈子都会惦记着这件事，所以她怨恨塔斯莱先生，怨恨她丈夫，以及她自己。毕竟，詹姆斯对灯塔之行的憧憬是自己引起的。她摸了摸肩头，忽然反应过来，披肩已经被用来包裹野猪头骨了，她起身来到窗前，将窗子拉低了一两寸；外面狂风大作，她听得很真切；入夜后的空气透着寒意，她深吸了一口气，对玛德蕾特道了晚安，走出房门，锁片缓缓弹入闸里。她离开了。

她祈祷塔斯莱先生不会突然把某本书摔到地上，在孩子们头顶上方发出"啪"的一声。她认为塔斯莱先生着实令人厌恶，毕竟这两个孩子都睡得不够踏实，而且容易激动；塔斯莱先前提到了灯塔，还说了些让人难过的话，所以她认为，在孩子们即将入眠之时，他或许会不小心用胳膊撞到桌上的一摞书。在她看来，他应该是在楼上埋头工作。可是，他的模样又是那样孤寂，不过他的离开让她释然；她要想想，明日怎么让他得到更好的对待；他敬佩她丈夫，不过在礼仪方面还有待提高；他的笑声，她倒是很喜欢，她一边缓步下楼，一边思索着；她发现，此刻从楼梯窗口向外张望可以得见一轮秋日满月，泛着金灿灿的光芒。她回转身来，出现在他们的视野里，出现在他们上方的楼梯上。

普鲁在心里暗想："这是我的母亲。"没错，敏泰、保罗都该好好看看她。普鲁感觉到，这便是那件事的真相，世间再无此般人物——自己的母亲。此刻，普鲁恢复了孩童本性，摒弃了刚才与人交谈时的大人样，她觉得敏泰和保罗是在玩游戏，只是不清楚母亲是如何看待这场游戏的，赞同或批判？她想，眼下是个好时机，让保罗、敏泰和莉丽都瞧瞧，自己的母亲多么美丽动人，她为此而感到庆幸，并期望自己一辈子都是个孩子，一辈子待在家里。她孩子气地说："刚才，我们还说想去海滩上看潮。"

一瞬间，没有缘由地，拉姆齐夫人似乎重返了二十岁，无比雀跃。一种近乎狂妄的欢喜之情油然而生。她笑着高喊：自然要去看看，应该去看看的。她急匆匆地冲下最后三四级台阶，环顾所有人，笑着为敏泰披好披肩。她说，期望敏泰也可以去。他们是否会玩得很晚？有人带表了吗？

敏泰说："哦，保罗带了表。"保罗拿出一只漂亮的金表——一直保存在小的软皮表袋子里——放入掌心，递到拉姆齐夫人跟前，在他看来，她肯定清楚所有事，自己无须多言。把表递上前的时候，保罗说："拉姆齐夫人，多亏您的照顾，大功告成，一切顺利。"拉姆齐夫人看着保罗手里的金表，感叹敏泰真是幸福啊！她将嫁给一位软皮袋子里装着金表的男士！

"我真的特别想与你们同行！"她高声呼喊。然而，一股强大的力量阻止了她，而她从来没有思考过那到底是怎么一回事。她自然是无法出行的，不过若非有另一件事，她或许真的会跟他们一起去。拉姆齐夫人觉得自己刚才的念头

（和一位带着软皮表袋的男士结婚是种幸运）着实有些荒诞不经；她嘴角微扬，笑着去了别的房间，丈夫正在里面读书。

19

进屋之时，她告诉自己，她必须得来一趟，这里有自己需要的东西。第一步，她得坐在特殊的灯下、特殊的椅子上。不过，她想要的比这还多，尽管她也不清楚自己究竟有何需求。她开始织袜子，同时看了看丈夫，她能察觉到，他不希望被人打扰——这是不言而喻的事。他所阅读的书籍令他激动，他似笑非笑的状态是在告诉她，他在克制，克制自己宣泄情感。他一页页地翻阅着。或许，他将自己想象成了书里的某个人物，陶醉地扮演着某个角色。她猜不到书名。哦，她看见了，作者是司各特。她调整了一下灯罩，让光线照到自己手上，以便做针线活儿。毕竟，查尔士·塔斯莱先生总是念叨（她望着头顶上方，就像猜到会有一摞书掉到地板一样）再没有人会对司各特的作品感兴趣了。她丈夫会因为这句话而想到："以后，世人或许也会这样评价我。"于是，他到房间来阅读司各特的书。倘若这次阅读能证明查尔士·塔斯莱的言论是"对的",那么他就会接受那些针对司各特的评价。(她能感觉到,他不仅在阅读,还在思考、对比、权衡。)不过,他不会认为这样的结论也适用于自己。他对自己做出的成绩一直忐忑不安。她对此也很苦恼。他一直在担心自己的作品会不会有人阅读,够不够卓越。当初为何没有精益求精呢?别人又是怎么评议我的呢?她实在不希望丈夫这么忧虑。之前在餐桌上,当大家提到美誉和经典会永远流传的时候,他变得慷慨激昂,她不知道他们有没有猜到个中缘由,也不确定孩子们后来是不是在拿这件事取笑他。她用力扯直袜子,唇边和额头都显露出了美丽的曲线,好似钢刀所雕刻;她平静下来了,如同一棵在大风中摇晃的树,当风小了,叶子就慢慢停止了颤动。

即便旁人瞧出了他突如其来的激动,就算孩子们是在取笑他,都无所谓了,她想。没有人能对了不起的作家作品以及流芳百世的美誉做出准确的说明。在这方面,她一窍不通。然而,他就是这样思考问题的,那是他内心最真实且诚挚的想法——例如,方才晚餐时,她就不自觉地想过,他若能直抒胸臆就好了。她百分百地信任他。此刻,她不再思考那些问题了,宛如潜在水中之人,不时会碰见水草、稻草,或是泡沫之类的,潜得越深,越能感受到大家先前在餐厅里谈天说地时自己内心曾涌现的感觉:我需要它——我来到这里的目的便是寻找它;她感觉自己越潜越深,却依旧不清楚自己到底在找什么，于是，她把双眼合上了。休息片刻后，她的手又开始编织，她的大脑又开始思考。刚才在餐厅，他们吟诵着："月季已开花，在那丛中，是黄色蜜蜂在起舞。"这句诗不停地在她的脑中缓慢地、富有节奏地闪现。当它们现身时，一个个单词宛如一盏盏带有灯罩的或红或蓝或黄的小灯泡，在幽暗的脑中明灭，就连那灯杆也像是留了下来，百转千回，漫天飞舞；抑或是化作人声，绕梁不去；她侧过身体，从一旁的桌上随意拿了一本书。

　　无论此前或日后，

　　我们的生活中，

　　皆有无数茂密的树，

　　和那新旧更替的叶子。

　　她编织着袜子，喃喃低语。她翻开书，漫无目的地挑选了几个段落读起来，读着读着，她又生出错觉，觉得自己时而在向上爬，时而在向下降；她将那些在头顶晃动的花瓣拨开，辟出一条路继续走；她唯一能确认的是那些花瓣的颜色，有红的也有白的。一开始，她无法理解那几句诗的含义。

　　疲惫不堪的水手们啊，

　　掌稳松木船的舵，

　　飞驰到这里。

　　她一边翻读着，一边晃动着身体，左右摇摆着迂回前行，由一行跳跃到另一行，犹如从这根树枝跳到那根树枝，从红白花上跳到别的花上，直到被丈夫轻拍大腿的声响唤醒。一瞬间，他们四目相对，却一言不发，他们无话可说。即使是这样，她仍然能感觉到，有某种东西从他那里传递过来。她清楚，是那本书的生命、力量和风趣，令他忍不住拍大腿的。他想表达的好像是：你就坐那里保持沉默，不要说话，不要干扰我。他又回到了阅读中，嘴角微颤的神情说明他正因它而兴奋且满足。傍晚的餐厅内所发生的争论，对某人一直吃吃喝喝的厌恶情绪，对妻子的暴躁与愠怒，对人们完全忽略、只字不提自己的作品时的耿耿于怀，在这一刻似乎都已被他抛诸脑后了。他此刻所想的是，管他谁能达到 Z 级别，无所谓（倘若思想能分等级，从 A 到 Z 排序），不是自己，就是别的什么人，总之，一定会有人达到 Z 级别。司各特的才智与笔力、对质朴之物直白的感情、书里的渔民们、墨克尔贝凯特茅草屋里的不幸的老疯子，都让他心里为之一振，如释重负，并生出豁然开朗及大功告成的感觉，令他不禁潸然泪下。他举高书本，挡住脸庞，任由泪水扑簌簌地掉落，他摇着头，进入了忘我的状态（然而心里闪过两个想法，他反省着某些道德问题，以及英法两国的小说，他认为司各特虽说双手被缚，可他的见解未必是错的，无异于其他作家的见解）。不幸淹死的斯坦尼和受尽磨难的默克尔贝凯特（都是司各特笔下的精彩片段），还有这本小说给予他的非凡的快感与强烈的震撼，已经让他把忧愁与失败抛到了九霄云外。

行吧，就留给他们去完善好了，读完这一章后，他安慰自己说。他觉得自己正在与人辩论，而且占尽优势。无论如何，他们很难让它变得完美，所以自己的地位得以保全且更不会被动摇。他从头到尾地回忆了一番，觉得对恋人们的描写甚是无趣。那部分很失败，但这本书本身却很经典，他在脑海中对比着各个部分。不过，还得再阅读一次才行。关于故事情节的完整性，他现在无法回忆起来，所以只有放弃下结论。于是，他重新思考起了那件事——倘若当今青年对这样的书籍不感兴趣，那么自己的作品应该也不会受欢迎。拉姆齐先生告诉自己不能有怨念，并努力克制着，他本想和妻子发发牢骚——青年们不欣赏自己。他决定不去打扰她。他望着她读书的模样，如此安静平和、专心致志。他想到，所有人都远离这里，二人世界使他快乐。他还想着，男欢女爱不是生活的全部。然后，他又回到了司各特与巴尔扎克的世界以及英法两国小说的问题之中。

拉姆齐夫人将头微微抬起，看起来一副睡意朦胧的模样；她好像是在说，自己可以听从他的意愿——倘若他要她清醒些，那她就清醒过来，若非如此，她会选择再休憩一阵子，即便是一小会儿，可以吗？她眼下正在树枝上攀爬，左右摇摆着，一抬手就能触碰到一朵花，接着是另一朵。

她低头呢喃着"不必称赞娇艳的红玫瑰"，感觉自己正向树冠爬去，内心充盈且满足！真是安静祥和啊！如同一块磁铁吸住了白日里所有糟心的画面，她感到内心世界被清洗得纯净无瑕。在这个地方，她忽然领悟了它，曼妙、理智、清晰、完整，那是提取自生活的精华，她在这个地方彻彻底底地领悟了——这一首十四行诗。

然而，她渐渐发觉丈夫在看她，那笑容像是在探究什么，又像是温柔的嘲讽，在笑话她的白日梦；与此同时，他心里却在想：接着读吧，此刻的你看起来无忧无虑。她在读什么书，他其实并不清楚，他将她的天真单纯放大了，因为他喜欢将她当作笨拙的、没什么学问的人。他不清楚她到底能不能读懂那本书。他想，她大概完全读不懂。她的美丽让人惊艳，而且对他而言，她的美丽（倘若有可能）仿佛还在与日俱增。

似乎还是冬季，

你已悄然离去，

我同幻象嬉闹，

仿若与你身影共漫步。

她结束了阅读。

"怎么了？"她抬起头，将视线从书本转移到他身上，神情迷蒙地说，算是对他微笑的回应。

我同幻象嬉闹，

仿若与你身影共漫步。

她一边呢喃着，一边将书放回桌上。

她又开始织袜子了，同时心想：从上一次见到他一人独坐于此，这期间到底出了什么事？她想到：自己在晚餐前换了礼服；窗外的月亮抬眼可见；安德鲁把餐盘举得很高；威廉的话很令人厌恶；树枝上的鸟；楼梯平台上放置的老沙发；尚未进入梦乡的儿女；塔斯莱先生碰掉了书，吵醒了他们——

不，这仅仅是自己的臆想。保罗身上有一个软皮表袋。她应该找个什么话题跟他攀谈呢？

她织着袜子，开口说道："敏泰与保罗，订婚了。"

"猜到了！"他回应道。关于这件事，不必多说什么。她还沉浸在那首诗里，心绪起伏跌宕；他还陶醉在"斯坦尼的葬礼"里，精神抖擞、壮怀激荡。所以，他们只是静静坐着，相顾无言。然后，她意识到自己希望听到他说话。

什么都可以，说什么都可以，她边织边想，随便说两句就好。

"和一位带着软皮表袋的男士结婚，多奇妙啊！"她开了口。对于这类荒诞的话，他们都能理解。

他不屑一顾。敏泰和保罗的订婚带给他的感受无异于其他任何人的订婚：保罗真是高攀了！渐渐地，她心生疑惑：有人总盼着别人喜结连理，那是为什么呢？婚姻的价值和意义在哪里？（他们此刻所说的每个字都是诚挚的。）开口吧，随便说说也行，她期盼他能说点什么。她感觉那片阴霾——会将他和她笼罩——又出现了，并在慢慢地朝他们逼近。开口吧，开口说说话吧，她看向他，眼神里透着恳切，像是在求助。

他沉默着，一语不发，只是不停地拨弄着用表链拴着的指南针，他还在司各特与巴尔扎克的世界里。两人不自觉地向对方靠拢，比肩而坐。他近在眉睫，她穿过两人之间朦胧的壁垒，察觉到他的想法如一只无形之手掩盖了她的想法；

而她的思绪正倾向于他所讨厌的事物——他口中的"悲观主义",所以他焦躁忧虑,尽管他一言不发,只是将手放到额角上,牵起一缕发丝又很快放下。

"你今晚完成不了的。"他指了指她手中的袜子,这便是她要的——那个声音,刺耳的、严肃的,透着责难的意味。她想,假如在他眼里,悲观是一种错误,那或许便真是一种错误。有朝一日,事实定会证明,保罗和敏泰的婚姻不是一种错误。

"是的,我今晚完不成。"她一边说,一边将袜子放到膝盖上扯平。

可是,这又怎么样呢?她发现他仍旧看着自己,只是眼神变了。他需要的东西,她很难给予,他期望她说:她爱他。然而,她无法做到。与她相比,他擅长说话。他能言善辩,她却不行。所以,自然而然地,一直是他在讲话,出于某些缘由,他会忽然生气并责骂她。他说她无情,从不说爱他。然而,不是这样的,事情不是这样的。她不过是不善表露自己的情感。她能表达的只是:面包屑会不会沾在他的外衣上?自己能为他做什么吗?她拿着袜子站起身,来到窗前无言伫立,除了有意回避他之外,她也想看看夜晚的大海,它美得令人着迷。不过,她很清楚在转身时,丈夫扭头看着她,也清楚丈夫在想:你真的很迷人。所以,她认为自己仍然是漂亮的。你就不可以告诉我,你爱我吗?他肯定在思考这个问题。无论是敏泰还是他自己的作品,如今已经离开了他的大脑，他清醒了；今日时光将落下帷幕，灯塔之行所引发的论战也将告一段落。然而，她无法开口，她说不出来。她清楚地意识到他一直看着自己，却依旧保持着沉默，攥着袜子，转身静静看他。她微笑着，即便一语不发，他也能懂，他自然很清楚，她爱着他，这是毋庸置疑的。她面带微笑，看着窗外，缓缓开口（她心想，这是世上无与伦比的幸福）："没错，明天是雨天，你说得对，又不能去了。"她微笑地看着他。她又赢了，即使她一言不发，但他懂。

第二部分　岁月流逝

1

"嗯，究竟如何，我们必须等到将来才见分晓。"班克斯先生边说边从平台上走进屋里。

"什么都看不清了，天黑了。"安德鲁离开了海滩，朝这边走来。

"黑得连海洋和陆地也分不清了。"这是普鲁在说话。

他们回到屋里，脱下外套，同时听到莉丽问："那我们还让那盏灯继续点着吗？"

"不，"普鲁说，"如果大家都进来了，就把它熄了吧！"

"安德鲁，"她扭过头，"把门厅里那盏灯熄了。"

屋里的灯次第熄灭，只有卡迈克尔先生房间里还留有灯光，他喜欢躺着读书，尤其是维吉尔的诗，他的蜡烛熄得比其他人迟得多。

2

灯火凋零，皓月沉落，一阵细雨沙沙地散落在屋顶上，无边夜幕笼罩了大地。似乎没有任何东西能在这幽暗凶猛的激流中幸存：无穷无尽的黑暗从钥匙孔和缝隙中溜进来，蹑手蹑脚地绕过百叶窗，钻进卧室，吞没了水壶和盆子，吞噬了那些大丽花——有红的也有黄的，淹没了五斗橱原本分明的边缘与结实的形体。不仅是家具变得模糊难辨，而且几乎没有哪个躯体和心灵能从这黑暗中抽离，能让你区分出"这就是他"或"那就是她"。时而有一只手高举起来，像是在竭力挽留或抵挡什么；时而有人在梦中呢喃；时而有人放声大笑，好似在与虚无一起讲笑话。

客厅里、餐厅中、楼梯上，没有一丝动静。只有从那阵海风的躯壳上分离而出的些许空气，侵过生锈的铰链和那因吸饱了潮气而膨胀的木板（那栋房子破旧不堪），偷偷绕过墙角，闯进了屋里。你应该可以联想到：它们进入客厅，到处徘徊、询问，和墙上就快剥落的噼啪扇动的墙纸嬉戏，问它还得在那儿待多长时间，什么时候会落下。然后，它们平静地拂墙而过，在经过时若有所思，像是在询问墙纸上那些或红或黄的玫瑰是否会掉色，接着温文尔雅地问（它们有的是时间）废纸篓里被撕碎的信纸、房间里的花和书（它们对这一切一览无遗）：它们是盟友吗？是敌人吗？还能保存多久？

屋里透进了一些杂乱无章的光——从尚未被云掩藏的星辰、从漂泊的船只、从那座灯塔上纷至沓来，苍白干瘪地投射到地面与楼梯上，指引着那几股小小的空气爬上了楼，在卧室门口探头探脑。但是在这儿，它们必须止步了。别的一切皆会如云烟散去，但躺在这儿的存在却是永恒的。你可以告诉悄悄溜进来的凌乱的光，还有那到处摸索的空气（它们一边呼吸，一边注视着床）：这一切，你们可碰不得，也毁不了。它们似乎拥有如羽翼般轻柔的手指，它们像魂灵般疲乏地俯视床上那闭着的眼睛、松弛的手；然后，它们倦怠地折起长袍，消失了。它们就这样东瞧瞧西望望，亦步亦趋地来到了楼梯窗户前，来到了仆人的卧室，来到了顶楼的小房间；它们又下楼去了，暂时借走了餐厅桌上苹果的颜色，它们抚摸着玫瑰花瓣，欣赏了一番画架上的画，轻扫过地毯，把些许尘土吹落到了地上。最后，它们渐渐安静下来，停下脚步，集结一处，悠悠叹息，而后发出一阵无名的悲鸣，并得到了厨房门的回应：它轰然打开，但不等任何东西进入，便又"砰"的一声关闭了。（这时候，正在阅读维吉尔的卡迈克尔先生吹熄了他的蜡烛。已是午夜时分了。）

3

但是，一个夜晚究竟又算得上什么呢？只是白驹过隙罢了。更何况，黑暗消逝得如此迅速，不久之后，鸟叫了，鸡啼了，山谷中的草木换上了绿衣，一切都来得令人猝不及防。然而，黑夜的来临又是周而复始、循环不休的。更有甚者，冬天储存了无穷的夜，用它那永不疲倦的手指，等量地、平均地安置它们。它们存得更久了，也变得更幽暗了。在某些夜里，清晰可见的行星像闪亮的金盘高悬在空中。秋天的树日渐枯瘠，可那枝叶却像破烂的小旗在幽暗阴冷的教堂地下室里闪着光；在那个地方，大理石上镌刻的文字泛着金光，讲述着人们如何在战争中死去，尸身如何在印度的土地上发白、燃烧。秋天的树在月光的昏黄中泛着微光；秋收季节的月光使劳动更具力量，使田地变得平坦整齐，更使波涛涌上了海岸，带来了一片蓝。

神圣的上帝现在似乎被人类的忏悔和勤劳感动了，他拉开了幕布，展示出幕后独一无二、截然不同的东西：双足站立的野兔，退潮之后的海浪，飘摇不定的小船；如果我们理应受到补偿的话，它们应该永远属于我们。但是，哎哟，神圣的上帝拉动了幕索，合拢了幕布；这一切没能使他高兴起来；他用一阵冰雹覆盖、打乱、砸碎他的宝藏，他似乎永远无法重归宁静了，而我们也永远找不到办法去修复那些碎片，把它们重新组合成完美的整体，我们不可能从破碎中洞察到真理。毕竟，我们用忏悔换来的只是转瞬即逝的一瞥而已，我们用勤劳换来的也只是片刻的休息罢了。

现在，这些夜晚被寒冷与毁灭占领：树干弯曲摇晃；叶片到处纷飞，最后铺满了草坪、填满了沟壑、堵塞了水管、布满了潮湿的小径。海浪迭起，水花四溅。如果有哪位失眠者幻想自己在海滩上解开了内心中的疑惑，想要找个人分享自己的孤独，那么他会掀开被子，独自走到沙滩上，但徘徊良久却终究找不到那飞快跑来帮助他的机敏的人——恢复这黑夜的秩序，让这世界投射出心的航向。那纤纤玉手离开了他的掌心；一个声音在他的耳际震响。到底是怎么回事？有什么理由？在什么地方？孤衾独眠者被困在这些问题里，躺在床上寻求着答案，看来，在这片混乱之中，把问题抛给黑夜终究是徒劳无功。

（在一个阴暗的早晨，拉姆齐先生沿着走廊蹒跚而行，他向前伸出了胳膊，但不会有人做出回应了，不会有人被他拥入怀中了，是的，拉姆齐夫人在前晚离开了这个世界。）

4

　　房子空了，门锁上了，地毯也卷起来了，那些和伙伴们失散了的空气犹如一支大军的先锋，闯进了屋里，拂过光秃秃的木质搁板，咬啮着、扇动着，在卧室和客厅里没有遇到任何抵抗——只有噼啪作响的挂帘，叽叽嘎嘎的木器，油漆剥落的桌腿，发霉长毛、失去光泽、裂缝破碎的瓷器与砂锅。人们抛弃和遗留的东西——靴子一双，猎帽一顶，衣橱里褪了色的几件衣裙——唯独这些还遗留了一丝丝生命的遗迹，并在一片空虚中表明它们一度是充实且有生气的：那双纤纤玉手曾匆匆忙忙地搭上衣钩、扣上纽襻；梳妆镜里曾几何时映照过那张玉貌花容，也映射过那个虚幻世界——在那里，一个身躯旋转过来，一只手挥动一下，门开了，孩子们一窝蜂涌了进来，又跑了出去。日复一日，岁月翩然，光纤在墙上画出了清晰的轮廓，犹如水中的花朵。只有那些树的影子还在风中摇曳，在对面墙上弯腰致敬，偶尔会把反着光的水池遮挡；似有鸟儿飞过，一个柔和的缓慢振翅的身影从卧室的地板上掠过。

　　如此这般，静谧与美好成了主导者，共同铸就了优美的真谛——生命从中分离而出的形态，宛如黄昏的水池般孤独而悠远；从一列风驰电掣的火车里向外望，黄昏的水池骤然消失了，虽然被人瞬间捕捉到，可那孤单寂寞却没有变化丝毫。优美和寂静一同来到了卧室；在被布包裹的水壶与被罩起来的椅子之间，有风在窥探；那冰凉的潮湿的海风，用鼻子四处闻着嗅着，反复问着："你们的色彩会退去吗？你们会消失吗？"——这安静的、冷漠的、单纯的、完整的气氛没有因此而被破坏，感觉像是那些问题无须作答：我们还存在着。

仿佛没有任何东西可以破坏它的形象，玷污它的清白，抑或是扰乱那笼罩一切的寂静，一个星期又一个星期，它在那空虚的房间里，把鸟儿飘落的悲啼，轮船高亢的汽笛，田野里单调低沉的响声、狗叫声、人们的呼喊声，都编织到它的躯壳里，并且把它们悄悄地折拢，放置在房子四周。只有一次，在午夜时分，一块木板大"吼"一声，断裂后落到了楼梯平台上，像是经历了数百年的寂静，一块岩石从山上崩裂，飞到山谷里摔得粉碎；于是这般，包裹着这房子的寂静的纱幔方才松开了一角，在风中来回飘荡，但继而又恢复了平静；树影婆娑；日光落在墙上鞠躬致敬；管家婆麦克奈布太太终于用插在盆中的双手撕开了寂静的罩子，用走起路来嘎吱作响的靴子碾碎了它。她奉命来到这间卧室，打开窗户，清扫尘土。

5

她摇摇晃晃地走着（像一条船在海面上起起伏伏），嘴里唱着歌，斜着眼睛四下环顾（她从不直视任何东西，总是斜眸藐视世界对她的戏弄与怨怒——她深知自己是无知之人）；她抓紧楼梯栏杆费劲地走上楼去，踉踉跄跄地从一个房间走到另一个房间。她一边擦着梳妆台上的镜面，一边斜着眼瞅着自己晃动的身影，口中的旋律很是欢快，大概是一首二十年前的歌——彼时的她哼着这曲调轻歌曼舞，但是现在，发出这歌声的是个童头齿豁的管家婆，没什么意义可言了，像是无知、可笑和倔强所发出的声音，被人踩在脚下，又重新弹起。因此，在跌跌撞撞地掸去灰尘、收拾家具之时，她似乎唠叨着人生的漫长和愁苦，每天从天光乍亮到夜幕降临，把东西搬出来又收进去，一天又一天，不过是简单乏味的重复！她活了将近七十年，深知这个世界并不安逸舒适，她早已被烦心事累弯了腰。她一面跪在床前吱吱嘎嘎地清洗地板，一面痛苦地呻吟着：什么时候是个头？她问自己，还能忍耐支撑多久？接着，她吃力地站起身，蹒跚而行，重新斜着眼东张西望，甚至对自己的面容和忧愁弃而不顾，转过脸去，站在镜子面前打呵欠；她无所事事地笑了笑，继而开始再次轻快地、摇摇晃晃地走动，掀起地席，放下瓷器，斜睨镜中的影像，这感觉像是她也有独属于自己的安慰，在她的哀歌中，也交织着永不泯灭的星火之光。在洗衣盆中，曾经无疑映现过愉快的幻影：譬如她与儿女们（包括两个私生子，其中一个遗弃了她）共处的时光；在小酒店里畅饮的画面；在抽屉里翻弄零碎财富的情景。黑暗不是铁板一块，总有裂缝存在；在暗无天日的深渊中也必定有地方可以透出足够的光，把她歪着的带着笑意的脸庞投到镜子上；她重新干起活来，瘪着嘴含糊地哼出演艺场里陈旧的曲调。在一个晴朗的夜晚，那些不为人知的梦幻者们在海滩上漫步，搅动一潭泥水，凝视一块石头，自问："我是谁？身为何人？而这又是什么事物？"他们找不到答案，而造物主突然做出了回答，才使他们在寒冷的风中得到了一丝温暖，在茫茫沙漠里得到了一点安慰。不过，历尽沧桑的麦克奈布太太依旧没有停下喝酒聊天。

⑥

不再有树叶摇曳，树枝光秃秃、亮晃晃，都尚未抽芽；

早春宛如少女，她的贞洁是神圣不可侵犯的，她的纯洁是高傲的，她在原野上睁大眼睛谨慎地观望着，一点儿也不在乎旁人在干些什么、想些什么。（在举行婚礼的教堂里，普鲁•拉姆齐挽着她父亲的手臂，被带到圣坛前，新郎在那里等她，她出嫁了。真是天作之合，大家都说，谁能找出更相配的一对儿呢？还说，瞧啊，她有多美啊！）

夏季将临，昼长夜短，大地苏醒了，充满了希望，暮春的煦风在海滩上漫步，搅动了一池春水，造就出最奇异的幻梦——血肉之躯化为随风飘散的微尘，点点繁星在它们心中闪烁，悬崖、大海、白云、蓝天被有意识地聚合到一处，只为让这内部四分五裂的幻影于外表上合为一体。在那些镜子上，在人们的心中，在那些不平静的池水里，云雾永远在翻腾，化作阴翳，但绮梦长存。所有的海鸥，所有的花朵，所有的草木，男人们、女人们，还有大地都在讲述令人难以抗拒的故事（但如果你提出诘问，它们马上就畏缩了）：善良与和平高奏凯歌，万物井然有序，一派和美景象；令人难以抗拒的还有某种极端的冲动，它徘徊各处，寻求绝对的真善美；与众不同、坚不可摧、光芒四射的结晶是存在的，它和人们熟知的快乐与德行不甚相同，也不是家庭生活的模样，它犹如被沙砾掩埋的璀璨钻石，能让持有者心静如水。蜜蜂和蚊虫飞来飞去，嗡嗡作响，春天终于做出了让步，顺从了一切，把她的大氅扔在身旁，用纱巾蒙住双眸，转过脸去，在经过的阴影和阵阵细雨中，认识到了人类的苦难。

　　（那年夏天，普鲁·拉姆齐因为难产而故去，大家说，真让人难过；大家还说，一切原本那么美好、那么光明。）

　　酷热的夏日，海风再度派遣它的密探前来侦察这栋房子了。苍蝇在充满光的房间里结了一张网；镜子边上长出了野草，还会在晚上有节奏地轻轻叩击门窗。夜幕降临之时，那灯塔的光束——曾在黑暗中威严地出现在地毯上，而今携着月光以更柔和、缓慢、舒展的姿态轻轻溜了进来，好似在抚摸这里的一切，四处踱步，悄悄观望；它又回来了，带着一片深情。但是，就在这诱人入睡的爱抚中，当长长的光束斜照到床上时，那块岩石崩裂了；包裹着那栋房子的寂静的纱幔又被解开了一层；它悬垂在那儿，在风中飘荡。经过夏天短暂的夜晚和漫长的白昼，原野上的回声和苍蝇嘤嘤的叫声令那些空荡荡的房间开始喃喃自语；那冗长的纱幔轻柔地迎风飘扬，无思无想地摇曳着；当阳光把直条横格的窗影投射到房间里，并让屋里充满了黄色雾霭时，麦克奈布太太闯了进来，摇摇晃晃地走动，清扫，看上去就像一条热带鱼在映着万道金蛇的清澈湖水中游泳。

　　已是盛夏了，炎热的天气令人昏昏欲睡，可随即却出现了一种令人不安的动静，犹如铁锤敲地，断断续续，震耳欲聋；寂静的纱幔进一步被掀起，茶杯被震出了裂痕；玻璃器皿随之在碗橱里发出叮咚的声响，好似从痛苦中传来的高声疾呼，以至于碗橱里的大玻璃杯也开始颤动了。然后，寂静又降临了；一夜又一夜过去了，时光飞逝；白日里，偶尔地，绚烂的玫瑰借着光在墙上投下了清晰的身影，刹那间，仿佛有什么东西从空中坠落，随着一声巨响，宁静、清冷与平衡被击碎了。

（是炸弹吗？二三十个小伙子在法国战场上被炸得惨不忍睹，其中就有安德鲁·拉姆齐；他大概是幸运的，当即阵亡，没有遭受更多折磨。）

在那种时候，那些漫步海边，想要向天空与海洋寻求线索以证实种种事情的人们，必然要仔细端详上帝赐予的平凡的画面——海上的夕阳，黎明的晨曦，上升的月亮，月下的渔舟，孩童用泥巴做饼、互相掷草嬉戏，并从中看出某种与这种欢乐、这种宁静不相称的东西。例如，大海之中，一艘神秘的灰白色船只若隐若现；那斑斑点点的紫色好似血液，许是深海之中有什么爆炸了。突如其来的种种映入眼帘，摧毁了这片可以激发思考、安抚人心的景致，使人们停下了脚步。谁都不可能对它们无动于衷，谁都不可能忽视它们在此时的重要意义，谁都不可能依旧漫步海边并惊叹外界的美如何反映了内在的美。

人类的发展，大自然做过完善吗？人类的任务，大自然接着完成了吗？面对人类的苦难、卑贱和所受的折磨，她同样那么得意。不过是幻觉而已——在海滩上孤身寻找答案，希望有人能分享心绪，渴望实现心中的梦想，都是镜中幻影；那镜子本身也只是某种潜藏在它身下的更崇高的力量，所幻化而成的被具象化的玻璃质地的物体。失去了耐心，失去了希望，但又不愿走开（美，施展了引人入胜的吸引力，给了她安慰）；漫步海边，成了望尘莫及之事；沉思冥想，成了难以承受之事；那面镜子，被打破了。

（那年春天，卡迈克尔先生的诗集得以出版发行，而且很受欢迎。因为战争，大家说，人们又开始对诗歌感兴趣了。）

7

年复一年，四季更迭，狂风暴雨来势汹涌，晴天的寂静锐如利箭，它们享受这般膜拜，不受任何干扰。听吧（如果还有谁会倾听的话），那栋房子空空如也，那间卧室陷于混沌，只听见伴随着闪电的雷声在翻滚震荡，海风和波涛追逐玩闹，如同巨大的海怪那难以名状的躯体，理性之光从未穿透过它们的额际，它们一层一层叠起，猛然冲向黑夜和白昼（因为日日夜夜，年年月月，不经意地交错着），玩着那些愚蠢的游戏，直到世界和宇宙丧失理智，被欲望控制，随心所欲地翻腾与混战，就像兽性大发一般。

在春天，随风飘来的种子扎根花园的瓷瓮，长出的植物和往昔一般生机盎然。黄水仙开了花，紫罗兰也开了。但是，那白昼的寂静与光明，还有那夜晚的混沌和骚动，却同样奇异：有的目视前方，有的仰望天空，却终究什么也看不见，缺少了眼睛是多么可怕啊！

8

麦克奈布太太弯下腰采了一些花，准备带回家去。她想，这不算什么，因为有人说，那一家子再也回不来了；也许到了米迦勒节，那栋房子就会卖出去了。她偏爱鲜花，所以会把花放到桌上，然后再开始打扫。就算房子卖出去了（她两手叉腰站在镜子面前），也得有人照看那些花——需要有这么一个人。这些年来，这房子始终空着。那些书籍和物品都发霉了。除了战争的缘故，还在于不容易雇到人帮忙，所以那房子没能如她所愿被打扫得干干净净。现在单靠一人之力，已经不可能把它整顿得井井有条了。她太老了。她的两条腿疼痛难忍。每本书都需要搬到草坪上晒晒太阳；客厅墙上的石灰已经剥落；书房窗户上方的排水管堵塞了，雨水渗漏到了房子里；地毯差不多全烂了。那家人应该来看看；至少派个人来整理整理。毕竟衣柜里的衣服没有被带走；每间卧室里都有他们的衣服。她该怎样处理那些衣服呢？里边都长虫了——拉姆齐夫人的衣物。令人同情的夫人啊！她再也用不上它们。大家说，她在数年前逝于伦敦。她整理花圃时穿的那件灰色斗篷还在这儿（麦克奈布太太用指尖抚摸着）。她的音容笑貌仍历历在目，麦克奈布太太每每拿着洗好的衣服走上门前那条汽车道，就能看到拉姆齐夫人弯腰俯视她的花（现在花园里景象萧条，一切都杂乱无章，兔子从花床里冲出来，一溜烟跑了）——她能看到拉姆齐夫人穿着那件灰色斗篷，孩子中总有一个会伴随她左右。还有她的皮鞋，她的靴子；梳妆台上还摆着发刷和梳子，就像她明天便要归来似的。（大家说，她离开得很突然，是猝然去世的。）有一次，那家人原本就快到这里来了，却忽然推迟了，最后又不来了（由于战争，也由于那年头出行不太方便）；这些年，他们只是把钱汇来，不曾有过书信，也没有回来看看；但他们却希望有朝一日回来时，这儿的一切都能保持原状，和他们离去时一模一样。啊，天哪！为什么那梳妆台的抽屉里塞满了丝巾和手帕（麦克奈布太太把抽屉都打开了）。是的，曾几何时，她每每拿着洗好的衣服走上那条汽车道，便能看到拉姆齐夫人。

"晚上好，麦克奈布太太！"她很和蔼可亲。女孩们都爱她。但是，天哪，时至今日，仿佛一切都变了（她关上了抽屉）；许多家庭都失去了他们最亲爱的人。她匆忙离世；安德鲁先生被人杀害；有传言说普鲁小姐也死了，因为难产；但这年头，人人都在失去亲戚朋友。可耻的是，物价却在飞涨，而且一直没有恢复正常。她一直都记得拉姆齐夫人披着灰斗篷在花圃里谈笑风生的样子。

"晚上好，麦克奈布太太。"拉姆齐夫人说，接着吩咐厨娘给她留盆奶油汤——她拿着沉重的篮子，刚从城里一路走来，确实觉得有些饿了。

现在，那个身影再次浮现，她正弯腰俯视她的花；当麦克奈布太太一瘸一拐地走着，到处打扫整理之时，那个身影缥缈闪烁，忽隐忽现，像一道黄光或望远镜末端的光圈——一位披着灰色斗篷的女士正弯腰俯视她的花。麦克奈布太太在屋里踱来踱去，越过卧室的木质隔板，来到梳妆台前，经过放面盆的架子。那个厨娘的名字是什么来着？玛德蕾特？玛丽安娜？——好像是叫那个名字。她忘了——她真是健忘啊！那厨娘心急如焚，和其他那些红头发的女人没什么差别。她们在一块儿笑得可欢了。她在厨房里很受欢迎。她们被她逗得哈哈大笑，她真有这个本事。那时候，日子可比现在好过多了！

她叹了口气；这么多活儿，叫一个女人来干可实在太多了。她不住地摇头。这里过去是儿童卧室。哎哟，这儿全都返潮了，石灰正在剥落。他们为什么把一个野兽头骨挂在墙上？它也发霉了。顶层的小阁楼里全是老鼠。雨渗了进来。

但他们从不来信，也不来人。有些锁也坏了，以至于那些门
总在风中啪啪直响。她可不喜欢晚上一个人到这儿来。一个
女人可受不了，受不了，真的受不了。脚下吱吱嘎嘎地响着，
她悲伤地感叹。她砰的一声关上门，把钥匙放入锁眼转了一
圈，而后离开了那栋孤零零的、关闭的、锁着的房屋。

9

那栋建筑被留下了，也被遗弃了。它就像沙丘中一枚死
去的贝壳，只满腹盐粒。漫漫长夜已来临；海风在轻轻啮咬，
湿冷的空气在上下翻滚，仿佛是在宣告它们胜利了。铁锅已
经生锈，草席已经朽烂。癞蛤蟆小心翼翼地爬了进来。那摇
曳的纱幔懒洋洋地、无目的地来回飘荡。一片蓟草窜进了食
品贮藏室的瓦片缝隙。燕子在客厅里做窝；地板上满是稻草；
石灰大片剥落；屋椽裸露在外；老鼠在隔板后面啃东西。鳖
甲蝴蝶从茧子里钻出来，啪哒啪哒地拼命往窗玻璃上撞。罂
粟在大丽花的地盘播下了种子；长长的野草在草坪上波浪起
伏；巨大的朝鲜蓟屹立在玫瑰丛中；一朵带穗的石竹在白菜

畦里开了花；冬天的夜晚，野草轻轻拍打门窗的声音已经变成了大树撞击出的咚咚声；在夏天，野蔷薇带着小刺闯进来，让绿意在整个房间里蔓延。

现在，有什么力量能阻挡这种源自自然的野蛮生长力？麦克奈布夫人想象着夫人、孩子和奶油汤都还在这里，那么，这样的想象能阻挡那种生命力吗？那幻影如阳光般颤动着越过墙壁，转瞬就消失了。她锁上了门；她走开了。她说，一个女人可管不了那房子。他们从不派人来。他们也从不来信。不少东西烂在了抽屉里——这样糟蹋东西是可耻的，她说。那地方已经破败不堪。只有灯塔的光束还能在那些房间里照耀片刻，在寒冷冬日的黑夜中凝视着墙与床，平静地看着那些燕子、老鼠、蓟草与稻草。现在没有任何东西前来抵制它们；没有任何东西前来对它们说"不"。就这样吧，任由海风肆意吹拂，罂粟自由播种，石竹与白菜结伴而生；任由燕子飞进客厅筑巢，蓟叶推开了瓦片，蝴蝶在褪色的花布椅垫上沐浴阳光；任由玻璃和瓷器的碎片躺在草坪上，被纠缠在一起的野莓与杂草覆盖。

时间到了，夜晚无法再继续，白昼正翩然而至，这是天平倾斜的时刻，即便只是放上了一片羽毛。这样一片羽毛，将令这栋正在瓦解、崩塌的房屋坠入暗夜的深渊。在这破瓦颓垣之间，野营的游人生起了火；恋人们偷偷跑来，横卧在没有漆的地板上谈情说爱；牧羊人把午餐放在砖块上；流浪汉把外套裹在身上，在这里度过寒冷的夜晚。然后，屋顶会坍下来，荆棘与铁杉将遮蔽小径、石阶和窗户；它们会参差不齐地拼命生长，覆盖那个沙丘，等待某个家伙误入迷途来到这里；除了荨麻丛中那火一般红的铁栅栏以及铁杉林中的瓷器碎片之外，再无其他线索能让他确定这里曾经有人住过，曾经有过一栋建筑。

假设那片羽毛落了下来，把天平一端轻轻压下，那么这栋建筑便会沉入黑暗，被遗忘在沙滩上。但是，有一股力量在悄无声息地努力着，某个斜眼瘸腿的人拥有某种无需教堂钟声鼓舞的工作力。麦克奈布太太在絮絮叨叨地抱怨；贝茨太太在吱吱嘎嘎地走动。她们老了，肢体僵硬，腰酸腿疼。她们终于还是带着扫帚与桶来到这里；开始干活了。那些年轻小姐中的某一位突然给麦克奈布太太寄来一封信，请她收拾房间并准备诸多用品；实在过于急迫了些。他们似乎计划夏天过来度假；眼下这一切都是他们当初走时留下的，时至今日，他们希望看到被留下的一切一如往昔。两位老妇人缓慢且吃力地扫抹冲刷着，遏制了房间的腐烂趋势：她们从时光的深渊中打捞起一只即将被淹没的脸盆，又抢救出一个快要沉没的碗橱；有一天早晨，她们从湮没的尘土中捡起了一整套《威佛利》及全套的茶具；那天午后，她们找出了一架黄铜质地的壁炉栅栏以及一副钢铁打造的炉具，并把这些东西统统晾晒了起来。她们把乔治叫来捕鼠、割草，他是贝茨太太的儿子。她们又找来工人擦洗吱吱嘎嘎的铰链和生锈的插销，整修返潮发胀、关不上门的木家具。她们弯下腰，又直起身，哼着，唱着，噼里啪啦地掸着灰，砰地关上门，时而跑到楼上，时而钻进地窖；整栋房子好似经历着一场极其艰难的分娩过程。哎呀，这工作可不好干啊，她们说着。

偶尔地，她们会在中午时分休息片刻——到书房或卧室喝上几口茶；她们脸上带着污垢，双手暴露了年纪，并因为经常扫地而舒展不开。她们瘫倒在椅子里，一会儿想到，她们了不起地征服了那些水龙头和那个盥洗室；一会儿又想起，收拾那一排排书籍俨然是更艰难的局部的胜利，那些书曾经乌黑闪亮，现在却都染上了白斑，长出了浅淡的霉菌，还隐藏着鬼鬼祟祟的蜘蛛。麦克奈布太太觉得喝下去的热茶使自己浑身暖意十足，而那回忆往事的望远镜则又一次被举到了眼前，于是，在那圆形的光环中，她看见了那位年迈的绅士，像钉耙般瘦削挺直，当她拿着洗干净的衣服走过时，他正摇着头；她猜想，他肯定又去了草坪并喃喃自语了一番。他从来没注意过她。有人说他死了；也有人说夫人死了。究竟是哪一位死了呢？贝茨太太也拿不准。他们的一个儿子死了，她倒是很肯定。她曾在报纸上刊登的阵亡将士名单中看到过他的姓名。

那个厨娘又浮现在眼前了，名字是玛德蕾特还是玛丽安娜？反正是其中一个。拥有一头红发的她无异于其他红发女人——性格急躁，但心地善良，如果你了解她的脾气的话。无数次，她们聚在一块儿开怀大笑。她总会给麦琪留点儿吃的，一盆汤或者一片火腿，抑或是别的。那年月，她们的日子过得很不错，想要什么都不缺（她把热气腾腾的茶喝下肚去，变得口齿伶俐、心情舒畅，她坐在儿童卧室围栏旁的柳条椅里，记忆中的过去如同被拉开的毛线球一般舒展开来）。当时的她们有许多活儿干，因为这栋房子里住了二十个人，所以洗起衣服来总得洗到深更半夜。

贝茨太太（她不认识那一大家子人，当时她还住在格拉斯哥）放下了手中的茶杯，她觉得奇怪：为什么他们把野兽头骨挂在那儿？那一定是他们出国打猎的战利品。

很可能是这样，麦克奈布太太讲道，他们有一些东方朋友；回忆的画面继续来袭：拉姆齐先生安静地待在那儿，他的妻子穿着礼服；有一次，她从餐厅门口看到一大群人围坐进餐，有二十来人的样子，她确信女士们都戴着华丽的首饰，她那天晚上被留下来清洗餐具，好像干到了午夜。

啊，贝茨夫人说，他们会发现这地方已经变了样。她凭窗眺望，看到乔治在刈草。他们很可能会问：这片草坪之前没有修整过吗？以前的园丁肯尼迪现在已经老了，没力气了，因为从大车上摔落过，所以腿脚也不利索了，见到他之后，他们可能会联想到：这草坪整年也没一个人收拾，至少一年中的大部分时候无人照管；大卫·麦克唐奈好像寄来了花卉种子，可谁又说得准它们究竟有没有被种上呢？他们一定会发现，这地方已面目全非。

她用目光伴着乔治收拾草坪。他干起活来可是把好手，而且总是默不作声。对了，她认为工人们还在修碗橱，可实际上他们已自作主张停了下来。

　　她们在室内辛苦打扫，在室外刈草挖沟，忙了几天之后，用鸡毛掸子轻拂窗扉，把窗子都关上，把整栋房屋的门都用钥匙锁了起来，再把前面的大门砰地一关：大功告成。

　　现在，依稀可以听见一阵刚才被洗、刷、割、刈之声淹没的轻微动静，但刚一入耳便又消逝了：狗叫中夹杂着羊的声音，毫无规律、断断续续，但似乎又存在某种联系；飞虫嗡嗡，青草颤动，不尽相同的声音中却透着相通的属性；金龟子的鸣声、辘辘的车轮声，高低错落，似乎拥有神秘的联系；耳朵谨慎地把这些声响汇合到一起，并让它们大抵达成了和谐局面，然而却从来没有听清楚过，也从来没有达到百分百的融合，最后，在黄昏时分，它们终于一个接一个地消逝了，那近乎和谐的旋律磕磕绊绊地中断了，一切归于沉寂。夕阳西下，清晰的轮廓消失了，寂静像雾霭般袅袅升起，四下散开，占领了整个天空；风停树静，世界松弛入眠了；夜幕落下，唯有那幽幽绿光从枝叶间透下，以及没有温度的月光落在花圃里的白花瓣上——那是玻璃窗反射的光。

　　（九月的一天，黄昏时候，莉丽·布里斯库叫人把自己的行李送了过来。）

10

　　和平终于来临。和平的讯息，随风漂洋过海而来；它再也不会被惊扰了，它会睡得更安然；无论那些酣睡者的梦境有多神圣，都无一例外地证实了和平的到来——除此之外，大海的低吟还藏着别的什么信息呢？——在那安静又干净的房间里，莉丽·布里斯库把脸贴在枕头上聆听涛声。窗户开着，来自世界的温婉低语飘了进来，轻得听不清原委——但只要它的意义是明晰的，那又有何妨呢？它在恳求那些酣然的人（这栋建筑又被填满了；贝克威斯夫人来了，还有卡迈克尔先生）：他们就算不愿到海边漫步，至少也会拉开窗帘向外眺望一番。那样一来，他们就能望见穿着紫袍的暗夜飘然而至，戴着珠光宝气的皇冠；在一个孩子的眼里，他无比威武，无比庄严。即便他们仍然犹豫不决（莉丽因为旅途劳累差不多立刻就睡着了；但卡迈克尔先生还在烛光下看着书），即便他们依旧不肯认同那壮美的夜色，非要认为那不过是一团水汽，并说朝露更具力量，宁可睡觉也不愿观赏夜景，他也不会抱怨，不会争辩，他会轻盈婉转地唱出夜之歌。莉丽在梦境中听见海浪轻轻溅起水花，灯塔的光拂过她的双眼，温柔地包裹着她。卡迈克尔先生想，它看起来一如往日，是的，无异于从前模样。他把书放下了，悠悠睡去。

当黑夜笼罩这座建筑时，贝克威斯夫人、卡迈克尔先生和莉丽·布里斯库躺在各自床上，被几层昏暗的纱幔盖住了眼睛，那一曲夜之声兴许会反复出现；为什么不接受它，不知足，不顺从呢？海水冲刷着小岛，在岸边发出有节奏的叹息，给他们带去了一丝慰藉；黑夜把他们揽入怀中；没有什么会惊扰他们的好梦，直到小鸟开始啁啾，黎明把单薄的鸣声织进白色的晨衣，一辆大车轰然经过，一条小狗在某处吠叫，阳光揭开了夜幕，撕开了蒙着他们眼睛的纱幔，惊动了酣睡的莉丽·布里斯库。她一把攥住床上的毯子，就像一个失足者紧紧抓住悬崖边的草根。她瞪大双眼，挺直身体想，又回来了。她完全清醒了。

第三部分　灯塔

1

那么，这里面有何深意？又说明了什么？莉丽·布里斯库思考着。她一个人孤独地待在餐厅里，她在思考，是该去厨房再取一杯咖啡，还是原地不动呢？有何深意呢？这句话是她在某本书里读到的，大体上来说很适合形容彼时的思绪，毕竟这个清晨是她与拉姆齐一家分别后第一次相见，她的内心世界失控了，以至于她不得不一直在脑海里重复这句话，以掩饰自己空虚的思想，直至忧愁消失。的确，光阴如流水，时隔多年后再次回到这里，一切都物是人非了，拉姆齐夫人已悄然离世，她到底有何感想呢？什么也没有，什么也没有——她无话可说。

昨日，她抵达时已是深夜，黑暗覆盖了一切。第二天不到八点，她就起床了，此刻，她正在餐桌边坐着，还是从前的那个位置，然而身旁却没有人。他们早应该出门了——得在顺风的时候出发。凯姆和詹姆斯都还在做准备，而南希则忘记让厨房做三明治。拉姆齐先生很生气，猛地关门离开了。

他怒吼着说："这时候出发还有什么好处？"

南希忽然没了踪影。拉姆齐先生愤怒地走来走去。整栋房屋都充斥着摔门声和呼喊声。此时，南希破门而入，四处张望，带着茫然无措又毫无希望的奇怪神情询问着："要带什么东西去灯塔？给看守者的。"仿佛在逼迫自己做一件根本不可能完成的事。

真是的，到底应该带什么去呢？！若是往常，莉丽肯定可以给出恰到好处的意见，比如带些报纸、茶叶、烟草之类。然而在这个清晨，所有事都显得那么古怪，南希的询问——要带什么东西去灯塔——直击她心灵，叩响了她的心扉，以至于她陷入迷茫，只能愣愣地重复着：带什么呢？该干点什么好呢？我为何要坐在这里？

南希出去之后，她又回到刚才的状态，独坐在长餐桌边看着那些被洗得干干净净的茶杯，她感觉自己与他们的沟通遇到了阻碍，能做的只有继续看着，继续提问，继续惊讶。她对这个空间里的一切事物都感到陌生，觉得与它们没有丝毫关系，对它们毫无留恋之情，没有什么不可能，可是，不管发生了什么——脚步声从外面传来，还有人在嚷嚷（"在楼梯的平台上，不在碗柜里面"）——这都成了问题，似乎那根平日里捆绑着一切的锁链突然断裂了，以至于它们四散开来。望着眼前空空如也的咖啡杯，莉丽思索着：人生真是虚幻、纷乱、漫无目的啊！拉姆齐夫人猝然长逝；安德鲁在战争中牺牲；普鲁也离世了——自己或许会有相同的结局，所以，这些种种都未曾让她的内心有过任何起伏。如今，一个美丽祥和的日子，一个安静的清晨，我们再次相见，在这栋老房子里，她边说边看向窗外。

拉姆齐先生一直低着头走来走去，在走到窗前时忽然抬头看着她，目光犀利又疯狂；那种感觉就像是，你被他瞧了一眼，就会被永远盯上。她拿起眼前的空咖啡杯假意饮用，以此来躲避他的视线——躲避他的请求，一个十分急切的请求。他冲着她摇头，然后接着徘徊（"孤寂……"她耳畔传来他的嗟叹，"牺牲……"她听见了他的悲伤），和这奇异清晨的所有事物一样，这些言语也变成了某种意象，将那灰绿的墙沾满了。她想，若是自己能将所有意象聚集到一起，并用某些言辞表达出来，那么，她就应该能领悟人生真正的意义。卡迈克尔先生已经老了，他趿着拖鞋缓缓走进来，斟满了杯咖啡后便出去晒太阳了。这怪异的虚无感让人既慌张又激动。去灯塔，可是，该带些什么呢？牺牲。孤寂。那灰绿的墙泛着幽暗的微光。桌边空空如也。这些都是人生的一片片模块，可是，要如何将它们拼成完整的一幅图呢？她询问着。好像只要有一点点滋扰，就能打碎她在餐桌边建立起来的那个脆弱的形体，所以，她选择背对窗户，以免让目光再次与拉姆齐先生的眼神相遇。她得找一个能让自己独自安静思考的地方。她猛地回忆起，在十年之前，自己就是坐在这个位置上，受到了桌布上叶瓣图案的启发，想出了一幅画的构图和前景。她记得，自己想将那幅画上的树挪到中间。那幅画一直没完成，事到如今，是时候把它画完了。在漫长的岁月里，它一直令她念念不忘。她在记忆里搜寻：颜料被放在哪儿了呢？哦，对了，她昨晚把颜料放在了门厅里。她得立刻去完成这项任务了。于是，她赶在拉姆齐先生走到平台边缘并折返回来之前，迅速地站起身来。

她找了一把椅子，把画架支在草坪边缘，动作精准无误；她和卡迈克尔先生保持了一定距离，不过并没有超出他的保护范围。没错，十年前也是在这个位置上。那墙、那树、那栅栏，都在眼前。然而，那些事物之间的联系要到哪里去找？这是多年来一直萦绕在她心中的疑问。答案好像呼之欲出，如今，她已经很清楚自己要做什么了。

可是，拉姆齐先生一直在平台上踱步，每次他一靠近她，她就会受到干扰，仿佛混乱和劫难在一步步逼近，她无法做任何事，包括绘画。她竭尽所能地想要阻挡他——弯腰、转身、拿布擦笔、挤颜料。他让她无法做任何事。毕竟只要她看上去有哪怕一丝闲暇时光，或是稍微朝他一瞥，他便会踱步到她跟前说（如同昨晚所说的）："你也看到了吧，我们家变化很大。"昨晚，他从椅子上站起身，来到她跟前，对她说了同样的话。他们用国王和王后的名字给六个儿女起了绰号——漂亮的谁，红色的谁，顽皮的谁，酷酷的谁——尽管他们只是默不作声地坐着，可她感受到了，他们看着父亲的眼神里满是怒意。贝克威斯太太是个热心肠，她讲了些善

解人意的话，想要给予他一点慰藉。然而，她整晚都觉得，
这一大家子人个个都很激动，而且他们的激动毫无联系。一
片混乱，各种情绪在沸腾，此时，拉姆齐先生从椅子上站起身，
来到她跟前，紧握着她的手说了句："你也看到了吧，我们
家变化很大。"他的儿女们都一言不发，一动不动地坐在那
里，似乎是无可奈何，只有让他这么说。唯有詹姆斯（惆怅
的詹姆斯）愤愤地盯着灯，而凯姆在不停地绕着手绢。随后，
拉姆齐先生对他们说，翌日要去灯塔，所以七点半前就得收
拾好一切，在门厅集合。他伸手去开门，忽而又转身看向他
们，质问道："难道你们不愿意去？"倘若他们拒绝的话（出
于某个缘由，他期望有人能拒绝），他一定会悲惨地躺倒在地，
绝望地哭泣。他拥有装模作样的天赋，他看起来仿佛被流放
的君王。詹姆斯没好气地勉强答应，凯姆也带着几分落寞，
结结巴巴地表示同意。哦，好的，他们说，他们会收拾好一切。
这一切令人震撼，这就是一出悲剧，不同于棺材、尘埃或寿衣，
而是孩子们的精神被压制了，他们——十六岁的詹姆斯和大
概十七岁的凯姆——被胁迫了。莉丽四处张望，搜寻着一个
虚幻的人影，很明显，她在找拉姆齐夫人。然而，唯有和善
的贝克威斯太太在灯光下翻看着她的素描画像。她累了，她
的思维还在海里随波起伏，这个时隔已久的地方，这独一无
二的气味令她沉醉，烛光摇曳着，她迷失了自我，无法自拔。
好一个繁星点点的奇妙夜；上楼的时候，他们听见浪涛拍岸；
经过楼梯窗户的时候，他们得见满月泛着银光；这一切令他

们震惊不已。她很快就进入了梦乡。

她在画架上稳稳地放置了一张空白的画布，尽管十分脆弱却能充当一道屏障，她期望它能挡住拉姆齐先生及其激烈的情绪。他转身的时候，她试图集中注意力，她看着自己的画：这里的线条，那里的油彩。然而，只是徒劳而已。他伫立在五十英尺开外的地方，即便一言不发，不瞧上你一眼，却仍能散发出压制性的影响力，让人无处躲藏，只能接受。他只要在那里，就让一切发生了改变。她无法专心凝视那些线条与色彩，哪怕他背对着她，她想：他可能下一秒就会走到自己跟前，提出某种诉求——索要某种自己没办法施与的东西。她放下又拿起，换了一支画笔。孩子们何时才来？他们何时出发？她烦躁不安。她有些愠怒地想，拉姆齐先生只不过是在向人们索取怜悯，可他却从不怜悯他人。换个角度说，她——拉姆齐夫人曾经就不得不怜悯他。从前，她大方地付出，将情感不停地给予、给予、给予，如今，她离世了——留下这些结果。说实在的，她不是对拉姆齐夫人没有任何意见。她的手在颤抖，但还是握着画笔，注视着展览、台阶和墙壁。拉姆齐夫人一手造成了眼下的局面。但她去世了。如今，四十四岁的莉丽却在这里虚度光阴，无法做任何事情，无法认真对待自己一向看重并从不敷衍的工作——绘画。这一切，都拜拉姆齐夫人所赐。她去世了，从前她常常独坐的台阶如今空空如也，她去世了。

可是，为何总要谈论过去？为何总想着把她不曾有过的

某种情感激发出来？这背后是某种不恭不敬。她的情感早已
枯竭，早已荡然无存。他们不该对她发出邀请，而她则应该
拒绝。四十四岁了，怎么可以再虚度光阴。她心生厌恶，怎
么能把画画当游戏。在这个充满争斗、灭亡和动乱的世界上，
画笔是唯一能信任和依赖的事物，所以一定不能小看它，哪
怕是故意为之也不可以，她对这样的行为痛恨至极。可是，
他却强迫她那么做。他似乎在朝她步步逼近，并说着：除非
你把东西给我，否则就别想开始绘画。此刻，他又近了些，
带着贪婪和兴奋。行吧，莉丽放下举起画笔的右手，毫无信
心地想：尽快了结这件事吧，干脆些！她必定记起，曾经在
那些女人的面颊上（例如拉姆齐夫人）见到过兴奋、痴狂和
顺从；一旦遇见眼下这种情况，她们就会投身于热情之中
（她不会忘记拉姆齐夫人的神情），在怜悯中沉沦，在回报
中雀跃，尽管她不知原因为何，不过显而易见，那种报答或
许是人性能够回馈给她们的最崇高的幸福了。他踱步而来，
在她身边驻足。她会竭尽所能地向他奉献自己的怜悯。

2

她好像瘦了些，他琢磨着。她看起来面色不太好，身体也很弱，但颇有些魅力。他对她心存喜爱，曾听说她要嫁给威廉·班克斯，不过没有成真。他的妻子也是偏爱她的。早上吃饭的时候，他有些狂躁。可是，可是——此刻，有种他不曾意识到的强烈的需求，迫使他不得不靠近女人（无论哪个女人），因此，无论如何，他都要想尽一切办法让她们满足自己这个迫切的需求：怜悯。

他问她，有人照顾吗？还缺什么东西吗？"哦，不，什么都不缺，谢谢。"莉丽有些紧张地说。不行，她无法做到。原本，她应立刻像大多数人那样表达自己对他的怜悯，可她感受到了强大的压力。她没有这么做，于是，一阵令人心悸的沉默袭来。两人的目光都在海面上游移。拉姆齐先生思索着，我就站在她视线里，为何她却在看大海？她开口说，期望能够风微浪稳，以便能一帆风顺地到达灯塔。灯塔！灯塔！和灯塔有什么关系？！他烦躁地想。因为某些最初的迫切与冲动（他已经无法再忍耐下去），他立刻发出了哀怨的叹息声，世上的女子但凡听见了这声音无不会用言语或行动给予他安慰——然而，莉丽想，我大概是个特例。她自嘲地说，我就是个脾气暴躁、干瘪憔悴的老女人，别把我当女人。

　　拉姆齐先生深深地叹了口气。他驻足静候，等待她给予自己一些反馈。她不想说些什么吗？她不知道自己对她的需求吗？因此，他说，去灯塔是出于某个特别的原因。他妻子健在时，常常给灯塔的看守者送东西。那看守者的儿子是个臀部患病的男孩。他长叹一声，一呼一吸之间别有深意。此刻，莉丽只有一个愿望：让她逃离那悲伤的巨浪、那对怜悯的无限渴望，以及那迫使她妥协屈从的要求（哪怕他的悲伤是无止境的，多到能让他永远被人怜悯），如果可以，希望他在巨浪将她卷走之前立刻离开。（她不停地观察着那栋房屋的动静，盼望着某个人走出来打破僵局。）

　　"这样的远行，是让人痛苦的。"他边说边用脚尖划着地面。莉丽仍旧沉默不语。（他觉得，她是个硬心肠。）他看着自己的手，面带忧愁地说："远行，让人疲惫不堪。"这个表情让她感到一丝恶心，她觉得这个大人物在表演戏剧，矫揉造作得很。真是恐怖又卑劣啊！于是她问："孩子们怎么还在里面？"她已经无法承受这悲伤的重量和压迫了（他假装自己已年迈力衰，甚至连站都站不稳了），她觉得无话可说，便四处张望，但好像也没什么东西可以当作谈资；她只有一种惊异的感受：拉姆齐先生伫立在那里，那悲伤的眼神让阳光照耀下的草坪都变得暗淡了，给躺在帆布椅子上阅读法国小说、面色红润、睡意蒙眬的卡迈克尔先生披上了一件黑色丧服；仿佛，在这个充满不幸的世界上，作为一个享有盛誉的人，其存在本就足以勾起人们忧愁的心绪。看看我吧，他好像在诉说，看看我吧，他总是处于这样的情绪之中：看看我吧，想下我如今的境遇吧！莉丽唯一的期望便是这悲伤的氛围能远离他们，要是之前把画架放置在卡迈克尔先生附近就好了，但凡是个男人，无论哪个男人，都可以抑制这阵悲伤的巨浪，抵挡那无尽的哀求。身为女人，她被激发出了恐怖不安的情绪；身为女人，她原本该对这样的场景驾轻就熟；身为女人，她此刻只能沉默无语，真是丢脸啊！身为女人应该怎么说好？——哦，亲爱的先生！拉姆齐先生！会画速写的贝克威斯老太太一定会立刻善解人意地说出这些话。然而，她不行，这样的话她说不出口。他们相顾无言，仿佛与世隔绝。他的忧郁、悲伤和需求，宛如巨浪倾泻在自己脚旁，逐渐汇成水潭，可是她这个有罪的可怜人只做了一件事：稍稍提裙以避免裙边被打湿。她手握画笔，静静地站在那里。

感谢上帝！她总算听见了从那栋房屋里传出的动静。凯姆与詹姆斯应该快出来了。不过，拉姆齐先生似乎清楚自己时间有限，他将年老、孤寂、悲伤和痛苦全部集合在一起，朝着形单影只的莉丽进攻，期望能获得她的怜悯；他很是烦躁——到底是怎样的女人，能够拒绝他的请求？——他焦虑地仰头看天，忽而又低头看见鞋带松了。这双皮鞋质量真好，莉丽想，她看着那双鞋：如雕塑般精致，无异于拉姆齐先生身上的任何物品：系得很松弛的领带、只扣了一半纽扣的背心，凡此种种都彰显着他的个人风格。她甚至想象这双鞋自

己走到拉姆齐先生的房间，哪怕他不在，也要显示出他的悲
伤、暴躁、乖张以及绅士风度。

"皮鞋真好看！"她发出一声赞叹。她感到十分惭愧。
在他请求自己对他的精神和灵魂给予慰藉的时候，她却对皮
鞋发出了赞叹；在他向自己表露受伤的心灵期望得到同情的
时候，她却欢快地说着："皮鞋真好看！"她清楚自己是个
罪人，于是，她抬头看他，准备接受他的怒骂。

然而，拉姆齐先生却喜笑颜开，脸上的忧愁和心里的郁
闷，甚至那无助的神情都消失了。是的，没错，这是一双品
质一流的皮鞋，他边说边抬脚让她看。在英国，没有第二个
人能做出这么精致的鞋子。皮鞋，他说，对人类而言是一大
灾难。他嚷嚷着："都是鞋匠的问题，人们的脚受到了磨损
和伤痕。"鞋匠，是最固执顽强的人。为了找到工艺精湛的
皮鞋，他耗费了大量的青春。他轮流抬起两只脚，让她好好
看看这双鞋，这种样式的皮鞋她可从没有见过。这双鞋是采
用世上顶级的皮革制作而成的。大部分皮鞋采用的都是棕色
的低等皮料，硬得像纸板一样。他称心如意地看着被自己抬
在空中的脚。她忽然觉得，他们正身处一个充满阳光的安详
宁静的小岛，在上天的庇佑下，这里还存有理智的思维和永
不磨灭的光明，真是个美好的皮鞋小岛。她内心感受到了温
暖，因此对他也产生了些许好感。他对她说："让我看看，
你擅不擅长系鞋带？"她的鞋带系得不怎么牢靠，他对此可
看不过去。他向她展示了自己独创的系鞋带方式，只要系上

了就不会松。他连续三次松开了她的鞋带，又帮她系上，将手法演示给她看。

当他弯下腰给自己系鞋带时，她却被困在了对他的同情和怜悯中深受折磨。真是不适时宜。她俯下身，感觉血在朝脸上涌，她想到自己那么狠心（之前她居然觉得他在表演戏剧，是个做作的演员），一时间觉得眼眶有些湿润。在她看来，他专注于系鞋带的模样，好似一个带着无尽忧伤的形象。拉姆齐先生在他的人生道路上，没有得到旁人的支援，所以只能自己买皮鞋。可是，当她正想说几句话时（或许她可以说上几句），詹姆斯和凯姆出来了。他们并肩来到平台，慢慢悠悠，神情忧愁又肃穆。

他们为何要用这样一种肃穆、忧愁的姿态走过来？她不自觉地对他们生出些许恨意。他们本该兴高采烈地跑过来，本该将自己没来得及给予拉姆齐先生的东西（毕竟就快出发了）呈上前来。她忽然觉得有些空虚、有些挫败。她的情感到来得太迟了，她在他已不需要的时候才泛起怜悯之心。此时，他是值得崇敬的老者，不向她索求任何。她感觉自己遭受了冷遇。他把一个包扛在肩上，将几个纸袋——用棕色纸随意扎成的袋子——分给了孩子们。在他的要求下，凯姆又去拿了件斗篷。他的模样俨然是个即将踏上征途的领军者。然后，他拧着纸袋，蹬着精致的皮鞋，像军人般坚定不移地走上小路，率先出发了。詹姆斯和凯姆跟在他身后。她觉得，两个孩子看起来仿佛是认领了某种严峻的任务，此刻正向着目标前进，他们正值青春，还能跟随父亲的脚步前行；然而，他们的眼神却是暗淡的，这让她又觉得：他们正无声地忍耐着某种不属于年轻人的痛苦与折磨。如此这般，他们跨过了草坪边缘。莉丽感觉，自己似是在注视一支军队出征，尽管他们的步伐有些凌乱，气势还不够高昂，但在冥冥之中，一种共同拥有的强大力量促使他们结为一体；那是一种说不清道不明的深刻印象。当这支队伍跨过草坪边缘的时候，拉姆齐先生礼貌又疏离地朝莉丽挥了挥手。

她心想，他的脸上满是老去的痕迹。忽然，她惊觉自己正在怜悯他，可是此刻却没有人需要这份怜悯了，这份心情没有机会表达了，这让她十分困扰。是什么让他的容颜变成如今这副模样？她猜测，或许是因为他总是不分昼夜地思考——思考厨房里的那张餐桌到底是不是客观存在——她不会忘记，在自己对他的想法一无所知的时候，安德鲁为她提供了这个象征性的答案。（她想到了安德鲁，他被炮弹炸死了。）厨房那张餐桌是虚幻的、纯朴的、坚不可摧的，而且不是装饰品。它没有被上色，棱角分明，具备顽强不屈、朴实无华的品质。拉姆齐先生总是凝视着它，并且绝不许自己分神或被表象蒙蔽，直到他渐渐老去，拥有和那张餐桌一样朴实无华的美丽外在，这让她印象深刻。然后，她想到了（画笔还在手里，她也没有离开与他道别的位置），她曾在他脸上觉察到种种不同的忧愁——它们绝不像这般崇高。她猜想，拉姆齐先生肯定也曾对那张餐桌产生过疑惑：它是不是客观存在？它值不值得自己为它花费这么多时间和精力？他得出结论了吗？她认为，他一定也被这些疑惑困扰过，不然怎么会常常询问他人的建议。她猜想，或许这就是拉姆齐夫妇偶尔会在夜里探讨的问题（拉姆齐先生的研究究竟值不值得），翌日，拉姆齐夫人看起来疲惫不已，而莉丽则因为一些小事冲着拉姆齐先生发火。然而，他如今已找不到人探讨餐桌、皮鞋以及鞋带了，因此才会如同狩猎的狮王一样露出悲伤的毫无希望的神情，让她看得心惊胆战，以至于只能拧着裙边躲避。接着，她又想到，在自己称赞皮鞋的时候，他恢复了精气神，眼里有了光芒，他找回了对世间寻常事物的兴致和自身的活力，但这一切转瞬即逝，他的情绪转变得很快（他的情绪变幻莫测且不易被察觉），他表现出某种她未曾见过的不熟悉的精神面貌，她无法否认，这一切让她因为自己之前的心浮气躁而感到愧疚。他那时候好像丢弃了所有忧愁和妄想，丢弃了一切对怜悯和夸赞的需求，去了另一个世界，他仿佛带着一颗探究之心，在沉默的交谈里（自说自话也好，与人交流也罢）带队前行，渐渐淡出她的视线。多么不同寻常的容颜啊！随着"砰"的一声，花园大门被关上了。

3

她对自己说，他们总算出门了。她松了口气，继而又觉得缺了些什么。她的怜悯之心好似一颗被扔回来砸到脸上的黑莓。她心中涌起一种怪异的分裂感，仿佛有人抽走了她身体的某个部分——今日风微浪稳，海面上烟雾缭绕，灯塔在晨光中显得遥不可及——而被剩下的部分还顽强地钉在草坪上。她仿佛看见画架上的空白画布在空中飘荡，一抹白色正在向她扑来。它用冷漠的眼神盯着她，好像是在斥责她过于慌张、混乱、愚昧以及浪费感情。在所有杂乱的情绪都离去后（他出门了，她对他充满了怜悯之情却不曾说出口），那幅画让她重新变得平和安静。一开始，她内心充满宁静，随即又感觉失落，内心被空虚占据。她茫然无措地看着在逼迫自己、冷对自己的画布，随后把视线移向了花园。有个东西（她站在那里，瘦削的面颊上的小眼睛向上转了转眼球），她回忆起来了，有个东西存在于那相互联系相互交织的线条里，在那蓝的绿的棕的多彩栅栏里，它自始至终都在她的大脑里，并在那里系了个结，以至于她在漫步布罗姆顿路时，在梳妆打扮时，在无数零零散散的时刻里，都会下意识地觉察到自己在心中描绘着那画作，她看向那画面，并试图将想象中的结解开。然而这显然是完全不同的两件事，一件是无需画布的想象与构建，一件是让画笔将色彩留在画布上。

因为之前受到了拉姆齐先生的影响，莉丽在慌乱中拿错了画笔，搞错了画架的角度。此刻，她将画架调整好，敦促自己不再思考那些和绘画无关的事，例如她是怎样的人，与他人相处时有何问题等；她拿起画笔，抬起手。她悬在半空的手在颤抖，因为一种又痛苦又激动的心情。首先要考虑的问题是，第一笔该落在哪个位置？一个线条，却代表了一种责任，她得为这幅画之后的各种可能负责，落子无悔。那些源自脑海里的简单事物，通常落到实处却变得格外复杂，当浪花均匀地从悬崖上不断滚落时，那些身处其中的游泳者却已被浪尖与漩涡所隔开。即便是有这样的风险，还是要继续。于是，在这空白的画布上，终于出现了一抹色彩。

她的身体被一种奇特的兴奋感包围，似乎有什么神秘力量在推动她，然而她竭力自控，飞速落笔，在空白的画布上画下了至关重要第一笔。接着，第二笔、第三笔……她停一会儿画一笔，画笔的起起落落似是一出舞蹈表演，而那些停留的时光和笔触好像这支舞蹈的两个构成部分，融为一体又互相联系。如此，莉丽停停画画地挥舞着画笔，一道道流动的棕色线条从笔端流出，并在定格的那刻形成了一个空间（她感到它正缓缓浮现）。在那个浪花的谷底，她瞧见了另一个浪花正在她头顶攀爬，翻涌得愈加高耸；这个空间是最重要的部分，不是吗？她想，她再次来到这里面对它，她挣脱了日常生活、谈天说地、人际交往的束缚，前来面对这个强大的敌人——这另一重境界，这个真理与现实忽然穿透表象、原形毕露，并牢牢地将她抓住，控制着她的专注力。她既不情愿又十分讨厌。为何老是受到它的哄骗，被迫跟随它的脚步呢？为何不能在草坪上安静地与卡迈克尔先生闲谈呢？不管怎么样，这起码是一种正常且合适的思维交流方式。剩下的值得尊崇的人，都早已收获了尊崇并因此而感到满足；无论是男人还是女人，抑或是上帝，都想得到人们的臣服，然而，这样的交流方式就像投射在桌子上的白色灯罩的黑色影子一样，要么将你拉入一场没完没了的争论，要么发动一场你不可能凯旋的战役。总会出现这样的情形（她不确定是因为自身性格原因，还是和性别有关）：在准备将动态生活提炼成静态图画之前，总有那么一刻，她会感觉自己衣不蔽体，如同未出生的魂灵或没有栖身之所的魂魄，赤身裸体地站在塔尖，被风肆意捉弄。既然如此，为何还要绘画呢？她看着已经被涂抹上很多流动线条的画布。未来，它会出现在佣人的卧室，会被卷放在沙发底下。那么，画它的意义何在？她耳畔出现了一个声音：不能画画和写作。她好像陷入了习惯的陷阱，并在一段时间以后于内心深处总结出了经验。于是，她反复说着一些同样的话，而且再也无法分辨它们是谁先说出口的。

她无意识地低喃：不能画画和写作，焦躁地思索着该怎样反击。她眼前赫然出现了那片栅栏，它是如此突出，如此急切地出现了。似有某种液体涌出，只为让她尽情施展才华；

她犹豫不决地蘸了点蓝色，然后是褐色，这一笔那一下地涂
抹着。然而此刻，画笔好像变重变慢了，她所见之景（她的
视线一直在栅栏和画布两端跳跃）与手中之笔似乎已经找到
了共同的节奏；这有力的节奏给予她力量，在她的手生机勃
勃地舞动时，推动她随波前行。渐渐地，她开始意识不到外
部的所有存在。然而，当她意识不到姓名、脸庞、人格以及
一旁的卡迈克尔先生等一切外部事物时，那些场景、名字、
记忆、言辞以及种种概念则不断出现在其内心深处；仿佛，
当她用颜料在画布上创作的时候，一股源自心灵深处的清泉
将怒视她的、不受她控制的、苍白又恐怖的空间填满了。

　　在她的记忆里，查尔士·塔斯莱总是这样说：女人不能
画画和写作。想当初，她在这个地方画画时，他从她身后路
过，停留的位置靠她太近，而那是她最讨厌的事情。"我抽
的烟草都是劣质的，只值五便士一盎司。"他把自身的穷困
和原则都呈现给她看。（然而，她的螯刺被战争消磨掉，她想，
悲哀啊，这些男的女的真悲哀。）他的胳膊下总是夹着一本书，
封面是紫色的。他准备开始"工作"了。她回忆起来了，他
坐在太阳底下"工作"着。晚餐时刻，他的位置恰好位于她
视线的中心处。至于海滩上发生的事，她大概还能记起那场
景。那日清晨，大风。他们一行人共赴海边，拉姆齐夫人坐
在某块岩石上写着信。"哦，"她抬头看向大海，海面上漂
浮着物品，她问，"那是捉虾的竹筐吗？还是被打翻的小船？"
她视力不好，眼前一片模糊。不过，查尔士·塔斯莱尽力耐

心地回答了她。他们把又黑又扁的石头扔进水里，打着水漂。拉姆齐夫人会在写信的间隙时不时从眼镜上方看他们一眼，然后露出嘲笑。她已经回忆不起来他们的谈话内容了，可是在打水漂的时候，她觉得和查尔士先生相处得不错，而拉姆齐夫人则远远地看着他们。她后撤一步，眼睛一转，思考着：拉姆齐夫人。（倘若此刻她是在岩石上画画，身边还有詹姆斯作伴，那画面肯定会不一样，那里肯定会出现一道阴影。）她回忆着与查尔士先生打水漂的情形，回忆着那片海滩，换个角度说，那都是拉姆齐夫人的杰作，那时候，她坐在岩石上写着信，信纸摊在膝上。（拉姆齐夫人写了许多，偶有被风吹走的信纸，幸而被她与查尔士及时抓住了，避免了落入大海的结局。）可是，人类的内心藏着巨大的能量！她思索着：在岩石上写信的拉姆齐夫人，可以让所有复杂的事情都变得简单，让急躁、气愤的情绪变得平静，让不同因素聚集，然后从悲哀的愚昧和憎恶中（她时常会和查尔士争吵，愚昧至极，互相憎恨）提取出某个东西——譬如这个发生在海滩上的情景，这短暂的友情和舒适感；那个东西在岁月的长河里毫发无伤，留存至今。她只是在这情景里沉溺了片刻，关于查尔士·塔斯莱的印象就变得如此不同；它如同一件艺术品，拥有强大的感染力，永存心中。

　　她低声呢喃："仿若艺术品！"她的眼神在画布和客厅窗户前的台阶之间来回切换。她得放松一下了。然而，在放松的时候，她迷离地打量着一切，从这个到那个，于是，那个萦绕在她心中挥之不去的问题，那个总在这种时刻冒出头来需要详细分析的一般性宏观问题，在她的感官刚刚挥去紧张，稍稍松弛下来时，突然出现在她头顶上方，给她带来了一片阴霾。人生有何意义？一个包罗万象的简单问题，一个你在时光的长河中总会遇到的问题。与人生意义有关的启迪，从不曾出现过。或许，永远不会出现这般伟大的启迪。而生活中所出现的微小的光辉，作为这启迪的替代品，犹如在黑夜里划开的火柴让你眼前一亮，对人生的意义有了一瞬间的感知；眼下这一切印证了这一点。拉姆齐夫人将这些或那些因素——她自身、查尔士·塔斯莱以及汹涌的波涛——凝结起来了，她说："生命在此停滞。"她将这个片刻转化成了永恒的存在（如同在另一重境界里，莉丽也尝试着把刹那化作永恒）——使它拥有了启迪人生的特性。混沌里有固定的形态，这恒久的岁月飞逝（她看着风中飘摇的叶子和空中飘动的云朵）被转化为永恒不变的事物。生命在此停滞，拉姆齐夫人如是说。莉丽失声喊道："拉姆齐夫人！拉姆齐夫人！"如今的一切都是拉姆齐夫人的杰作。

四周寂静无声，房屋里好似无人行走。她看见了它在晨曦中安睡的模样，那投射在窗户上的或蓝或绿的枝叶。她对拉姆齐夫人隐约的怀恋，仿佛与这栋宁静的老屋、那一道青烟以及黎明的新鲜空气相携共生。一片虚无之中，它是如此纯净美好，如此打动人心。她祈祷无人推窗而立或推门而出；她需要一个人好好思考，好好作画。她转向她的画布。然而，出于一丝好奇，也因为未能说出口的怜悯，她走到几步开外的草坪尽头，打算看看能不能望见那支队伍启航。在那片海域内，在那些浮动的船只里——有的还没张开帆，有的慢慢悠悠、安安稳稳地前进着，有一艘小船与其他船只相距甚远。它正在起帆。她很肯定，拉姆齐先生和他的孩子们就坐在那艘距离遥远的安静的小船里。属于他们的船帆已经被升起来了；篷布一开始低垂着，晃动了一会儿之后，已经鼓起来了，在一片寂静中被拉满；她看见，那艘小船在一番斟酌后选好了航道，越过别的船朝大海驶去。

4

在他们的头上迎风飘扬。流水汩汩，水花轻抚船身，小船伴着日光休憩，随波逐流。时而清风徐来，船帆微动，继而又风过无痕，小船又一动不动了。拉姆齐先生在船中间静坐着。詹姆斯觉得，他很快就会耐不住性子的；凯姆也这么认为。她注视着父亲在他们之间坐着（她坐在船头，掌舵的詹姆斯坐在船尾），双腿紧锁。他憎恶这种漂荡、盘桓的状态。果不其然，在焦躁地等待了一段时间后，他开始大声训斥那个年轻人——船夫麦卡利斯特之子。见此情形，年轻人便抓起船桨，划起船来。然而，大家都心知肚明，他们不可能让躁动不安的拉姆齐先生平复下来，因为这艘船不可能如他所愿那般飞速航行。他会不禁地期待刮点顺风，会如坐针毡并自顾自地唠叨抱怨。船夫和他儿子若是听见他那些充满怨念的低语，想必会很尴尬。凯姆与詹姆斯都是被他叫来的，他们是迫不得已才上了船。心中的怒气让他们宁愿永远别刮风，好让他备受折磨，谁让他不顾他们的感受，非要让他们一起来。

此前，他们一道往海滩走的时候一直落在后面，尽管拉姆齐先生没有说话，但他们还是感受到了他的命令："走快点儿，走快点儿。"他们垂头丧气地走着；某种冷酷残忍的灾难迫使他们低下了头。他们对他无话可说。他们不得不跟来，不得不乖乖听话，不得不拎着棕色的纸质的食品袋紧随其后。然而，他们一边在后面跟着，一边结盟发誓：要携起手来，努力实现那个了不起的理想——抵制残暴的君主，到死也不放弃。所以，他们选择一头一尾对坐，一言不发。他们保持着沉默，时不时地抬眼看看盘腿静坐的拉姆齐先生。他眉头紧锁，烦躁不安，时而不屑地埋怨几句，时而嘟嘟囔囔，焦虑地渴求着海风的到来。他们却相反，希望风不要来。他们想让他遭点儿罪，希望他吃个败仗，好让他们半路停下，拎着尚未开启的食品袋返回海滩。

船夫的儿子开始划船，没过一会儿，船帆渐渐转变了方向并鼓了起来，不仅速度变快了，船也变得更稳了；它现在如离弦之箭，飞快地航行着。紧绷的神经顷刻间放松下来，拉姆齐先生盘着双腿终于伸展开来。他摸出了烟袋，从嗓子眼里发出"哼"的一声，把烟袋递到了麦卡力斯特眼前。凯姆与詹姆斯无比难受、无比失落，但他们很清楚，他的内心在此时此刻得到了满足。接下来，他们将如此这般地航行几个钟头，他们的父亲会问这问那——例如去年冬季的巨大风暴——船夫麦卡力斯特会一一作答，他们还会凑到一块儿自在地抽几口板烟；麦卡力斯特将捡起一条在柏油里浸泡过的绳子，打上结或把结解开；他的儿子将坐在一旁沉默地钓鱼，对旁人置若罔闻。詹姆斯始终凝望着船帆。毕竟，他若是有所疏忽，那船帆便会瘪下去，变得摇摇晃晃，这势必会影响速度，而拉姆齐先生也必然会嚷嚷："注意点儿，注意！"船夫麦卡力斯特会坐在那里，慢悠悠地侧过身看看他。眼下，他们听到父亲问起了那场发生于去年圣诞节那天的巨大风暴。老麦卡力斯特告诉他，"那艘船正是从那里驶来的"，还说，风暴来的时候，还有另外一艘船也驶入了这个海湾寻求庇护，他亲眼所见，"那里停了一艘，那里有一艘，那里还有一艘"（他慢悠悠地指着海湾里的几个地方，拉姆齐先生顺着他的手指转着头）。他还见到，在一艘船上，有四个人攀上了桅杆，没过多久，那艘船就沉了。"我们最终用船篙撑着船离开了。"他接着说（然而，被沉默与愤怒包围的他们或听得了只言片语。
他们一头一尾坐着，那"抵制残暴的君主，到死也不放弃"
的约定让他们团结一致）。最终的结局是，用船篙撑着船
离开了，将救生艇抛了下去之后撑着船离开了那里——麦
卡力斯特说着那件事；他们尽管只听见了只言片语，但一
直没有忽略父亲的一举一动，只见他俯下身，向前倾，与
麦卡力斯特一问一答，看上去很是协调；他抽着板烟，吞
吐着烟雾，顺着麦卡力斯特的手指东张西望，琢磨着渔民
们如何在那个风暴之夜与死神交手。那是他想要看到的：
夜幕低垂，男人们在狂风大作的海滩上努力拼搏，用智慧
和身体抵御风暴、抵御狂潮；他认为男人就该担负如此重任，
把家事交给女人，把安睡的孩童交给女人；男人，就该奔
波在外，哪怕在风暴中死去。他的身体摇摆不定，他的目
光满是警醒，他说话的声音越来越大，语调也异于平常；
鉴于这一切，詹姆斯开始理解他当下的心绪；凯姆也一样
（他们看了看父亲，又看了看对方）。他继续问麦卡力斯
特——关于那十一艘为了躲避风暴而驶入海湾的船，语调
竟透出了些许苏格兰味，这令他看起来和农民没什么两样。
那十一艘船，有三艘沉入了海底。

他顺着麦卡力斯特的手眺望远方，眼神中充满骄傲；凯
姆莫名地为他骄傲，她觉得，他如果在现场，一定会亲手把
救生艇放到水里，一定会冲到那艘遇难船只面前。凯姆认为，
他足够英勇，也敢于冒险。不过，她转念一想，不能忘了约定：

抵制残暴的君主，到死也不放弃。那两人的抱怨令这两人感到窒息。他们无力违抗父命。他再次利用一家之主的权威以及忧伤难过战胜了他们，让他们听命于自己：在灿烂的晨光中，拎着那些纸袋前往灯塔，原因不过是他想去；如朝圣一般去祭奠亡灵，他想这么做，并强迫他们参与其中。所以，他们心怀厌恶，漫不经心地跟着，只是可惜了那远行的兴致。

一阵清风扑面而来，让人神清气爽。微斜的小船在海上行进，拨开的水花飞向船身两侧，泛起绿色的泡沫和大大小小的飞瀑。凯姆低着头，认真看着那水花泛起的飞沫，欣赏着海洋及其宝藏；她的意识在快速行进中渐渐变得混沌，那条约定的效力也由此被削减，不再如先前那般牢固。她如今想着：船速真快啊！这是要去哪里呢？小船起起伏伏，令她昏昏欲睡。至于詹姆斯，他始终关注着船帆与地平线，紧张地掌着舵。然而，他一边掌舵一边思索，他是有机会逃离的，有机会脱离这片苦海。他们可以在某处上岸；然后，重获自由。两人四目相对了半晌，而后生出了超凡脱俗、如日方升之感——因为船速过快，也因为景物已改变。当然，拉姆齐先生会因这阵清风而亢奋不已，因此在船夫麦卡力斯特一边转身一边抛出钓索的时候，他大呼小叫地说："你我的灭顶之灾。"片刻之后又喊道："我们终将一个个孤身赴死。"接着，伴随着那习惯性的忏悔以及惭愧忸怩的激奋，他克制地朝岸边挥了挥手。

他指着岸边某处说："看啊，那栋小房子！"他希望

凯姆能看看那里。凯姆强打精神，挺身望向远处。可是，到
底是哪栋？她已经分辨不出了，某一栋坐落在某个山坡上的
小房子，他们的住所。每一栋房子都变得那么远、那么静、
那么奇怪，海岸也变得那么远、那么美、那么不真实。那段
因航行而出现的距离，纵使不算长，却也令他们离了岸，并
让那海岸变得不同了，多了几分沉静与从容，成了某种与他
们无关、令他们遥不可及的事物。到底是哪一栋呢？她无从
分辨。

拉姆齐先生呢喃道："曾几何时，我被卷进更澎湃的浪
潮。"他早已辨认出了它，而知道了它在哪儿，也就知道了
自己在哪儿：孤独的自己，在平台上徘徊，在石瓮间漫步，
高腰驼背、垂垂老矣。他坐在小船中央，埋着头，弯着腰，
身体蜷缩成一团，即刻投了自身所扮演的角色——因失去
亲人而要孤独终老的鳏夫，同时想象着，人们三三两两前来
慰问自己；在这艘小船里，他安静地坐着，自导自演了一场
舞台剧；为了表演需要，他得做出一副老弱的疲惫的痛不欲
生的模样（他将双手伸向空中，用瘦巴巴的手指指证自己的
梦想），以博得女士们的怜悯；他臆想着，她们施与他百般
同情、千般安慰；在那幻想中，他因女士们的同情而生出了
某种说不清道不明的欢愉之感。他叹息一声，难过地低吟道：

可是，曾几何时，

我被卷进更澎湃的浪潮。

船夫的儿子忽然开口："那艘船就是在那儿沉的。"

麦卡力斯特接着说，三个男人在这里淹死了，就是我们现在所处的这一片。他目睹那三个人拼死抱着桅杆。拉姆齐先生看了一眼那里，凯姆与詹姆斯很怕他忽然高喊：我被卷进更澎湃的浪潮……

若真如此，他们一定会忍无可忍，发出尖叫和怒吼，他们无法容忍他又一次将满腔热情倾泻而出，然而令他们意外的是，他只是"哦"了一声，似乎在想：有什么大不了？显然，在风暴中有人溺亡是很自然的事，更何况，海里（纸袋里的面包渣被他倒进了海里，漂浮在海面上）都是水而已。他拿出烟斗点上，又把怀表掏出来认真辨认：他大概在默默地算时间。然后，他一脸骄傲地说："做得棒极了！"他表扬了詹姆斯，说他掌起舵来如同一个天才水手。

你听！凯姆无声地对詹姆斯说，他终于称赞你了！她知道，他对此渴望已久，她还知道，实现愿望的他虽然开心不已，却不会看向父亲，也不会看向她。他端坐在船尾，一只手扶着舵栓，看起来愁眉苦脸。他很开心很满足，却不愿与旁人分享。他得到了父亲的夸赞。他们肯定会觉得，他不在乎这种事。可是，你的愿望实现了，凯姆在心里说。

一阵逆风袭来，他们改变了帆的方向，小船飞驰起来。声势浩大的海浪一波波涌来，他们被急速推向前方，从暗礁边缘掠过，随着波涛的节奏，小船剧烈地颠簸着。左边是一排外露的棕色岩壁，海水在这里变浅，并多了几分青绿颜色；海浪拍打在一块更为高大的岩壁上，溅出一股股小水柱，如大雨般倾泻而下。呼啸声、拍击声、溅落声，声声入耳；海浪飞腾着、拍打着，如同一帮无拘无束的小兽，无休无止地自在玩闹。

他们耳畔清楚地响起了那些哀伤的字眼。凯姆坐在那里，感到震惊。除了震惊，还有愤怒。她的反应惊动了拉姆齐先生：他打了个战，大喊："看啊！看啊！"在那迫不及待的高喊声中，詹姆斯回头看向身后的小岛。所有人都看向了小岛。

然而，在凯姆眼中，空无一物。她琢磨着，他们住过的房屋、与他们休戚相关的草坪和小路都不见了：被擦掉了，被抛弃了，变得模糊了；可是，眼下所见之物却是实实在在的：小船、缝补过的船帆、戴耳环的船夫、雷鸣般的海浪声——所有这些都是实实在在的。思及此处，她开始呢喃："你我的灭顶之灾，我们终将一个个孤身赴死。"她的脑海里掠过了父亲刚刚说的话。拉姆齐先生见凯姆在迷惘地极目远眺，便生出了逗乐的心思。他问她，知道罗盘上那些小点分别代表哪个方向吗？能分辨方向吗？坚信他们的屋子在那边吗？他一边用手指着，一边跟她说那栋房屋在哪里：在那边，挨着那些树。他期望她的方向感再好些，于是说："跟我说说，东在哪边，西在哪边？"这里面有戏弄的意味，也有苛责的意思，毕竟，他没办法理解那些人——并不笨却不会用罗盘——的想法。可是，她依然分不清方向。她方才迷惘地眺望远方，此刻又不知所措地把目光投向没有房子的方向，见此情形，她的父亲从梦想中抽身而出，不再想着在平台上踱步，在石瓮间踯躅，以及女人们施与的同情。他觉得，女人一向如此：迷迷糊糊的状态令人绝望；对此，他永远捉摸不透；然而，这就是事实。他的妻子便是这样的。清晰地记住那些概念，是她们一辈子也做不到的事情。不过，他不该责备她；另外，他偏爱女人的迷糊模样，不是吗？那是她们的一种魅力，一个与众不同的地方。他琢磨着，我得让凯姆露出笑脸，对我笑笑。他得跟她说点什么，例如找些小话题。那么，该找什么话题呢？他平日里只知道工作，对旁人谈论的事情毫不熟悉。对了，一只狗，他们养了一只狗。他问，我们的狗今天由谁照顾呢？詹姆斯发现，凯姆的头后面正好是船帆，他漠然地想：好吧，她此刻就要妥协了；接下来我得孤身奋战，抵制残暴的君主了。他将独自完成那个约定。看啊，她的神情透着哀伤、忧郁、妥协，他严肃地思考着：凯姆不可能坚持下去。偶尔会遇到如下情形：绿意盎然的山坡上，飘来了一片乌云，于是气氛变得厚重，阴翳与哀伤在群山间蔓延；那些山峦不得不好好想象那个山坡——身处乌云之下——的命运，是该同情它，还是该嘲笑它。如此这般，凯姆觉得自己置身于乌云的阴霾中，周围的人安然平和但神情坚定；她不知道要怎么回应与那只狗有关的问题，不知道要怎么对抗父亲的恳求——请体谅我，请原谅我。另外，身为法条制定者的詹姆斯的膝盖上仿佛永远摆放理智的法条（在凯姆看来，他掌着舵的手俨然是某种象征），他告诉她，起来反抗，起来斗争。他的话是那么公正。因为他们要和残暴的君主战斗到底，她思忖着。在生而为人的一切美德里，正直是她最看重的。在她看来，弟弟犹如一位公正的神，而父亲则是擅长哀求的人。她在这两人之间坐着，眺望那变得不熟悉的海岸，一边感受着草坪、平台和房子安静地远离，渐渐地消失，一边想着自己应该站到哪一边才好。

她皱着眉说，杰斯泼会照顾那只狗。

她准备给那只狗取什么名字？父亲没有放弃提问。他小时养过一只叫弗立斯克的狗。詹姆斯发现凯姆脸上浮现出某种他曾经无比熟悉的神情，他认为她将妥协。他觉得，她们低头看着手中的毛线或别的什么；接着，她们猛地抬起头来向上看；然后，闪过一束蓝色的光，他的记忆告诉他，后来，坐在他身边的某个人笑了，妥协了，他因此而愤怒不已。是母亲无疑，他这么认为，她在矮脚凳上坐着，父亲伫立在一旁看着她。他轻柔地翻开储存在脑海中的光阴的画册，不停地在数不胜数的回忆里搜寻：在不同的画面与响动里，在或严苛、或虚幻、或甜美的声音里，在拍打海岸的浪花、轻触地面的扫把、一闪而过的灯光之间，他得见一位徘徊踱步的男士，他忽而止步，直挺挺地站在一旁看着母子两人。这时，他看到凯姆把手指伸到了海水里，眼睛怔怔地看着海岸，一句话也没有说。不对，她肯定能坚持住，他觉得；他还知道，她不同于母亲。这样吧，如果凯姆不想回应自己，他也不会再多说什么，拉姆齐先生作出决定，继而从衣服口袋里拿出了一本书。然而，她很乐意回答那个问题；她很想把阻碍舌头的东西挪走，然后说："对了，弗立斯克，给它取名为弗立斯克吧！"甚至，她还打算多问一句：就是自己从野外回到家的那只狗，对吗？不过，她虽然很想这么做，却无论如何也开不了口，因为她对那条约定充满敬畏和忠心，但出乎詹姆斯意料的是，她已经将自己心中对父亲的爱悄无声息地传递给了他。她在玩水的时候认真思索着（就在这个时候，一条鲭鱼被船夫的儿子钓了起来，正在船板上挣扎，血从鳃里流了出来）；她看着詹姆斯——他冷眼望着船帆，间或看看地平线，心想：你不曾遇到过情感层面上的重负与无措，不曾遇到过这么强大的诱惑。父亲把手伸到了衣服口袋里，下一秒便会掏出一本书来。在她眼里，他比任何人都更能吸引她的注意：他拥有好看的手，他的脚、声音、言语、急脾气以及奇怪又狂热的爱好吸引着她；他勇于在人群中毫不掩饰地高喊我们终将一个个孤身赴死，以及他的淡然、冷漠和远离世俗都令她着迷。（他翻开了书。）她直了直身体，看着船夫的儿子从鱼嘴里取下鱼钩，那已经是另一条鱼了。她忽然又想：可是，他那盲目至极、暴戾至极的一面又是她完全无法容忍的，它打碎了童年的美好，给她带去了痛苦，以至于时至今日，她仍然会在晚上惊醒，愤怒地颤抖，继而陷入回忆：他专横地命令着，让她做这做那；他想要控制一切，他希望别人"无条件服从"他。

所以，她选择保持沉默，忧伤又固执地眺望被宁静包裹着的海岸，她觉得，那里的人仿佛都睡着了，犹如魂灵或烟雾般自由自在。他们在那里不会遭受折磨，不会感到痛苦，她如是想。

5

不会有错，莉丽仛立在草坪边笃定地想，就是那艘船。它的船帆是棕色的，此刻，如她所见，它既快速又平稳地穿过了海湾。她猜测，他坐在中间，孩子们则闷声不言语。她不会出现在他身边。没能说出口的同情破坏了她的心情，令她无法下笔画画。

他那个人不好相处，她通常都这么认为。想一想，她不曾当面夸过他。他们的关系因此而得以保持中性特质，不含丝毫暧昧成分；而那种别样的成分，则让他在见到敏泰时变得温和、细腻，甚至兴奋。他会为她采花，借她书看。可是，他真以为敏泰拿到书以后会好好阅读一番吗？她带着书在花园里溜达，并用树叶做书签。

"卡迈克尔先生，过去的事情，你有没有忘？"她把目光投向那位老人，话到嘴边又咽下。帽子挡住了他半个额角；她揣测他可能在睡觉，可能在憧憬什么，也可能在琢磨诗句。

"过去的事情，你有没有忘？"从卡迈克尔那里走过的时候，她很想问问。记忆在她眼前浮现，拉姆齐夫人在岸边静坐；一只木桶在海面随波逐流，晃晃悠悠、起起伏伏；无数张信纸被风吹散，飘远。本以为时过境迁，这个画面却再次浮现，挥之不去，熠熠生辉，即便是细节都一如从前，可是为什么，此前或此后的时光镜像却空空如也呢？

拉姆齐夫人问："一艘小船，还是一只用来捉虾的竹筐呢？"莉丽重复着她那时候问的话，转身回到画布前，觉得心有余而力不足。感谢老天，她拿起了笔，想着那个空间问题还没解决。它瞪着她。它决定了这幅画平衡与否。这幅画看起来绚丽夺目，轻薄细腻，两种色彩交融在一起，好似蝴蝶翅膀那般。不过，潜在的结构却坚实稳固，如同钢筋铸就。它轻薄得好似能被人吹出褶皱；它坚实得似乎能抵挡一只马队飞驰而过。它在画布上涂抹，红一层，灰一层，那个空白被色彩层层弥补，她脑海里的画面渐渐跃然纸上了。这时候，她感觉自己也在海岸边，在拉姆齐夫人身旁。

拉姆齐夫人问："一艘小船还是一只竹筐？"说着便四处找起了眼镜。然后戴上眼镜，静静地坐着看海。潇洒挥动画笔的莉丽感觉自己好像走进了一扇被忽然开启的门，来到某个宏伟、幽暗、庄严的地方，似是教堂；她没有说话，四下打量起来。来自远方的喧闹声出现在耳畔。几艘轮船渐行渐远，一道道青烟最终消失在遥远的地平线。查尔士在打水漂，一个个石子在海面上跳跃着。

拉姆齐夫人静静坐着。莉丽觉得，她很乐意这样安静地休憩，在这种暧昧的模糊的人际关系中安静地休憩。谁清楚你我的为人，我们自己又有什么感受？在密不可分的时刻，这一切又为何人所知？这便是知识吗？拉姆齐夫人大概会提出这样的问题（静默的画面好像常常出现在她周围）：要是把这一切和盘托出，岂不是会弄巧成拙？你我静默相对，或许表达更多，不是吗？至少在此时此刻，此间含义是丰富无比的。她在沙子里挖了个洞，又用沙子填好，片刻的完美就这样被掩藏了。它犹如泛着银光的液体，人们只需轻轻一蘸，它便能将昏暗的往日照亮。

莉丽退后了一步，让画布——如此刻这样——出现在视线正中。画家选择的路径总是异乎寻常的。你走向外界，渐行渐远，最后走到海里，走上一条局促的跳板，孤独落寞，无依无靠。她用笔蘸了点蓝色，笔端沾染上了旧时光。她找到了记忆，拉姆齐夫人站起身来了。该回家——午餐时间快到了。大家纷纷离开海滩，踏上回家的路，她与威廉·班克斯同行，在后面走着，前面是敏泰，她的袜子有个洞。敏泰的脚后跟从圆乎乎的洞里显露出来，粉粉嫩嫩，很是醒目！威廉·班克斯对此厌恶至极，尽管她记得他只字未提。在他心里，一个洞足以毁掉一个女子，潜藏的信息是卫生习惯不好，不爱干净，仆人会受不了离开，太阳高照时床还乱糟糟——是他反感的所有事。他此刻在做他的习惯动作：颤抖着张开手掌，抬起来挡住脸，像是抵挡什么见不得人的东西。敏泰朝前走着，后来可能遇到了保罗，就跟保罗一起去了花园。

在往调色板上加绿色颜料的时候，雷莱夫妇出现在了莉丽·布里斯库的脑海里。于是，她将与这对夫妇有关的记忆集结到了一起。她看到了他们婚姻生活中的点滴瞬间，其中一个画面是在楼梯上，伴随着黎明的光。早归的保罗已经睡了，但敏泰还没有回家。凌晨三点左右，敏泰出现在楼梯上，头戴花环，明艳动人。穿着一身睡衣的保罗走出卧室，手中攥着一根防御贼人的拨火棍。敏泰上了一半楼梯，迎着从窗户里透进来的微光吃三明治，楼梯上的地毯有个洞。他们在说什么？莉丽自问，好像只要看着想象的画面就能听清他们的言语。敏泰还在令人厌恶地吃着三明治，保罗激动地骂了她几句，但声音低沉，他怕把小孩们吵醒——他们有两个儿子。他板着脸，神色倦怠；她放浪妖媚，毫不在意。他们的关系在结婚一年后——那段时间前后——就分崩离析了；这场婚姻并不如人意。

莉丽拿起笔蘸了蘸绿色，心里想着，这些与这对夫妇有关的画面不过是想象罢了，却被标榜为对他们的"了解""关心"和"喜欢"！都是假的，都是她的臆想；然而饶是如此，他们给她留下的印象却就是这样的。她的绘画工作还在继续，对过去的回忆也在继续。

保罗曾说过"我在咖啡馆下棋"这句话，由此，她的脑海中又浮现出了另一个完整场景。她记得，自己当时一听到保罗这么说，便开始想象他给家里打电话的情景，女仆回应道"夫人没在家"，所以他也决定不回去了。在她的想象里，保罗身处昏暗之处，独坐一隅，椅子上包裹着长长的红绒，上面落满灰尘；侍女们向来让人觉得亲近；他下着棋，对面的男人个头矮小，以卖茶叶为生，在塞尔别顿生活；除此之外，保罗对他一无所知。他回到家的时候，敏泰没有出现在家里，没过多久，楼梯上的故事就发生了。他握着一根拨火棍，以便用来对付小偷（无疑也是用来向她示威的），他说了些刺痛人心的话，说这辈子毁在了她手里。不管怎么说，当莉丽前去拜访他们——他们的小别墅位于雷克曼斯华绥一带——的时候，他们的关系已经十分紧张了。莉丽跟着保罗走进花园，保罗为她介绍了自己养的那些比利时兔；敏泰紧跟在后面，哼着歌曲，将一只光滑的胳膊搭在保罗肩头，她可不希望莉丽从他那里知道些什么。

莉丽觉得，敏泰很烦那些兔子，不过没有说出口；她不曾在人前说起过保罗的事，例如在咖啡馆和别人下棋。她是个谨小慎微的人。继续看看他们的故事——他们已闯过危机四伏的关卡。她在去年夏天与他们共度了几日时光。其间，当汽车在半路出现故障时，敏泰无奈地为他递上了工具。他蹲在路边修理汽车，她在一旁递工具，看起来没有一丝私心，直白且友好——现在看来，他们的关系不算太糟。他们只是不再爱对方了；准确地说，他现在爱着其他女人：不苟言笑，扎着辫子，拎着公文包（敏泰之前以感激乃至佩服的口吻说起过那个女人），跟着保罗出入各大会场，对资产税、地价税等的见解和保罗如出一辙（他们的见解越来越多地被发表出来）。那个女人的出现非但没有让他们的婚姻彻底崩塌，反而给了他们调试的机会。他蹲在路边维修汽车，她在一旁递工具，夫妻俩默契十足，俨然一对知心好友。

莉丽心想，雷莱夫妇的经历便是如此。她想象自己正打算将这些事告诉拉姆齐夫人，她肯定会十分好奇的，还会追问这对夫妻最近的情况。如果有机会对拉姆齐夫人说，那不是一场如人所愿的婚姻，她心里定会生出一丝得意来。

然而，已是故去之人了！莉丽默默想着。构图出了点问题，她不得不搁笔反思；她退后了一小段距离，叹了口气说：哎，故去之人啊！她呢喃着，人们虽对逝去之人心存怜悯，但终究会遗忘他们，甚至蔑视他们。如今，他们只能任人摆布。她思索着，拉姆齐夫人早已遁入烟尘，消失不见了。她的心愿会被你我超越，她那迂腐的被束缚的观念将被你我改进。渐渐地，她远离了我们。夹杂着些许嘲讽，她好像看到拉姆齐夫人在时光隧道那头不合时宜地说着："结婚吧，快结婚吧！"（清晨，她在那里坐着，腰背挺直；花园里传来鸟鸣。）眼下必须要告诉她，事情未能如她所愿那般发展下去。他们的生活是那样的，他们很幸福；我的生活是这样的，我也很幸福。就这样，拉姆齐夫人的美丽连同她整个人一道在刹那间失去了价值，落入了尘埃。莉丽良久地站在那里，后背被日光灼烧着，她暗自给雷莱夫妇下了定论，并认为自己击败了拉姆齐夫人：她穷尽一生也不可能想到，保罗会到咖啡馆与人对弈；他爱上了别的女人；他蹲在路边修理汽车，敏泰把工具递到他手里；以及莉丽此刻会在这里画画，她没有和威廉·班克斯走到一起，实际上，她一直没有结婚。

　　拉姆齐夫人之前有过计划，她要是还健在，大概会强行要求这两个人结婚。在那个夏天，她对莉丽说过，"最善良的男子"当属威廉·班克斯；他是"这个时代最厉害的科学家，这可是我丈夫的评价"；"令人同情的威廉——我很难过，我去拜访过他，他那里连一件得体的东西都没有，更别提有人替他把花插上了"。所以，她常常邀约他们一同散步。在莉丽听来，拉姆齐夫人的口吻透着讥讽的意思，但又轻微得不至于被人抓住把柄：你具有科学头脑；威廉爱花，你也爱花；你是个做事严谨的人。莉丽走近画架，又稍稍退后，盯着画布想：拉姆齐夫人为何这么在意婚姻这件事呢？

　　（忽然之间，犹如流星坠落般，她的脑海里出现了一片火红的光，它映照着保罗·雷莱；它是从他身上燃起的火光，仿佛一群未开化之人在遥远海边举办庆典，并点燃了篝火。她听见了，火焰在雀跃地呐喊，将木材烧得噼啪作响。在方圆几英里的海面上，金黄与火红交相辉映。她醉倒在烟火所散发出的香气里，如同饮下了一壶好酒；她心中再次生出那种鲁莽的企图：跳下悬崖，潜入大海，去找寻遗失在海边的那枚镶嵌着珍珠的胸针。她讨厌并害怕那一阵阵雀跃的呐喊声与噼啪作响的燃烧声，所以步步后退；仿佛她在见识了火焰的强大与恢宏后，也明白了它定会得寸进尺，毁掉那栋房子里的宝藏，所以她讨厌它。不过，她从未见过如此恢宏绚烂之景，若是将它视为传递讯息的烽火，那么它年年都会出现在海边小岛上，但凡有人说到"爱情"，保罗心中爱的火焰即刻便会蹿起来，例如眼下这般。火光渐渐式微，她兀自一笑，念叨着"雷莱夫妇"，她回忆起了保罗在咖啡馆与人对弈的事情。）

莉丽觉得，自己在关键时刻幸运地逃离了爱情的迷网。那时候，她看着桌布上的某个图案，心中冒出一个想法：得把那棵树挪到中间去；她不需要婚姻，并因此而为自己感到高兴。她不是没有见识过拉姆齐夫人的威仪，但此刻，她鼓起勇气，站起来对拉姆齐夫人——令人吃惊的控制力——表示敬佩。人们都会听从拉姆齐夫人的安排，甘愿去做各种事情。不仅如此，当她与詹姆斯一同坐在窗户前时，她的影子依然定于一尊。莉丽回忆起，威廉·班克斯在那个时候就对她的反应感到了震惊：她一点儿也不在乎这幅"母子图"有没有什么非凡的意义。难道这样的美好瞬间不值得她赞美一二吗？他这么问她。她没有忘记，威廉·班克斯的目光中透着聪明成熟的小孩所拥有的那种色彩，她跟他说这样构图并不是不尊重他们：仅仅是因为她想用一些阴影来衬托那片色彩明亮的区域。这是在虔诚的拉斐尔笔下出现过的崇高主题，她从未想过要做什么冒犯之举。她不是一个桀骜不驯的人，实际上，她不仅认真，而且还很严肃。值得庆幸的是，具有科学头脑的威廉·班克斯不仅能够完全理解她的想法——说明公正的智慧令她快乐，还能够很好地安慰她。毕竟，不苟言笑的她还是能够与某位男士认真讨论绘画艺术的。毋庸置疑，那份友情曾几何时可是她宝贵人生的一大乐趣。对威廉·班克斯，她心存爱慕。

他们曾同游汉普顿宫，他是完美无缺的绅士，在河畔漫步时，遇到她要盥洗，是从不会催促的。这便是他们交往过程中的范式。在很多事情上，他们都心照不宣，配合默契。无数个夏天，他们在园林里闲庭信步，欣赏建筑的均和与繁花的锦绣；走在路上，她总会从他口中听到种种学识，例如透视法，又例如建筑学，他还会驻足观赏花草树木、湖光山色，以及烂漫孩童——（没有女儿是他心中的一桩憾事）作为一个大半辈子都待在实验室里的人而言，他的脸上自然是淡漠、孤独的；实验室外的世界好像会令他眩晕，所以他总是走得很慢，常常用手挡在眼睛前驱逐日光，还常常突然定住，仰头做深呼吸，享受新鲜的空气。不过，他告诉她，家里楼梯上的地毯得换新了，但管家却在度假。大概，她会乐意陪他去买新地毯。他们曾经谈起过拉姆齐夫妇，他回忆说，他与拉姆齐夫人初次见面时，她还不到二十岁，可能是十九岁吧；头戴灰帽，美艳绝伦。他停下脚步，望着汉普顿宫前方那条绿意盎然的大路，仿佛在喷泉里得见了她的曼妙身姿。

此刻，莉丽看向了客厅窗户前的台阶。她觉察到，威廉眼中出现了一个额首低眉的倩影。那个女子正静坐沉思（莉丽记得，她当时穿了一身灰衣裳）。她看着地面。她是不会抬起眉眼的，永远不会。是的，她认真地看着地面，莉丽心想，这姿态我也见过，只是衣服不同，也不若这般年轻、安静和从容。她的这般姿态，常常忽然在脑海中浮现。威廉说得没错，她美艳绝伦。可是，美不能代表一切。美有它的不利因素——它来得太轻易；它来得太完整。它让生命定格——固化。它使人忘却了内心世界的微小悸动：亢奋时面颊绯红，失落时面色苍白，那些奇异的变化，以及种种光明与阴霾；这一切会让那张脸变得新鲜，还会赋予它令人难忘的神采。借着美的面纱，小心地抹去一切，自然是更简单的做法。不过，莉丽很疑惑，拉姆齐夫人在戴上猎人帽时，在冲过草坪时，在对园丁肯尼迪表达不满时，拥有什么样的面容？有人能为她解答吗？有人能提供答案吗？

莉丽的心思已不受控制地由内而外体现出来，她发觉自己无法专注于那幅画了，于是带着几分失落看向卡迈克尔先生，如同在凝视某个无形之物。他在椅子上躺着，两只手一并搁在肚腩上，不看书也不睡觉，只是惬意地沐浴阳光，好似一只饱腹的动物。落在草地上的书原本是在他手里的。

她琢磨着要不要立刻走上前去问候："卡迈克尔先生！"然后，他便会一如既往地用那两只混沌的绿眼睛宽容地仰视你。不过，你如果想叫醒别人，至少应该知道要对他说点儿什么。诚然，她想谈论的是一切，而非某一件事，但简单几句话是说不清的，只会阻隔思路，分散话题，纯属徒劳。"不如聊聊生死，聊聊拉姆齐夫人。"——算了，她觉得这些事很难在交谈中说透彻。瞬间袭来的压迫感让她很难有的放矢。说出来的话飘忽不定，在目标下方几英寸之处散落。因此，你不再抱有期许，从而把无以言表的想法回收到心里，无异于大部分中年人所做的那样——小心翼翼、欲言又止，眉眼间多出几道褶皱，幻化出醒悟的神情。毕竟，你又能如何说清楚来自一具躯体的情感，说清楚存在于内的虚无呢？（她凝视着客厅窗户前的台阶，它们仿佛空虚无比。）感知，不是发自于心，而是来自躯体。忽然之间，空落落的台阶传递给躯体的感觉变得很是令人厌恶。求而不得的感受，让她整个人无法动弹，渐渐陷入紧张与空洞之中。随之而来的依然是想得到却得不到——欲望无法克制又无法满足——实在是心痛不已，况且这样的心痛还在不断地折磨着她！拉姆齐夫人啊！她用心呼唤着她，呼唤着船边的身影，呼唤着由她幻化的无形魂灵，呼唤着那位一身灰衣的女士，像是在埋怨她一声不吭地离开，又像是在祈祷她能平安归来。缅怀逝者，应该没有什么危险。魂灵、空洞、虚无，拿东西你随时都能紧握在手，无论白昼还是黑夜，不难做到也没有危险；她原本就是空洞虚无的魂灵，只是，她猛地伸手攥住了你的心，让你痛不欲生。突如其来地，那空落落的台阶、房间里椅套边缘的褶皱、平台上慢吞吞走着的狗、花园中此起彼伏的说话声，犹如细腻的曲线、纹饰与图案一般环绕着虚无的中点。

她再次转身面向卡迈克尔先生，试图询问他："这有什么含义吗？你对此作何解释呢？"因为在一片晨光之中，此时此刻的世界已摇身一变，成了一池深刻的思想，一潭深邃的现实，不难想象，卡迈克尔先生一旦说点儿什么，便能从这一池思想中收获一滴真露。接下来会如何发展？大概会出现某种情形。有人会把魂灵的一只手向上推开，半空中悬着的利刃寒光四射。毫无疑问，这都是胡说八道。

她心中涌起一股怪异感：他能读懂她无法言说的想法。他是位神秘的老者，胡须上带着黄色污渍，心中饱藏着谜题与诗歌，他无忧无虑地在世间游走，而世界也给了他想要的一切，所以在她看来，他只需要躺在草坪上，向下伸出手去便能轻松获得想要的东西，无论是什么。她注视着画布，猜想他极有可能这么回答——"你""我""她"皆会随时光飞逝，不留丝毫痕迹；万物无不处于永恒的变化当中；然而，绘画与文字却是例外，能够流芳百世。不过，她觉得，自己的画作只会被束之高阁，或者被胡乱一卷，塞到沙发底下；纵然如此，但可以确定的是，这样的画作依然有可能被保留下来。甚至不是完稿，而是这幅草稿——所想要传递出的信念——将"永存于世"。她想谈谈自己的这个观点，或者旁敲侧击地说一说，毕竟连她自己都觉得，直说意味着自负；令人吃惊的是，她忽然发现自己竟然看不清楚眼前的话。温热的液体充斥着眼眶（她一开始没想到自己会落泪），虽然没能改变硬朗的唇部线条，却阴沉了四周的空气；她的脸上满是温热的泪水。她能够很好地控制自己——没错！——在除此之外的其他方面。所以，她的眼泪是在祭奠拉姆齐夫人吗？她丝毫没有觉得不快吗？她回到了与卡迈克尔老先生的交流中。它到底是什么？它究竟有何意义？魂灵会不会伸手提你？利刃会不会伤害你？你会不会攥紧拳头？会不会有安全地带？这世界的规律，心灵终究无法理解，是吗？没有指引和庇护，万事万物皆是奇迹，唯一能做的就是放弃意志，从塔尖上跳下吗？有没有可能，对于包括老年人在内的所有人来说，生活就是——意外、震惊、无知？她突然有种感觉，要是他们此刻站在草坪上讨论：人生为何转瞬即逝，为何不可预知；要是他们像武装好的人（他们毫无保留）一样说话，语气强烈地探讨，那么美便会蜷缩起来，静静离开，时空将被填满，虚无的纹饰将构建出一个特定的形式；倘若他们的喊声够洪亮，说不定能唤回拉姆齐夫人。"拉姆齐夫人！"她高喊起来，"拉姆齐夫人！"她泪流满面。

6

〔船夫的儿子从钓起的鱼里选了一条，从腹部挖下一小块方形的肉，挂在鱼钩上作为新的鱼饵，然后把那条鱼（还在蹦跶）扔回了海里。〕

7

莉丽高喊着："拉姆齐夫人！拉姆齐夫人！"然而，她没有得到回应。她的痛苦又加深了些。她心想，这难以忍受的痛苦竟然令自己做出了这么愚蠢的事情！无论如何，好在这喊声没有惊动那位老者。他还是那么和蔼，那么安宁——只要你愿意——那么高高在上、庄重肃穆。感谢上帝，那喊声没有被任何人听去。结束吧，悲伤与痛苦，就此结束吧！是的，她还拥有理智。无人发现，她走上了窄小的跳板，跳入了能摧毁一切的激流。她还是那个拿着画笔、形容枯槁、一生未婚的女人。

这时候，那想得不可得的痛苦以及疯狂的怒意都逐渐平息了（她觉得自己不该再因拉姆齐夫人的去而不返而伤怀，于是将痛苦与怒意统统收起。在喝着咖啡吃着早餐的时候，她可曾想起拉姆齐夫人？没有，丝毫没有）；残留的痛苦化作一味解毒剂，而那轻松欣慰之感本就可以止痛，更何况，因为某人在一旁，所以又多出了一份神秘感：她想，拉姆齐夫人已从生命的重负中获得了解脱，悠悠然地出现在自己身边（她的美一览无余），将一个离开时所戴的白色花环举到了自己头边。莉丽往调色板上挤了一些颜料；只见画笔一挥，她开始画栅栏。奇怪的是，她清清楚楚地看到，拉姆齐夫人如昔日那般轻巧地跑进了原野，跑进了轻轻起伏的紫色田垄，最终消失在一片百合花或风信子里。作为画家，她的眼睛自然会做这样的游戏。那时候，拉姆齐夫人的死讯传来没几天，她就见过：拉姆齐夫人头戴花环，毫无挂碍地跑进了那片原野，与她相伴的还有一道影子。那个画面，那个记忆中的片段拥有令人欣慰的力量。在画画的时候，无论身在何处，这里也好，乡野也罢，抑或是伦敦，她总能看到那个身影。她眯着眼睛搜寻着可以用来安放那道幻影的东西。她注视着下方的公交车与火车车厢；从脸或肩上拈起一根线条；看看对面的窗，又看看在灯火辉煌的傍晚的皮卡迪利广场。种种这些曾几何时都属于容纳死亡的墓地。不过，总有什么东西——某张脸，某个声音，某个卖报的孩子在叫卖《旗帜报》《新闻报》——突如其来，扰乱了她的思绪；于是，她从幻想中惊醒，竭力保持专注；就这样，她只能一次次地重塑那道幻影。接着，出于某种本能——针对碧海蓝天与苍茫大地，她低眉审视起那座海湾：碧波迭起，好似层峦叠嶂；更加深邃的一片紫色犹如铺满石子的原野；可是一如既往地，她惊诧地发现了某个不和谐的因素。一个棕色斑点出现在海湾正中。没关系，她在下一秒就知道了：一艘小船。是谁的？她答道，拉姆齐先生的。那位男士曾经向她索求同情，但她拒绝了，她还记得他那双好看的皮鞋，记得他高举右手、率领大军与自己擦肩而过。此时此刻，那艘小船已经驶过了半个海湾。

那日清晨晴朗无比，间或会有清风拂过，向远处眺望，可见海天一片，船帆星星点点地挂在天上，白云陆陆续续地落入海中。海的远端有一艘轮船，那青烟在空中飘荡着，经久不散，装点着这幅美景；又宛如一层薄纱，轻柔地将一切揽入网中，悠悠荡漾。在天气晴朗、风平浪静的时候，那海边的峭壁好似能察觉到经过的船只，而那些船只也似乎知道这里或那里有悬崖，它们相互知晓，互通有无。在晨雾浓重的时候，那灯塔看起来远在天边，尽管它原本离岸不远。

莉丽一边远眺那片海，一边问自己："他们到哪里了？"那位从她跟前经过的，胳膊下夹着棕色纸袋的老者，到哪里了？那艘小船来到了海湾中央。

8

　　凯姆注视着起起伏伏的海岸，觉得它愈加遥远和安静了，她忽然想，那里的人们一定不会有这样的感觉。她把手伸进水里，海水因此而多出了一道痕迹；在她眼中，绿色的波痕与漩涡化作了这样或那样的图案；她的大脑一片空白，仿佛被幕布笼罩；她想象着海里的世界，一串串珍珠附着在泛着白光的海浪上；那道绿光改变了她的心，她的身体被一件绿衣包裹，在日光下若隐若现。

　　此后，她手边的漩涡逐渐淡去了。汩汩作响的激流好似静止了一般；世界被轻柔的嘎吱声填满。听啊，溅起的水花击打着船身，仿佛他们已抛锚靠岸，仿佛一切都近在咫尺。詹姆斯一路上目不转睛地注视着船帆，以至于后来将它视为了老朋友，不过此刻，它蜷缩着；他们停下来，小船又开始随波逐流，又开始等待顺风的到来，他们在烈日下暴露无遗；他们已远离海岸，但距离灯塔却还有一段路要走。世界仿佛凝固了。灯塔不再晃动，遥远的海岸线不再起伏。阳光越来越猛烈，船上的人好像被凝聚到一起，并清楚地感受着其他人的存在，尽管他们方才还旁若无人地沉浸在各自的思绪中。麦卡力斯特手中的渔线直直地垂入水中。可是，拉姆齐先生依然盘着腿坐在那里看书。

他手中的书泛着光，封面五彩斑斓，如同鹬下的蛋。小船飘飘摇摇，空气安静得可怕，他时不时地翻着页。在詹姆斯看来，他翻页的手势总是透着与己有关的特殊含义：要么是刚愎自用，要么是独裁专断，要么是博人同情；当拉姆齐先生次第翻过书页时，詹姆斯悬着的心从未放下过，生怕父亲会猛地抬眼看过来，说上几句难听的话。他或许会问，为什么要在这里浪费时间？或者其他类似的不合理的问题。詹姆斯对自己说，如果跟他有理说不清，那就用刀朝他胸口捅去。

他从未忘记过这个念头：朝父亲的胸口捅上一刀。当然，如今的他早已长大成人，只是冷漠地坐在原地看着父亲，任由怒火在心中蔓延；他的目标不是那个认真阅读的老者，他的父亲，而是那具躯体上潜藏的某种恶——他本人大概从未察觉到。那只面目狰狞的奇怪的鹰隼，忽然扑腾着黑翅膀从天而降，用寒气逼人、坚不可摧的喙和爪不停地袭击你（他感觉那只鹰隼正在用喙猛啄自己的光腿，就是小时候被它啄过的那个地方），然后远走高飞。接着，他恢复常态，看到一个正在阅读的可悲的老者。他的目标是那只奇怪的鹰隼，他要朝它胸口捅上一刀。不管做什么工作——他将目光投向灯塔与遥远的海岸，认为自己能胜任一切工作，不管是生意人、银行家、律师，还是公司老板，他都不会放过那只怪兽，他都要抓到它、杀死它——它的名字是专断独行——它总是强人所难，并不允许别人争辩。在他提出"去灯塔那里"时，

他们中有谁敢说一句"我不想去"？他总是使唤别人做这个，
拿那个！扑腾着黑翅膀，用尖利的喙残忍地撕扯猎物。片刻
之后，他又回到原地，端坐看书，其间或许会抬眼看看你——
你别想搞清楚状况——看上去很善解人意。他大概会谈论点
儿什么，对象是麦卡力斯特和他儿子。詹姆斯思索着，他父
亲这个人，或许会把一个纪念品送给路边一位饥寒交迫的老
妇；会舞动双手开心地为渔民们摇旗呐喊；会在晚宴时默默
地坐在首席位置上，从始至终一言不发。詹姆斯心说：没错，
当这艘船顶着烈日在海面上漂泊时，在遥远的地方存在着一
片莽荒之地，大雪覆盖了地面和那下面的岩石；最近一段时
间，当父亲做出某些惊人之举或说出某些怪异言论的时候，
他总会觉得：在那遥远的荒野上，除了父亲和他留下的两组
脚印，便再无其他了。他们对彼此的了解胜过其他任何人。
既然如此，为何会害怕，为何会憎恨？他拨开了蒙住双眼的
层层迷雾，那是去而不返的一幕幕旧时光；他来到那座森林
的深处考察，在那里，交织的光影改变了事物的模样；阳光
时而强烈得使人眩晕，时而微弱得叫人看不清东西；他手忙
脚乱地在那里探索，他在搜寻一个形象，或者说一个具象的
形态，以便让自身情感冷却下来，分散开来，再改变方向。
那能不能这样想呢：他如同一个躺在摇篮里或坐在大人腿上
的，没有任何能力的小孩，目睹一辆马车不小心从某个人的
脚上碾过；如他所见，那只脚原本待在草丛里，干净且完整；
后来，马车经过，碾了上去；再后来，那只脚变得血肉模糊，

显然已经被压碎。然而，这只是场意外，而非故意伤害。类似地，清晨时分，拉姆齐先生穿过走廊，敲响了他们的房门，叫他们起床赶赴灯塔，马车从他的脚上、凯姆的脚上以及其他人的脚上碾了过去。你能做的只是怔怔地坐着，目睹马车驶过。

　　然而，他所见的那只脚是谁的呢？又是在哪座花园里看见的呢？毕竟，就算是想象的画面也需要一个场景才行：有花有草，有树有人，还得有光影。诸如此类的事物需要出现在一座明媚的花园中。那里不会有人发号施令，不会有人怪声怪气。他们每天进出自由。厨房里有一位絮絮叨叨的老妇人；窗帘随风摆动；万物大口大口地呼吸着，一点一点地生长着；夕阳西沉，一层薄如蝉翼的黄纱，如一片葡萄叶般，将各式餐具以及那些鲜艳的细长的或红或黄的花轻轻覆盖。入夜之后，是更黯淡更宁静的世界。然而，那葡萄叶般的薄纱却还是那么细腻精致，能随着光飘扬，能被声音折叠；他隐约看到，一个倩影出现在薄纱那面，俯下身认真聆听，时而靠近，时而走远；他还听到了些许轻微的响动，譬如裙摆摇曳出的窸窣声，以及项链碰撞出的叮当声。

　　有个人的脚在这里被车碾碎了。记忆告诉他，上面的某种存在令他被阴影笼罩；它不愿离去，在空中张牙舞爪；不仅如此，在这美满的世界当中，某种尖利的消沉的存在从天而降，犹如刀锋；一把利刃在花叶间耀武扬威，只剩落叶残花。

记忆还告诉他，父亲曾说："明天有雨，你去不了灯塔的。"

那时候的他觉得那不是灯塔，而是长着一只黄眼睛的奥妙无穷的银灰色宝塔，每到傍晚时候，它便会轻轻地睁开那只眼睛。可事到如今——

他凝视着灯塔，只见那边的岩石被刷成了白色；灯塔呆呆地伫立着；塔身上有黑白相间的条纹；上面还有几扇窗；岩石上晾晒着衣裳。那便是向往已久的灯塔吗？

不对，应该还有另一座灯塔。毕竟，世间之物皆不可能仅此一件。还有别的真实存在的灯塔。它很难见到，因为中间横亘着海湾。他在傍晚眺望远方时，可以看见它在眨眼睛，它的光仿佛始终照耀着他们，照耀着他们所在的充满快乐与凉意的花园。

不过，他扼住了那天马行空的念头。无论何时，他一提到"他们"或者"某人"，便会听见路过之人掷出的窸窣声与叮当声，每当此时，他会变得十分敏感，很在意屋子里都有哪些人。此时此刻，他在意的是父亲。紧张的气氛在空气中弥漫。因为要不了多久，父亲便会"啪"地把书合上，满脸怨气地问："怎么搞的？我们为什么要停在这儿浪费时间？"这让他想起发生在平台上的那件事，父亲手中的刀从他和母亲之间狠狠落下，母亲被吓呆了，不知如何是好；假如身边有斧头或利刃，抑或是别的锋利之物，他一定会随手抓起直直地捅上去。过了许久，她才缓过劲来，松开了抱着他的双手；他想，她不会理会自己了；不知为何，她起身离开了，独留他一个人拿着剪刀在地板上坐着，失落地、可笑地坐着。

海上一点儿风都没有。海水在船底翻涌，声声入耳；三四条鲭鱼在半没身体的浅水里扑腾着尾巴。拉姆齐先生（詹姆斯不怎么敢直视他）看起来下一秒就会停止思考，合上书，口出逆语；不过，他此刻的目光还没离开书本，所以詹姆斯悄无声息地（好似赤脚下楼一般，生怕地板发出响动惊醒了门口的狗）回到记忆里：她长什么样来着？她那日去哪儿了？他跟着她经过几道房门，走入一间泛着蓝光的屋子，那光似乎是来自无数瓷碟的反射；她与旁人交谈，他则侧耳聆听。对方是个仆人，她说着自己想说的话。唯有她不说假话；唯有她令他放心说真话。这大概便是为什么她一直吸引着他的缘由；你可以把赤诚的心交给她，在她面前直言不讳。然而，当他想到母亲的时候，他发现父亲一直待在他的脑海里，监督着他的思考，令他的思想瞻前顾后、瑟瑟发抖。他终究还是从回忆里走了出来。

他顶着烈日遥望灯塔，一只手掌着舵；他精疲力竭了，甚至无力去轻拂散落心头的悲伤尘埃。他就像被绳子缚住了似的，而给绳子打结的是父亲；若想逃离，需要一把刀，捅进……不过就在这个时候，船帆缓慢地打了个转，逐渐膨胀起来，小船晃了晃身体，稀里糊涂地重新起航；紧接着，它彻底醒了，飞快地向前方驶去。真是太让人欣慰了！他们仿佛又回到各自为营的状态，拉开了相互间的距离，互不侵扰；从船上掷出的那几条歪斜的渔线紧绷着。拉姆齐先生仍旧看着书。他忽然高举起右手，又将它放到膝上，如同一位神秘的指挥家。

9

〔莉丽·布里斯库尚未离开，她一边远眺海湾一边琢磨着，海面上找不到任何斑点。海水在蔓延，海湾被丝滑的海面占满。一望无际，这样的距离蕴含着独特的力量；她想，他们大概已经被淹没了，就此一去不返了，已经融入世间万物，成了大海的一部分。大海，那么安宁，那么静谧。那艘轮船消失了，只剩下轻烟在空中飘荡，如同一面沮丧的旗帜在忧郁地告别。〕

10

　　凯姆再次将手放进水里，心想，他们住的小岛原来是这样的。她从不曾在漂洋过海时打量过它。它横卧在那里，中间凹下去一小块，那两侧是礁岩峭壁；海水穿过那个凹槽，向小岛两边荡开，然后绵延好几英里。它真的好小，看上去好似立起来的叶片。她在心里编撰了一个故事，他们从这艘沉入海底的小船上逃出生天，她心想，我们正坐在一艘小船里。海水穿过她的指缝，一小丛海藻划过她的手掌，消失在背后；当然，她并没有在专心致志地编故事，她只是在想象冒险与逃生到底是什么感觉；毕竟，在航行时，她觉得父亲因为她不会用罗盘而很不高兴；詹姆斯又固守着那个约定；她本人也很难受；眼下，这些种种都不知不觉地溜走了，漂远了，消失了。接下来会发生什么？他们要去往何处？手心因海水的浸泡而变得冰凉，但同时又涌出了一股令她愉悦的喷泉；气氛被改变了，冒险与逃生的体验（她活着抵达此处）令她快乐。那在不经意之间涌出的喷泉又迸发出无数水珠，它们散入一片幽暗迷离，落在她心灵深处沉睡的朦胧形式上；那个翻腾在黑暗里的世界是她还无法理解的，那世界只能间或从希腊、罗马、君士坦丁堡那里获取转瞬即逝的光明。她思忖着：它很小，如同立起的叶片，泛着金色光芒的海水穿过那道凹槽，从四周将它包围；它纵然只是个微不足道的小岛，但也是宇宙的一部分，不是吗？她觉得，那些喜欢待在书房里的长辈肯定能告诉她答案。她偶尔会专门穿过花园去找他们，看看他们会在那里做些什么。书房中那几张矮矮的扶手椅，给了他们（陪伴她父亲的有时是班克斯先生，有时是卡迈克尔先生）相对而坐的空间。她进门的时候，他们正在他们面前看《泰晤士报》，一页页地翻着，发出哗哗的声响；报纸上刊登着各种信息，杂乱无比，譬如与耶稣基督有关的评论，伦敦某处挖掘出猛犸象化石的新闻，以及推测拿破仑长相的文章。他们用没有污渍的手掌握着这一切（他们一身灰衣，散发着石楠花的芬芳），他们将剪下的纸屑清理到一处，把报纸翻转过来，又将双腿交叉，时不时简短地交谈几句。她为了让自己开心点，便从书架上拿下一本书，然后站在原地看向父亲；他在纸上写着什么，从左至右，匀净又整齐，有时候会轻咳一声，有时候会跟对坐的人说上只言片语。她原地不动地站着，那本书已在手中摊开，她对自己说：在这个地方，任何东西——只要你能想到——都可以被平整地展开，犹如一片叶子被放进水中后的样子；假如它能在眼前这两位剪着报纸和抽着烟的老人中间穿过，那它就一点儿没错。她亲眼见过父亲在书房里创作（他此刻在船上），那时候她觉得，他不虚荣、不自负、不暴躁，也不需要他人的同情。毫无疑问，假如他发现站在一旁的她正读着书，他定会如其他人那样，温柔地问一句：需要帮忙吗？

她很担心这是个不正确的想法。她看着他读书，那本泛着微光，如鹬蛋般绚烂的书。但是，它没有错。此时此刻，她望着他，很想朝詹姆斯喊上几句话。（然而，詹姆斯聚精会神地注视着船帆。）詹姆斯会告诉她，父亲是一只爱嘲弄人的动物；他总是篡改话题，谈论自己的事情，以及自己写的书。他是个又固执又自负的家伙，令人厌恶。他还很暴躁，没有比这更糟的事情了。不过，看啊！她对他说，看看他，就现在，看看他啊！她发现，他盘腿坐着，读着一本书；她认识那些黄书页，却不清楚书的内容。那是本小书，上面的字又小又密；她还知道，他在后环衬上做了记录：晚餐，十五法郎；酒，……；小费，……；诸如此类，整齐划一，并在下方计算出了总数。他总是随身携带着这本页脚早已翻卷的书，那么，它到底是讲什么的呢？她无从知晓。他在思考什么？他们中无人知晓。不过，他读得很认真，而当他如此刻这般抬头看向天空时，他其实并没有在看什么，只是为了更准确地理解某些内容。思考明白后，他又会将精力投入到阅读中，低下头去。在她看来，他读书的样子像在指引着什么，或是驱赶着羊群，又或是攀登在狭窄的山路上。他时而勇猛疾行，一路披荆斩棘，不偏不倚长驱直入；时而被树枝和荆棘阻挠，但他从不允许自己被困；他鼓起勇气，克服困难，奋发图强，一页页地翻阅着。她又开始编织海上逃生的故事了，她发现自己没有丝毫危险，因为他在那里坐着；就像那些年，她从不会感觉到危险，她穿过花园偷偷溜进房间，从书架上随便拿本书；他猛地把报纸放下，言简意赅地提起拿破仑的性格。

她再一次回过头看向大海，看向小岛。不过，那枚叶片的轮廓已变得模糊。它遥不可及，微不足道。此时，相较于海岸，大海似乎更重要一些。在他们周围，是摇摆起伏的海浪；一个浪花怀里裹着一截木头，另一个浪花头上顶着一只海鸥。手还在水里，她心想，大概就是这里了，大海曾吞没过一艘船。她在恍惚间呢喃道：你我的灭顶之灾，我们终将一个个孤身赴死。

11

莉丽·布里斯库在眺望大海，只见一片碧波，不见任何斑点；它显得那么温柔，用蓝盈盈的水波簇拥着星星点点的船帆与云朵。她兀自想到，距离的力量何其大啊：与他们的距离决定了对他们的感觉；这是因为，在他们的船渐行渐远，穿越海湾的过程中，她对拉姆齐先生的感觉渐渐发生了变化。它好像在不断延展，不断蔓延；他与她的距离愈加远了。蔚蓝的大海与遥远的距离似乎带走了他与孩子；然而此时此地，在眼前的这片草坪上，卡迈克尔先生猝不及防地打了一个呼。他捡起了书，回到椅子上坐下，发出厚重的鼻息声，继而是雷鸣般的呼噜声，如同海妖水鬼在闹腾。这是两种截然不同的感受，卡迈克尔先生近在咫尺。一切恢复了平静。她揣测，他们现在肯定都起来了，但那栋屋子看上去还没醒来。她继而又想到，他们经常一用完晚餐便离开，各忙各的去了。这一切与黎明时的静谧、虚无和空洞浑然相融。她停留了一会儿，看着金光闪闪的狭长窗户以及屋顶上轻如羽翼的烟雾，心想，事物偶尔会表现出这种奇特的姿态：一片虚无。当你刚回到阔别已久的故土，或者刚治好一场耗时良久的大病，在种种习惯还没来得及编织好用来掩盖事物外在表象的网络之前，你便会体会到这种惊人的虚无之感；你会察觉到有东西在显现。那时候，生命力最为旺盛。你是自在的，如闲云野鹤，无拘无束。你不用横穿草坪，迎向贝克威斯夫人——她刚走出房门，想找个地方坐坐，并雀跃地问候她："早上好啊，夫人！天气真棒！您坐在那儿会不会太晒了？椅子都被杰斯泼藏起来了。请允许我为您找把椅子来！"诸如此类的寒暄都不必说了。是的什么都不用讲。你抖了抖船帆，穿过事物的间隙，把它们抛诸脑后，甩得远远的（海湾里热闹起来，很多船都升帆起航了）。生命力占领了海湾，赶走了空洞。她好像深陷进去了，在里面运动、漂流、沉浮；千真万确，毕竟这片水域很深。已然如此，无数生命融入其中。除了拉姆齐夫妇及其儿女们的生命之外，还有种种零碎之物：拎着竹篮去洗衣服的女人，白嘴鸦，红通通的拨火棍，暗绿的、深紫色的花——一切都被纳入了某种共鸣之中。

这个地点，她十年前就曾伫立过。如此这般的圆满之感促使她暗想，自己定然是爱这里的。爱的形态，不一而足。有一种可能，一部分恋爱中人善于吸取万物之要素，并将那些要素收集起来，让它们成为一个整体，而那种完整性是它们此前从未拥有过的；他们将（已经故去的）人们的相遇和某个画面结合起来，捏合成一个密实的球，供思想来回踱步，供爱情玩闹消遣。

她凝视着那个棕色斑点：拉姆齐先生乘坐的小船。她估计他们会在午餐前后抵达灯塔。然而起风了，风力比之前更大，以至于海天的模样有了些许改变，而那些船的位置也随之发生了变化，刚才还奇迹般静止不动的景象忽然变得不再那么无可挑剔了。轮船的轻烟随风消失了；那些船散落到了让人不甚满意的地方。

那里看起来很不协调，这让莉丽心烦意乱，只觉一股莫名的愁绪袭上心头。在转身面对画布时，那股愁绪又更深沉了一些。一天之计在于晨，而她却这般虚度了。不知为何，她的心思在画作与拉姆齐先生之间左右摇摆，无法巧妙地达成某种平衡；而这种平衡又是必不可少的。难道是构图有问题？她陷入思考：是否该让围墙的线条断开？是否该让那些树浅淡些？她自嘲地笑了；想来在作画之初，自己不是觉得这都不成问题了吗？

问题究竟出在哪儿？她必须牢牢把握住那个意欲潜逃的东西。当她的思绪飞到拉姆齐先生身边时，它逃了；当她的思绪回到画作上时，它也逃了。无数形象与话语不断涌上心头。美好的景象，动听的话语。不过，她想把握的是大脑所受的刺激，是事物本身；她要在它变作其他事物之前，将它牢牢把握住。她坚定地回到画架前站定，勇敢地告诉自己：把握住，重画一幅；把握住，重画一幅。她觉得，人类用来感知和画画的器官不仅低级还很可怜，总在关键时刻犯下错误；不过，你得勇敢坚持，不能示弱。她眉头紧锁，专注地观察着。没错，那是栅栏。然而，你终究求而不得。你看着围墙的轮廓，或许在想——她头戴灰帽，然后你除了被一道愠怒的目光击中之外，别无所获。她美得异于寻常。她心说，它若是想来，便让它来吧。毕竟有的时候，一个人既没有感觉又无法思考。假如你既没有感觉又无法思考，那么你身在何处，她问自己。

她的心回答说，在这里，草坪上，大地上。她缓缓坐下，用画笔将那些车前草拨开，然后认真审视。那是一片凹凸不平的草坪。她想，她身在此处，在地球上；她无法逃离那种感觉：这个清晨所发生的一切，从前不曾有过，可能以后也不会有，如同火车上的一个旅人，哪怕昏昏欲睡也要看向窗外；他明白自己必须这么做，因为那个小镇、那辆驴车、那个忙着农活的女人此后再也不会出现在他的视线里了。她看向卡迈克尔先生，他也这么想（尽管在此期间他们都没有说过话），她觉得，那片草坪俨然一个小世界，他们身在其中，一切向那个至高无上的地方攀爬着。她可能再也见不到他了。他越来越老，也越来越有名了。思及此处，她盯着在他脚上晃荡的拖鞋，忍不住笑出声来。据说，他写的诗"美妙非常"，即便是四十年前写的那些也得到了出版。时代又造就了一位名人，他叫卡迈克尔，她笑了，一个人的形象可真繁多，报端的他声名显赫，这里的他我行我素。他似乎没怎么变——除了多了些许白发。没错，他几乎没什么变化，不过，她曾经听人说，在安德鲁·拉姆齐死后（他原本可以成为一名伟大的数学家，未曾想却被弹片夺走了生命），卡迈克尔先生便"无心生活"了。什么意思呢？她不太明白。那个时候，他是不是身在伦敦，并拄着手杖大步流星地横穿了整个特拉法加广场？还是说他在圣约翰林，在房间里翻着书页，却什么都没读进去？她无从知晓他在听闻安德鲁的死讯后都做了哪些事，不过她能察觉出那件事给他带来的改变。他们的关系不过是：在楼道相遇时不走心地彼此问候；抬头看天时闲聊几句天气。在她看来，了解他人的方式只有一个：放弃细节，抓住轮廓；这就好比坐在花园里极目远眺，可以看到山坡上的那片紫色已经蔓延到了远端的石楠丛里。这就是她了解他的渠道。她很清楚，不管怎么说，他变了。她从未拜读过他的诗，哪怕一行。可是她觉得自己能体会到那些诗从口中跳脱而出的感觉；缓慢、有力、潇洒、干练，余韵犹存。那些诗里有沙漠、有骆驼、有斜阳、有棕榈树。它秉持着客观的姿态；不避讳死亡，但从不大谈情爱。他这个人本就超凡脱俗，中立客观，也从不要求他人要如何如何。他从客厅窗户前路过——夹着报纸，姿势生硬，晃动着身子——的时候，总是躲着拉姆齐夫人，不是吗？不知为何，他不怎么喜欢她。当然，她常常会想办法让他止步。他会弯腰向她行礼，是的，勉为其难地停下脚步后再鞠上一躬。见他对自己没什么诉求，拉姆齐夫人有些落寞，继而会问道（莉丽亲耳听到过）：您是否需要报纸、毛毯或者大衣？不需要，他不需要任何东西。（此时，他又行了个礼。）她身上有令他反感的东西，可能是她的傲慢、自大和现实。她是个非常直接的人。

　　（有动静——铰链的碰撞声——吸引了莉丽，让她看向窗户，是风儿在与窗户玩闹。）

　　莉丽觉得，有人不喜欢拉姆齐夫人（的确；她发现客厅窗户前的台阶上什么都没有，但心中却毫无波澜。如今，拉姆齐夫人已经不被她需要了。）——那些人觉得她的严格与自信都过了头；那迷人的面容大概也不受他们待见。他们可能会这么讲：每天都一个样，太没意思了！他们偏爱其他类型的美，例如棕色肌肤、天真个性之类。她在丈夫跟前表现得很怯懦。她任由他发怒，从不阻止。她的话很少。至于她的经历，大概无人知晓。更何况（不妨再来看看卡迈克尔先生这个人，以及他讨厌什么），令人难以置信的是，她可以站在草坪上画一早上画，或者躺在草坪里看一早上书。事实的确如此。她一言不发，挎着竹篮——外出的唯一标识，进城看望那些苦命的人，在某个局促闷热的房间里坐上一会儿。莉丽记得，她总在大家聊天或做游戏的过程中偷偷溜走，挎着竹篮，挺直腰背，静静离开；当然，她也见过拉姆齐夫人回家时的模样。她曾怀着几分戏谑（她不慌不忙把茶杯摆得井井有条）和几分感动（她是那么美）思考过：此刻因痛苦而紧闭的双眼，方才在静静地看你。曾几何时，你和他们都在那里。

拉姆齐夫人会由于残缺的茶壶、不新鲜的黄油以及某个人的迟到而难受生气。看到她抱怨黄油不新鲜，人们不禁会联想到希腊神庙的美神曾经出现在贫民窟那些局促闷热的小屋子里。这件事不曾被她提起过——她出去的时候很准时。她是出于本能才做这件事的，如同洋蓟喜阳、大雁南飞那般；在本能的驱动下，她必然会体恤全人类，走进他们心里。无异于其他本能，她所做的这一切自然会招来那些缺乏这种能力之人的厌恶；在卡迈克尔先生看来，事情大概就是这样的；在她自己看来，事情就是这样的。想法是高尚的，但活动是没有效果的——他们的看法倒是一致。她去看望穷人的行为背后潜藏着对他们的批判，它为这个世界提供了一种反作用力，以至于他们对此并不认同；如他们所见，他们的偏见就要消失了；在那些偏见烟消云散之前，他们可舍不得松手放它们走。查尔士·塔斯莱先生也做出过这类非同寻常之事；这也可以用来部分解释他为什么不太招他们喜欢。因为他，其他那些人的世界失衡了。莉丽一边懒散地用笔拨开车前草，一边想象着他的处境。他现在已经是研究员了，结了婚，生活在戈尔德格林居民区。

战时的一天，他在一个大讲堂里发表演讲，她去听了。他对某个社会现象和某些人做出了谴责。他颂扬互敬互爱，而她唯一的想法是：他是如何爱其他人的呢？他站在她身后抽烟——低等的板烟（布里斯库小姐，一盎司卖五个便士），却看不出两幅画有何不同，他觉得自己有义务让她明白：画画和写作都不是女人能做的事。他之所以要说这些，并非因为他是如此认定的，只是出于某种莫名的缘由而有了这样的期望。他看起来很瘦，面红耳赤，嗓音粗哑；他在台上大声地宣讲福音（画笔惊动了草间的蚂蚁，一群充满生命力的明光锃亮的红色蚂蚁，和查尔士·塔斯莱先生）。讲堂的座位空了一半，她坐在那里将讽刺的目光投向他，看他如何把那份爱传递给冰冷的空位；那只随波逐流的竹筐仿佛从过去漂到了她眼前，随之出现的是正在一堆鹅卵石里搜寻眼镜盒的拉姆齐夫人。"上帝啊，烦死了！又找不到了！好了，塔斯莱先生，别找了，我一到夏天就会弄丢成千上万个眼镜盒！"她话音刚落，他的下巴就缩进了衣领里，看起来他并不认同这种夸张的说话方式，但因为喜欢说这话的人，所以他选择了忍耐，然后莞尔一笑。在某次长途散步结束，大家四散回家后，他肯定把心中的秘密告诉了她。莉丽记得拉姆齐夫人之前提到过，塔斯莱在想办法让妹妹进学校读书。这样的精神是值得称赞的。莉丽很清楚，她自己对塔斯莱抱有荒谬的看法。那支笔拨弄着那些草。说到底，无论是谁，对他人的看法都带有荒谬的成分，而且占比至少有一半。这种情况取决于个体本身的动机。在她眼里，他是个"受鞭笞的人"。她发觉自己会在格外生气的时候，在脑海中使劲地鞭笞他瘦削的双肋。她如果想正经待他，就只能站在拉姆齐夫人的立场上，从拉姆齐夫人的角度来审视他。

她制造了一个小山坡，想让蚂蚁们翻越过去。她的举动扰乱了它们的小世界，令它们徘徊不定、躁动不安。有的蚂蚁往那边跑，有的往这边跑。

她心想：这起码得用五十双眼睛才能看清楚；又想，如果要全面审视那位女士，恐怕还需要更多眼睛才行。在这么多的眼睛里，定有一双眼看的不是她的美。生而为人，十分需要某种神秘感；那种神秘感如空气般虚幻，能钻过锁孔；当她坐在那里编织时，与人交谈时，或者在窗前独坐沉思时，她会被那感觉包裹，她的思想、想象和欲念会融入其中，就好比那一缕青烟融入空气。在她心里，那道栅栏、那座花园，还有溅起的浪花都有何深意呢？（莉丽向上看去，如同记忆中拉姆齐夫人所做的那样；耳畔同样传来了海浪拍打沙滩、溅起无数浪花的声响。）在听到玩板球的孩子大喊"怎么搞的？怎么了"的时候，她心里涌动着怎样的感受呢？她会停下手中的编织工作。她好像在抑制呼吸，集中自己的注意力。然后，她开始思考。拉姆齐先生忽然停止踱步，站在她跟前一动不动，她的身体莫名地颤动起来，一股强烈的躁动感唤醒了她；同时，拉姆齐先生俯下身，看着她。他出现在了莉丽的视线中。

他伸手扶着她，帮助她离开那个椅子。他曾经做过类似的事；他这样扶着她，帮助她离开一艘小船；那艘船停在离岸几英寸的地方，女士们需要男士们的帮助才能下船。多么古典的画面啊，大概需要男士们身穿陀螺形猎裤（臀部较宽，脚踝处略窄），女士们身着带裙撑的长裙。扶着他的胳膊下船登岸的时候，拉姆齐夫人觉得（莉丽的假想）：机会来了！没错，该说说心里话了。没错，她愿意嫁给他。她平静沉着地走到岸上。她可能只用一个单词就让自己的手待在他掌心良久。她可能没有将手抽离，而是说了句我愿意；不过，只此一句，别无他言。那两人之间总是不断重复产生着相同的激动心情——毫无疑问就是这样的，莉丽一边想着，一边拿笔给草里的蚂蚁清扫出了一条路。她不是在编故事；她只是在尝试着找出被隐藏多年的某种东西；那东西她之前亲眼见过。原因在于，在坎坷曲折的生活中，在客人与小孩中间，你总会生出似曾相识之感——过去落下过某个东西的地方，而今又落下了别的什么，而那声音在空气中久久回荡。

不过，这不是对的选择，莉丽这么认为。她还记得，他们携手离开，经过暖房，打算去解决下夫妻间的纠葛。她容易着急和激动；他容易沮丧和发怒——生活可算不上简单、和谐和幸福。是啊，绝对算不上！卧室的门会在大早上发出"砰"的一声怒吼。他会在早餐时间大发雷霆。他会把自己面前的盘子掷出窗外。整栋屋子都会因此而瑟瑟发抖，门窗噼啪作响，窗帘随风狂舞，大家飞快地跑向各处，去关天窗，去收拾被风吹乱的事物。那天，她在楼道上看见了保罗·雷莱，彼时的情形如上所述。好吧，他在盘子里发现了一只蚯蚓。其他人盘子里或许是蜈蚣，他们对此乐不可支。

当然，摔门和扔盘子的行为让拉姆齐夫人厌恶至极，又无奈至极。他们有时会冷战很长一段时间，莉丽对这样的心态感到十分反感，并会因此而发愁甚至生气。拉姆齐夫人好像没办法冷静地面对这类风暴事件，一如旁人那般一笑而过；不过，她除了感到厌倦之外似乎另有心思。她静静地坐在那里冥思苦想。过一阵子，他会来到她身边默默徘徊——在她写信或聊天的那扇窗下来回踱步。她会在他经过时刻意回避，去做点儿别的事，对他视而不见。因此，他会换上柔和丝滑的姿态，谦卑地、亲切地、恭敬地站着讨好她。她依然不让他靠近，反常地表现出不悖其美貌的矜持与高傲；她转过身或扭过头，始终面对着一旁的什么人，例如敏泰、保罗或威廉·班克斯。此后，窗外的饿狼般的身影（莉丽从草坪上站起身，看向窗户和台阶，他曾出现在那里）会喊一声她的芳名，犹如一只狼在冰天雪地里哀嚎，然而，她依然如故；他又喊了一声，那声调里潜藏的某个东西令她动容，她与他们的共处戛然而止；她出现在他身边，与他一同走到了梨树、野莓与菜地中间。他们会坦诚相待，打开心结。可是，他们那时候的心态是怎样的呢？他们说了什么话？他们那时的关系透着庄严的意味，以至于敏泰、保罗和莉丽不得不抑制住内心的不悦与好奇，默默地转过身去，开始聊天、玩球或者采花。他们返回时已是晚餐时间，两人一如既往地分坐餐桌两头。

"你们中间没有人学植物学，为什么呢？你们四肢健全，却谁都不学，为什么呢？……"他们如往常一般跟儿女们东拉西扯。一切都回归了正常，但好像有某种东西仍然在战栗着，似乎有一把明晃晃的利刃从他们中间划过；看起来，在溜达了一个钟头之后，他们觉得与孩子们围坐喝汤是件新鲜事，尽管那原本不足为奇。尤其是拉姆齐夫人，莉丽记得，她很关注普鲁。普鲁的位置在中间，被一帮兄弟姐妹围着，她好像一直在忙碌，小心地帮衬着，以确保一切无误，用餐顺利，所以，她鲜少说话。她会因为牛奶里出现了虫子而埋怨自己；在父亲把盘子扔出窗外的时候，她面如死灰；母亲与父亲长时间的冷战，令她萎靡不振。不管怎么说，因为刚才发生的事，拉姆齐夫人此刻想弥补她，告诉她一切都会很顺利，并承诺她有朝一日一定会让她获得这样的幸福。可是后来，她只从婚姻里得到了不足一年的幸福。

莉丽心想，她篮子里的花被她弄到了地上。她向上转动了一下眼球，又退后了一小段距离，像是在看那幅画。不过，她的心思不在此，她的每一个感官都在梦游；虽然她看起来神情呆滞，但她的心思却在快速活动。

因为她，她篮子的花散落在草坪上；她心怀无奈和踌躇——没有半点儿疑惑与怨恨——离开了，她本性柔顺，不是吗？波谷与原野笼罩着一层白色，满地鲜花——她本该如此描绘。那是朴素的陡峭的山峦，海浪拍打着山脚下的岩石。他们一行三人离开了，母亲快步在前，她的两个孩子紧随其后，好似急着去路口与人会和。

猛然间，她看到那扇窗户之后有白色身影晃动。那身影进了客厅，在一把椅子上停留。她乞求上帝：让他们在那儿安静待会儿，别一股脑跑来找她闲聊。感谢上帝，无论是哪个家伙，他至少还在客厅里，并在台阶上投下了一个奇妙的三角阴影，真是巧。构图因它而略起变化。有意思，它或许能起些作用。她找回了绘画的兴致。你需要盯紧它，绝不放松一秒，要绷紧神经，集中精力，要坚定信心，不能再被蒙骗了。你要把握好——就是如此，用手里的老虎钳紧紧钳住它，屏蔽所有无关之物，免得它被毁掉。她一边沉着地蘸颜料，一边认真思考着：一方面，你得拿出平日里的水准，单纯地看待那把椅子和那张桌子；另一方面，你得将它视为让人痴狂的奇迹般的景象。总之，有机会解决那个问题了。哎呀，发生了什么？一阵白浪从窗户上划过。房间里骚动起来，毫无疑问，是空气的幽灵引发的。她的心反扑过来，对她一阵撕扯，一阵折磨。

她失去控制，大声喊道："拉姆齐夫人！拉姆齐夫人！"

那种恐惧感——求而不得感——再次袭击了她。她是否还能将它击退？她逐渐冷静下来，仿佛已经得到了控制，仿佛那种感觉已融入了日常经验，就像那把椅子和那张桌子一样。拉姆齐夫人——她的美德衍生出的身影——坐在那里，灵活地抽动着手中的针线，织着一双红棕色长袜；台阶上映出一片阴影。她在椅子上坐着。

　　她似乎想与人分享什么，却又无法远离画架；她的心被所见所想的一切所占据。莉丽拿着画笔从卡迈克尔先生跟前走过，径直来到草坪边缘。那艘小船此刻身在何处？拉姆齐先生在哪儿？她需要他。

12

　　那本书基本上看完了，悬在那一页上方的手似乎已经做好准备，待拉姆齐先生一看完就翻过书页。他坐在空气与阳光里，没有戴帽子，任凭海风把头发吹乱。他更显老了，脑袋后面时而是灯塔，时而是在广袤海面奔腾的海浪，詹姆斯觉得，他像极了一块半埋在沙滩里的历史悠久的岩石；他似乎早就把那种始终藏匿在两人心灵背后的感觉——对他们而言,是世间万物本质中所固有的寂寞感——变成了有形的躯壳。

他的阅读速度很快,似乎想早点儿看完那本书。此刻,他们距离灯塔很近了,这是毋庸置疑的。如你所见,它近在咫尺,笔直地毫无遮掩地矗立着,一道黑一道白,令人目不转睛;浪花溅起一片片白色碎屑,如同玻璃落到岩石上碎了一地。你还能看见岩石上的缝隙与线条;灯塔上的一扇窗户上贴着一小块白纸;岩石上覆盖着青苔一小片。一个男人从灯塔里走了出来,拿着望远镜朝他们望过来,而后转身进去了。詹姆斯思忖着,原来这就是多年来一直遥望的灯塔啊!一座站在荒芜岩石上的孤独的萧索的高塔!不过,他因此而感到了某种满足。他对自身性格的模糊感受得到了验证。他脑海里浮现出那座花园,几位老妇人拖着椅子从草坪上走过。其中有贝克威斯老太太,她常常夸赞它很美很惹人爱,还常常对他说,他们理应倍感幸福和骄傲。然而现实又如何呢?詹姆斯一边注视着灯塔一边想,它太平常了。他看到拉姆齐先生盘坐在那里,陶醉在书本中。他们是能达成共识的。"我们在狂风袭来前飞奔——我们逃不过被吞没的命运。"他自言自语地说着,声音并不太小,让人想到他父亲念起这句话时的模样。

大家好像已经沉默很久了。凯姆面朝大海,不胜其烦。眼前漂过了一些细碎的黑色木块,钓上来的鱼儿在船舱底部死去。父亲依旧沉浸在阅读中，她与詹姆斯四目相对，共同发誓要抵制残暴的君主，到死也不放弃，而他还在看书，对他们的想法毫无察觉。她想，他是在逃避。是的，宽额头、大鼻子的他稳稳地拿着那本彩色小书，将它放到眼前，然后逃离了这个世界。你或许很想上前拦住他，可他却如飞鸟般扑腾着翅膀去了一个对你来说遥不可及的地方，然后找了个隐蔽的树桩稍事休息。她怔怔地看着那无垠的水域。他们所住的小岛已经小如微尘，不再有叶片般的轮廓，而更像是某块礁岩的顶部，随时有可能被淹没在大浪里。不过，它虽然小得可怜又弱不禁风，却容纳了无数事物，譬如卧室、平台和小路。然而，好比人们在临睡前会感到所见之物都变得简单，最后在数不清的细碎中，会有一股独一无二的力量得以表现，所以当她看着小岛昏昏欲睡的时候，她感到包括卧室、平台、小路在内的种种存在都不见了，唯独那只浅蓝香炉在眼前有节奏地晃动。那是个空中花园，那是个随处可见羚羊、鸟儿和花朵的波谷……她进入了梦乡。

忽然之间，拉姆齐先生合上了书，说了句"来吧"。

去哪里？去参加非同寻常的冒险吗？她猛地醒来。在哪儿上岸？在哪儿攀登？他要把他们带到哪里去？毕竟他已经很久没有说话了，所以这突如其来的一句话着实吓了他们一跳。不过，这很可笑。他说他肚子饿了，该吃午餐了；还说："看呀！灯塔！我们就要到了。"

"他做得很好，舵很稳！"是船夫麦卡力斯特在说话。

可父亲从不会称赞他，詹姆斯心想，感到一丝厌恶。

拉姆齐先生从纸袋里拿出三明治，一一递给他们。与两个渔民一起啃面包吃干酪，倒是一桩令他畅快的事。詹姆斯看着黄干酪在父亲的小刀下变成小片，心想，他大概会很乐意在茅屋居住，在码头漫步，眉飞色舞地与其他老头谈笑。

是那座灯塔，没错，凯姆一边剥鸡蛋，一边对自己说。对她而言，此刻的感觉无异于那时候在书房里看两位长辈翻阅《泰晤士报》。她琢磨着，我终于可以随心所欲地想问题了，不会掉下悬崖，也不会溺死水中，因为他在我身边看着我。

与此同时，小船正飞驰在礁岩一带，这是令人激动的一幕，因为他们在同一时刻做着两件完全不同的事：顶着大太阳吃光午餐；在大船倾覆后，坐着救生艇冲出风暴，冲向安全之处。救生艇上是否有足够多的淡水？食物够吃吗？她问自己。她在编故事，不过她并没有把这一切与现实混为一谈。

拉姆齐先生对船夫麦卡力斯特说道，要不了多久，他们便会离开人世，而他们的孩子将得见更多新鲜。麦卡力斯特回应道，截至去年三月，他在世上已经活了七十五年了；至于拉姆齐先生，现在是七十一岁。麦卡力斯特还说，他从来没去医院看过病，而且一颗牙齿都没掉。我的孩子们要是能过上这样的日子就好了——凯姆觉得父亲此刻肯定是这么想的，因为他不允许她将一块三明治丢进海里，还告诫她说，不想吃的话就放回纸袋，看起来他是在替渔民们考虑。他的话说得很有道理，也很有态度，似乎他对这个世界以及那里所发生的一切都很了解，于是，她立刻把三明治放回了纸袋。接着，拉姆齐先生从自己的袋子里翻出一块姜饼，递到凯姆面前。她想象着，一位出身名门的西班牙绅士，向一位站在窗前的女士，献上了一朵美丽的花（他也是这么礼貌又热情）。他长得不好看，穿得也不整齐，正啃着面包吃着干酪；同时，他又在带领他们悬旌万里，而大海将会淹没他们；她很清楚，这只是一番想象。

此时此刻，如他们所见，在灯塔上眺望并即将前来迎接的人，变成了两个。

拉姆齐先生将衣服扣好，把裤脚卷起，并将南希勉强扎好的硕大的纸袋搁在腿上。在完成了准备工作之后，他回头看向小岛。兴许，他的老花眼能看清那枚竖立在金盘子里的小叶片。凯姆揣度着他眼中的景象，在她看来，那里如此迷茫。至于他心中所想，她自然不得而知。他那么执着，那么专注，那么安静，他究竟在寻觅什么？姐弟两人看着他们的父亲，他的头裸露着，腿上摆着纸袋，目光投向那虚幻的蓝色迷雾——好似火焰熄灭后留下的青烟。他们很想开口问问：您有什么需要吗？他们很想告诉他：不管您需要什么，我们都会让您如愿的。然而，他没有向他们索求任何。他坐在那里，望着小岛，或许在心里诵念着："你我的灭顶之灾，我们终将一个个孤身赴死"；又或许是在想，找到它了，我终于来到了这里。然而，他什么也没说出口。

他把帽子戴到头上。

"把那些纸袋带上。"他朝南希扎好的纸袋——那些送到灯塔的东西——点了点头，嘱咐他们说，"拿好给看守者的纸袋。"他站起身来，来到船头，看上去高大挺拔。詹姆斯觉得，他看上去像是在宣布："上帝根本就不存在。"凯姆只觉他攥着纸袋往空中一跳，如小伙子一般蹦到了岩石上。他们紧跟着站起身，也跳上了岸。

13

"他肯定到了。"莉丽·布里斯库喊道，继而顿觉无力。那灯塔被蓝雾笼罩，变得朦胧难辨。她竭力将精神集中到灯塔身上，全神贯注地想象着他如何上岸，灯塔与他好似已相互融合，而这样的盼望令她的身心皆紧张至极。不过，她放心些了。那日清晨，他离开的时候，她想给他的那件东西，如今总算给出去了。

"他到了，"她喊着，"任务完成了！"卡迈克尔先生懒散地站起身，一边喘气一边来到她身后，如同一位上了年纪的异教之神：顶着一头蓬松的、夹杂着海藻的头发，握着海神尼普顿的武器三叉戟（出自一本法国小说）。在草坪边缘，他们并肩而立，他高大的身体轻轻摇摆着，他用手挡住光线，说："他们上岸了。"她想，自己方才的想法得到了验证。他们没有说话。他们的想法是一样的，而她无需询问，他便给出了答案。他矗立在那里，似乎用手挡住了人类的所有悲苦与缺陷；她认为，他在仁慈地谛视他们的结局。此刻，她仿佛听见他在宣布，这个非凡的场景已经顺利地落下了帷幕；当他缓缓放下手时，她似乎看到一枚花环——由常春藤和紫罗兰所编，正好飘落下来，很慢很慢，悠悠荡荡，许久才落到了地上。

她似乎猛地记起了什么，是那里的某个东西，而后飞快地转过身去，面对自己的画布。那幅画，她的画，映入眼帘。没错，从或蓝或绿的色彩，到或相融或交织的线条，再到内核——对某种信仰的表达。她对自己说：人们会把它悬挂在阁楼上；人们会把它毁掉。不过，她又问自己：那又如何呢？她拿起了笔。她看见，窗户前的台阶空空如也，面前的画布浑浊不清。忽然之间，一股难以抵挡的冲动油然而生，让她眼前的画面猛地清晰起来；在画布正中，她轻轻一挥。好了，成功。她放下了笔，疲惫至极，唏嘘地想：是啊，我做到了，那多年来萦绕于心的画面终于跃然纸上了。